REGINE KÖLPIN

Spinnentanz

GEHEIMNISVOLLE UNBEKANNTE Die drei Frauen Antke, Monika und Esther van der Kaark leben als Drei-Generationen-Haushalt in scheinbar perfekter Harmonie auf dem Seehof, einer Pferdepension im Wangerland. Diese Idylle wird durch das plötzliche Auftauchen einer fremden Frau empfindlich gestört. Vor allem Antke reagiert fast panisch. Sie scheint die Fremde von früher zu kennen, hüllt sich aber in Schweigen. Wer ist diese Frau und was hat Antke mit ihr zu tun? Antkes Enkelin Esther beginnt, an der Fassade der Familienidylle zu kratzen. Sie möchte wissen, wer die Unbekannte ist und was sie auf dem Seehof sucht. Doch dann treibt eines Morgens die Leiche einer Frau im Hooksmeer und Monika ist auf mysteriöse Weise spurlos verschwunden. Kommissar Rothko nimmt die Ermittlungen auf. Wer ist die Tote und warum musste sie sterben? Der Schlüssel zu all den Ereignissen ist tief in der Vergangenheit der van der Kaarks vergraben. Dort enthüllt sich schließlich ein schreckliches Geheimnis …

© privat

Regine Kölpin, geboren 1964 in Oberhausen, lebt seit ihrer Kindheit in Friesland an der Nordsee. Sie hat für namhafte Verlage zahlreiche Romane und Kurztexte publiziert und ist auch als Herausgeberin tätig. Regine Kölpin wurde mehrfach ausgezeichnet, zum Beispiel mit dem Bronzenen »Homer« 2020 (mit Gitta Edelmann). Mit ihrem Mann Frank Kölpin lebt sie in einem kleinen idyllischen Dorf an der Küste. Dort konzipieren sie gemeinsam Musik- und Bühnenprojekte und genießen ihr Großfamiliendasein mit fünf erwachsenen Kindern und mehreren Enkeln oder lassen sich auf ihren Reisen mit dem Wohnmobil zu Neuem inspirieren.

Mehr Infos unter: www.regine-koelpin.de

REGINE KÖLPIN

Spinnentanz

KÜSTEN-KRIMI

GMEINER

Immer informiert

Spannung pur – mit unserem Newsletter informieren wir Sie regelmäßig über Wissenswertes aus unserer Bücherwelt.

Gefällt mir!

Facebook: @Gmeiner.Verlag
Instagram: @gmeinerverlag
Twitter: @GmeinerVerlag

MIX
Papier aus verantwortungsvollen Quellen
FSC® C083411
FSC
www.fsc.org

Besuchen Sie uns im Internet:
www.gmeiner-verlag.de

Im Ehnried 5, 88605 Meßkirch
Telefon 07575/2095-0
info@gmeiner-verlag.de

1. Neuausgabe 2022
(Originalausgabe erschienen 2008 im Leda-Verlag)

Herstellung: Mirjam Hecht
Umschlaggestaltung: Katrin Lahmer
unter Verwendung eines Fotos von: © druckingenieur/stock.adobe.com, AteHell/pixabay.com
Druck: CPI books GmbH, Leck
Printed in Germany
ISBN 978-3-8392-2917-0

PROLOG

Sonnenstrahlen bahnten sich den Weg durch die dünnen Nebelschleier, die sich wie ein weißes Tuch über das Wasser vom Hooksmeer gelegt hatten. In Ufernähe dümpelte eine Frau mit dem Gesicht nach unten. Ihre langen, blonden Haare bewegten sich wie feine Goldfäden auf dem grünlichen Wasser. Kaum ein Windhauch brachte Unordnung in das Bild, die Frau wurde nur leicht von ihrem Rock umweht, als tanze sie verstohlenen im Wasser.

Es war noch früh am Tag, nicht mehr lange und das Leben auf dem Hooksmeer würde erwachen. Schon jetzt hörte man Rufe von den Stegen, die ersten Segelboote wurden klar gemacht. Männer in Troyern schleppten Proviant an Bord, klapperten mit Geschirr und zerrten an Tauen und Segeln. Ihr Lachen klang wie Gesang an diesem Morgen. Es würde ein schöner Sommertag werden.

Das erste Segelboot durchpflügte das Wasser in Richtung Schleuse und hinterließ braunen Schaum mit viel Gischt. Kurz darauf folgten weitere Boote.

An der Surfanlage machten sich die ersten Wassersportler fertig, die den schönen Tag nutzen wollten, bevor zu viel Treiben auf dem Binnenmeer herrschte, wie immer in der Sommersaison.

An dem kleinen Strand ging der erste Frühschwimmer ins Wasser und zog gleichmäßig seine Runden. Nach einer Weile legte er sich auf den Rücken und blinzelte in den Himmel, dessen Blau nur von den Kondensstreifen einzelner Flugzeuge durchzogen wurde.

Ein paar Möwen schaukelten auf den kleinen Wellen, die die ersten Boote hinterlassen hatten, ließen sich aber von nichts beirren.

Erst als ein markerschütternder Schrei den Morgen durchschnitt, flogen sie auf, gellten einmal bedrohlich, ließen sich aber ein paar Meter weiter erneut auf dem Wasser nieder.

Mit einem Mal schien Bewegung in das Bild zu kommen. Immer mehr Boote lösten sich von den Stegen. Bald war das Hooksmeer von bunten Tupfen übersät. An einer Stelle, südlich der Schleuse, schaukelten drei Boote, deren Skipper hektisch an Deck auf und ab liefen, sich kurze Bemerkungen zuriefen. Jemand holte eine Stange, stakte damit im Wasser herum, konnte die Frau im flachen Ufergewässer aber nicht erreichen.

Sie dümpelte weiter, als wäre nichts geschehen, und als bemerkte sie nichts von der Unruhe, die sie mit ihrer Leblosigkeit verursachte.

EINIGE WOCHEN ZUVOR

1.

Es war viel zu heiß und trocken an diesem Julitag. Antke van der Kark stand am Küchenfenster vom »Seehof«, einem großen Islandpferdehof in der Nähe der Nordsee, und schaute hinaus. Die Hitze ließ die Steine im Sonnenlicht flirren, jede Bewegung war schweißtreibend.

Es wurde Zeit, dass es regnete. Die Wiesen waren bereits gelb verfärbt.

Der Wetterbericht hatte eine Gewitterfront angekündigt und Antke hoffte, dass sie das Wangerland auch erreichen würde. Eine Abkühlung wäre wunderbar und würde allen gut tun. Sie war froh, dass sie im Frühjahr ihr graues Haar raspelkurz hatte schneiden lassen. Nun sah sie zwar ein bisschen aus wie ein Igel, der sich kurz vor dem Winterschlaf ordentlich gemästet hatte, aber damit konnte sie leben. Sie musste keinem Mann mehr gefallen.

Auf dem Hof war es ohnehin praktisch, wenn man weite Kleidung trug, und die umspielte dabei praktischerweise Bauch und Hüften ganz wunderbar.

Momentan war Hauptsaison und ihre Pension war bis zum letzten Zimmer ausgebucht. Heute waren die meisten allerdings am Strand, denn zum Reiten war es viel zu warm.

Antke zuckte zusammen, als ein kleiner, roter Flitzer auf den Hof brauste und abrupt stoppte. Die Tür öffnete sich eher vorsichtig und das Erste, was Antke von der Fahrerin sah, waren lange Beine, die in roten Lederpumps steckten und sich aus dem Wagen schoben. Darauf folgte der Körper einer überaus schlanken Frau. Der schwarze Rock klebte an ihr wie eine zweite Haut und eine wallende blonde Mähne umspielte ein Gesicht, das sich fast ganz hinter einer großen Sonnenbrille versteckte.

Antke lupfte den Vorhang mit dem Zeigfinger zur Seite, um die Frau besser in Augenschein nehmen zu können. Diese beugte sich gerade ins Innere des Wagens und zog eine weiße Tasche, passend zur Bluse, heraus.

Die Fremde stand unschlüssig auf dem Hof und sah sich suchend um.

Ob die sich wohl verfahren hat?, fragte sich Antke. So eine wird ja wohl kaum auf einem Islandpferdehof Ferien machen wollen.

Sie ließ die Gardine wieder vor das weiße Sprossenfenster gleiten. Sicher würde ihre Tochter Monika, die für den Ablauf auf dem »Seehof« verantwortlich war, gleich aus dem Stall kommen und die Frau fragen, was sie hier wollte.

Antke setzte sich wieder auf die Kücheneckbank, legte ein Kluntje in die Tasse und goss etwas Tee nach. Während sie trank, schweifte ihr Blick erneut nach draußen. Die Frau taxierte den Hof noch immer, als suche sie nach etwas, das ihr vertraut vorkam. Kurz war Antke versucht, doch rauszugehen und sie zu fragen, wen oder was sie suchte, doch dann entschied sie sich fürs Abwarten. Mit etwas Glück fuhr die Frau gleich einfach wieder weg.

Als ihre Tochter auch nach weiteren zwei Minuten nicht aus dem Stall auftauchte, wurde Antke unruhig.

Komisch, dachte sie seufzend. Wo steckt sie denn? Ich muss mich wohl doch selbst bemühen.

Sie wollte gerade aufstehen, als die Frau die Brille abnahm und sich der Haustür näherte.

Dieses Gesicht kannte sie!

Elisabeth Holzer war zurück!

Antke zuckte zusammen und sog die Luft scharf ein. Ihr Herz raste und stolperte. Das Auftauchen dieser Frau grenzte an eine Katastrophe.

Was tat sie hier?

Die Blonde erreichte jetzt den Schatten des Vordaches.

Es dauerte eine Weile, ehe Antke sich gefangen hatte.

Über ihre Haut kroch eisige Kälte. Etwas in ihr schrie, sie solle aufspringen, alles verrammeln, damit Elisabeth dieses Haus nicht betreten konnte und wieder fortfuhr.

Aber sie saß einfach nur da und versuchte, ruhig zu bleiben. Antke griff zum Henkel ihrer Teetasse, verfehlte ihn aber, weil ihre Hand so zitterte.

Elisabeth würde nicht klingeln, sondern einfach in die Küche kommen und lächeln. Mit der gleichen Selbstverständlichkeit wie damals.

Doch dann war das Knirschen von Schritten, die sich eilig vom Haus entfernten, zu hören. Der Motor sprang an, und das Auto raste mit durchdrehenden Reifen davon.

Antkes Kinn zitterte heftig und zu ihren Füßen verteilte sich weißes Porzellan in einer braunen Pfütze.

*

Als Monika die Küche betrat, fiel ihr Blick als Erstes auf die Scherben. Danach auf ihre Mutter, die das Wollknäuel mit der Häkelnadel vor sich auf den Tisch gelegt hatte und mit stumpfem Blick aus dem Fenster sah.

»Mama, warum hast du die Tasse fallen lassen?«

Keine Antwort.

»Du hättest die Scherben aufsammeln können.«

Ihre Mutter reagierte wieder nicht. Monika kannte das schon. Wenn Antke van der Kaark nicht reden wollte, dann schwieg sie und war durch nichts in der Welt dazu zu bewegen, das zu ändern.

Monika strich ihr langes, blondes Haar hinter das Ohr, sammelte das zerschlagene Porzellan auf und wischte den Teefleck weg. Ihre Mutter sah teilnahmslos zu.

»So, fertig.« Monika setzte sich zu ihrer Mutter an den Tisch. »Was ist passiert? Du benimmst dich merkwürdig.«

Antke schüttelte fast unmerklich den Kopf.

»Mutter, nun rede doch mit mir!«

Doch Antke schwieg. So wie sie es immer tat, wenn es brenzlig wurde.

Monika zuckte genervt mit den Schultern. Dann eben nicht! Sie würde ohnehin nicht herausfinden, was ihre Mutter derart aus der Fassung gebracht hatte. Es wäre besser das Thema zu wechseln.

»Wer war das denn gerade? Mit dem Auto, meine ich?«

Die Lippen ihrer Mutter öffneten sich leicht, und für den Augenblick hatte es den Anschein, als wollte sie etwas sagen. Doch dann schlug die Tür auf und die Nachbarin Gerda Wiese trat in die Küche. Sie strahlte so breit, dass man fast das Gefühl hatte, ihr Lächeln habe gar nicht genug Platz auf dem Gesicht. So sah sie immer aus, nur erreichte dieses Lächeln meist ihre Augen nicht.

»Hier lebt man ja wirklich gefährlich«, sprudelte sie mit ihrer lauten, schnarrenden Stimme los, die immer ein wenig an ein Blechschild erinnerte, das im Wind knarrte. »Da komme ich doch ganz harmlos eure Allee hochgelaufen und werde fast von einer Verrückten totgefahren. Wäre ich nicht in die Büsche gesprungen …« Gerda deutete auf ihren Rock, der grünliche Schlieren aufwies. »Ist diese Kamikaze-Frau Feriengast bei euch?«

Monika warf einen Blick zu ihrer Mutter, die auf Gerdas Wortschwall gar nicht reagierte, sondern unbeirrt nach draußen starrte. Hatte ihr Schweigen mit der Frau zu tun?

Gerda wartete die Antwort ohnehin nicht ab – sie hörte sich selbst viel zu gern reden – und wandte sich an Monika. »Du siehst auch so bedröppelt aus. Ist das wegen der Raserin«, sie warf einen Blick auf Antke. »oder weil Mudder wieder so verquer ist? Ach nein, es ist wie immer wegen Esther? Die Deern braucht einen Vater, dann wird das schon.«

»Kein Kerl in Sicht«, wiegelte Monika ab. Gerda sollte sich da einfach raushalten. Die Beziehung zwischen ihrer Tochter Esther und ihr war nicht optimal, daran würde auch ein Mann nichts ändern. Ihr Problem war ein anderes, aber darüber wollte Monika mit der Nachbarin ganz sicher nicht debattieren.

Monika war schon mit 19 Jahren schwanger geworden, und es war nicht einfach gewesen, in so jungen Jahren ein Kind ohne Vater großzuziehen, vor allem nicht nach dem, was alles passiert war.

Wir van der Kaarks haben eine Menge Geheimnisse, dachte Monika. Aber oft ist es besser, nicht daran zu rühren.

Gerda rückte lautstark einen Stuhl zurecht und ließ sich ächzend darauf fallen.

Monika sah zu ihrer Mutter. Die hatte nun zumindest ihre Häkelei wieder in der Hand und schien völlig konzentriert bei der Arbeit. Ein alltägliches Bild, mit dem sich ihre Mutter seit jeher ausklinkte.

Trotzdem bohrte es in Monikas Bauch. Irgendetwas war geschehen. Und inzwischen war sie davon überzeugt, dass es mit der Frau zusammenhing, die wie der Teufel vom Hof gerast war. Der unstete Blick ihrer Mutter erinnerte sie an eine Zeit, die sie lieber vergessen wollte.

Aber vielleicht lag es auch nur an der Hitze, dass sie sich so verrückt machte. Man glaubte förmlich, dass das Gehirn zerkochte.

Gerda wandte sich an Antke und stichelte in ihrer unnachahmlich nervigen Art weiter. »Bist du auch wieder griesgrämig, was? Ihr solltet das Leben ruhig mal leichter nehmen. Eure Weiberwirtschaft ist nicht gut. Drei Frauen unter einem Dach und dann von alt nach jung …« Sie wiegte den Kopf und griff mit den speckigen Fingern nach einem der umgedrehten Wassergläser, die stets zusammen mit einer Flasche Mineralwasser auf dem Tisch standen. »Gut, dass es wenigstens Hajo mit euch aushält. Aber der ist ja auch nur euer Stallbursche.«

»Wir brauchen keinen Mann.« Die Stimme von Monikas Mutter klang scharf. »Nicht für den Hof, nicht für uns. Wir haben nie einen gebraucht. Das ist anders als bei dir. Lass das Thema!«

Gerda zog einen Schmollmund.

Monika rollte mit den Augen, weil ihre Nachbarin nie zu bemerken schien, wenn sie störte oder übergriffig wurde.

»So als langjährige Freundin darf ich euch sagen, was ich denke.« Gerda hielt einen Augenblick inne. »Ja, wenn einer was sagen darf, dann ich. Immerhin habe ich Monika schon in Windeln gesehen.«

Monika versuchte, Gerda durch einen Themenwechsel abzulenken. »Das ist alles lieb gemeint, aber wir haben viel zu tun. Ich muss die Zimmer für die Gäste noch fertig machen.«

Gerda winkte ab und goss sich ein zweites Wasserglas voll. »Nein. Aber wie ich vorhin schon sagte …« Sie brach ab, als ihr Blick auf Monikas Mutter fiel, die einfach weiterhäkelte. Im vertraulichen Ton raunte sie Monika zu: »Ich meine … Jede Frau braucht doch … Du bist noch jung!«

*

Esther saß in ihrem Zimmer im Dachgeschoss und zappte sich durch ein paar Nachmittagssoaps. Sie öffnete das Dachfenster, denn es war einfach zu stickig.

Esther beugte sich hinaus und schaute über den Hof. Von ihrem Zimmer aus konnte sie über die Pferdeweiden sehen und auch einen Teil vom Reitplatz.

Statt der erhofften Abkühlung wurde sie allerdings nur von heißer Luft gestreift. In den Abendstunden würde es angenehmer werden, wenngleich sich die Hitze im Haus momentan lange hielt und es drinnen wohl kaum besser wurde.

Trotzdem waren ihr die heißen Sommertage, die es im Wangerland nur selten gab, immer noch lieber als Dauerregen.

Ihr Handy piepte.

Esther drehte sich um und angelte es vom Schreibtisch, wo sie es zum Laden angeschlossen hatte.

Es war eine Nachricht von ihrer Freundin Hilka: *Wollen wir zum Strand? In einer halben Stunde am zweiten Aufgang?*

Esther musste nicht lange überlegen. Sie hatten Ferien, es war warm und die Nordsee mit dem Hooksieler Strand nicht weit.

Gerne, ich fahre gleich los, tippte sie in ihr Handy.

Esther wunderte sich, dass Hilka etwas mit ihr unternehmen wollte, denn sie waren im Streit auseinandergegangen, weil Esther sich wieder sehr über ihre Mutter aufgeregt hatte.

»Die ist nie für mich da. Manchmal glaube ich, meiner eigenen Mutter wäre es lieber, wenn es mich nicht gäbe.« Hilka konnte solche Gedanken nicht nachvollziehen. »Du spinnst«, hatte sie vorhin gesagt. »Schau dich doch um. Was hast du es gut hier! Eine Mutter, deine Oma, Hajo, mich, die Pferde, vor allem Leiknir und Kelda ... Was willst du denn eigentlich noch mehr vom Leben?«

»Dazugehören«, war Esthers Antwort darauf. »Richtig zum Leben dazugehören. Alles soll normal sein.«

Hilka hatte sich an die Stirn getippt. »Was ist denn bei euch nicht normal? Mich ärgert es, wenn du so undankbar bist.«

»Undankbar, pah!«, hatte Esther hervorgebracht. »Bei uns ist gar nichts normal. Da schwebt was über unseren Köpfen, und ich weiß einfach nicht, was es ist.«

»So eine Art Damoklesschwert, oder was?«

»Ja, so in etwa. Ob du es glaubst oder nicht.«

Hilka verstand das wirklich nicht und hatte es auch nie verstanden. Sie lebte eben nicht hier auf dem Hof.

*

Elisabeth Holzer war unsicher, ob es wirklich eine gute Idee gewesen war, zu kommen. Eigentlich hatte sie es sich ganz einfach vorgestellt.

Ein Zimmer buchen – nicht direkt auf dem »Seehof«, das wäre zu aufdringlich gewesen, aber in der Nähe. Und nach all den Jahren mal in Ruhe mit Antke van der Kaark reden.

Es wurde Zeit, die Dinge zu klären, die schon längst hätten aus der Welt geschafft sein müssen. Und was hatte sie getan? Sie war geflüchtet.

Warum nur hatte sie das Haus vorhin nicht betreten können? Als sie ihre Hand auf die Klinke gelegt hatte, war ihr gewesen, als verbrenne sie bei der Berührung.

Sie fürchtete sich vor Antke, ihrem Zorn und ihren Gemeinheiten.

Jedenfalls war Elisabeth in einem Affentempo zurück nach Hooksiel gefahren. Schon am Ortseingang war ihr eingefallen, dass es so nicht ging und sie sich der Sache stellen musste. Also war sie wieder umgedreht.

Nun parkte sie den Wagen vor einem Weidegatter nicht weit vom »Seehof« entfernt. In ihrer Tasche knisterte ein Stück Papier. Sie holte es heraus, faltete es auseinander, nicht ohne jede Ecke sorgsam zu glätten. Das Papier war schon weich, zeigte vom häufigen Auseinanderfalten und Lesen viele Kniffe und Falten.

Immer wieder las Elisabeth die Zeilen.

Sie legte den Kopf in den Nacken, umklammerte den Brief aber weiterhin fest. Sie hatte ein Recht, hier auf dem »Seehof« zu sein, ob es Antke van der Kaark passte oder nicht. Elisabeth faltete den Brief wieder sorgfältig zusammen, nahm ihre Brieftasche und verstaute ihn wieder sorgfältig in einem Fach. Dann starrte sie erneut die Straße hinunter, wo die kleine Allee zum Reiterhof abzweigte.

Es war schön hier. Die grüne Marsch hatte zwar auch unter der Hitze gelitten, aber es war längst nicht so vergilbt wie in Hessen, wo sie inzwischen lebte, wenngleich die lange Hitze durchaus Spuren hinterlassen hatte.

Sie mochte die Landschaft, diese unglaubliche Weite, die ihr Herz erfreute. Die schwarz-bunten Kühe, die friedlich auf den Wiesen grasten, und die Möwen, die ständig das Lied der Freiheit sangen. Von hier aus war auch der Deich gut zu erkennen. Und dahinter erstreckte sich die Nordsee mit den vorgelagerten Inseln.

Obwohl Elisabeth das Wangerland liebte, kam es ihr in der augenblicklichen Lage so vor, als würde ihr hier eine Idylle vorgespielt, die es so nicht gab und auch nicht geben konnte.

Elisabeth riss sich aus den Gedanken und überlegte, wie sie weiter vorgehen wollte. Außer Gerda, an die sie sich nur zu gut erinnerte, war keiner mehr in Richtung des Hofs gefahren oder hatte ihn verlassen. Also war es wahrscheinlich, dass die drei Frauen zu Hause waren.

»Ich mache einen zweiten Anlauf«, machte sie sich selbst Mut.

Gerade, als sie das Auto starten wollte, radelte ein junges Mädchen aus der Allee. Schlank, fast zu dünn und mit einem kurzen, burschikosen Haarschnitt.

Sie fiel auf, weil sie ähnlich hochgewachsen war wie Elisabeths eigener Sohn, der einen ähnlich hünenhaften Wuchs hatte, und der sich manchmal leicht vornüberbeugte, um kleiner zu erscheinen.

Elisabeth musste bei den Gedanken hart schlucken. Sie ahnte plötzlich, wer das Mädchen war, und sie ahnte auch, dass sie einen riesigen Fehler gemacht und die falsche Entscheidung getroffen hatte.

Nicht jetzt. Damals. Vor 18 Jahren.

Sie kniff die Lippen entschlossen zusammen. Jetzt würde sie es besser machen und alles ins Lot bringen.

Ihr Herz klopfte heftig, als sie dem Mädchen langsam folgte.

2.

»Und, wie viele Feriengäste habt ihr schon?« Hilka wälzte sich im Sand. Die Körner blieben an ihrem eingeölten Körper kleben. Der Rücken sah aus wie paniert, als sie sich aufsetzte.

Der Hooksieler Strand war unglaublich voll. Sämtliche Badegäste aus der Umgebung und viele Einheimische zog es bei diesem Wetter an die See, denn hier war es am besten auszuhalten.

»Wir sind fast ausgebucht«, erwiderte Esther. »Morgen sollen drei weitere Familien kommen und ein alleinstehender Mann, was auch immer der auf einem Ponyhof will.« Sie pustete sich ihre Haarsträhne aus dem Gesicht. Ansonsten trug sie das Haar ähnlich raspelkurz wie ihre Oma. Bis auf die schlaksige Figur ähnelte sie ihr sehr. »Hast du mal was zu rauchen?«

Esther wühlte im Liegen in der Tasche ihrer Freundin. Sie zog ein Tabakpäckchen hervor. »Wenigstens was.« Esther war froh, dass Hilka sie nicht auf ihre Schimpftiraden ansprach, sondern einfach einen coolen Strandtag haben wollte. Sie setzte sich auf und begann eine Zigarette zu drehen.

»Was ist denn das da für eine?« Hilka hieb ihrer Freundin den Arm in die Seite. »Die Blonde da!«

Esther hielt mit dem Drehen inne und verfolgte die Frau mit ihren Blicken. Sie stellte ihre Tasche eben im Sand ab, schälte sich aus ihrem Minirock und lief in einem knappen, schwarzen Bikini auf Zehenspitzen in Richtung Wasser.

»Sieht aus wie eine Prostituierte, wenn du mich fragst«, sagte Esther. »Wer trägt denn sonst so etwas? In diesem Alter!«

»Ist die für den Job nicht zu alt?« Hilka runzelte die Stirn. »Guck doch mal!«

Esther verzog die Mundwinkel und schaute der Frau hinterher. Ihre Zigarette war fertig gedreht. »So alt ist sie wohl noch nicht. Vielleicht wie meine Mutter?« Das Feuerzeug klackte, als Esther das Rädchen an der Seite betätigte. Sie schenkte der Frau noch einen kritischen Blick und wackelte mit dem Kopf. »Nö, die ist wohl doch schon älter ...« Mit vorgeschobener Unterlippe blies sie den Qualm aus.

»Dafür ist die noch richtig gut gebaut.« Hilka schürzte die Lippen. »Aber guck dir mal die Haut an!«

»Solarium geschädigt. Gibt Weiber, die finden es schön, ewig braun gebrannt zu sein.« Esther legte sich zurück auf die Decke und ließ sich die Sonne ins Gesicht scheinen.

Hilka war mit ihren Betrachtungen aber noch nicht fertig. »Die ist doch mindestens 50. Oder 55. Also jünger als deine Großmutter, aber älter als deine Ma, oder?«

»Oma ist 67 und glaub mir, die würde hier so nicht rumrennen.« Esther grinste. »Bei ihrer Leibesfülle wäre das auch schlimmer als bei der da ...«

»Vielleicht ist das eine High-Society-Lady aus Sankt Moritz oder von Sylt«, spekulierte Hilka.

Esther gähnte. »Wahrscheinlich hat sie sich hierher verirrt, weil sie bei einer ihrer Schönheitsoperationen versehentlich das Hirn mit entfernt haben und sie deshalb nicht mehr örtlich orientiert ist.«

»Quatsch nicht so geschwollen!« Hilka zog die Stirn in Falten, konnte sich ein Lachen aber nicht verkneifen. Sie wandte den Blick noch immer nicht von der Frau. »Hast du die Nägel gesehen, Esther? Das sind Krallen. Echte, ausgefahrene Krallen. Natürlich bunt bemalt.«

»Nun hör schon auf. Mein Gott, die Alte interessiert mich nicht!« Esther machte eine wegwerfende Handbewegung.

Inzwischen war die Unbekannte am Wattsaum angekommen und tauchte vorsichtig den Fuß ins Nass.

»Weißt du was?«, sagte Hilka. »Die tut zwar unbeteiligt, aber in Wirklichkeit beobachtet sie uns. Sie schaut immer wieder her.«

Esther sah kurz zu der Frau, gähnte ein zweites Mal. Es war einfach zu heiß. Sie verspürte auch keine Lust dazu, sich über eine fremde, aufgedonnerte Frau zu unterhalten.

Aber Hilka gab keine Ruhe. »Guck doch! Die zieht uns ja förmlich aus mit ihrem Blick.«

Esther stieß Hilka sacht von hinten an. »Ist gut jetzt!« Sie drückte die angerauchte Zigarette im Sand aus. »Einfach ein bisschen entspannen, bevor gleich zu Hause der Stress mit den Touris wieder losgeht!«

Hilka grinste. »Aber das ist doch das Beste, wenn man hier ist! Wir liegen am Strand und beobachten so schräge Vögel wie die Frau da!«

Esther setzte sich wieder auf und grinste breit. »Wo du recht hast, hast du recht. Ich glaube, wenn die ihren BH öffnet, fällt alles raus.«

»Wahrscheinlich nicht, wegen Silikonanhäufung …«

So lagen sie eine lange Zeit dort, beobachteten die Menschen und lästerten wie verrückt. Die merkwürdige Frau hatte sich derweil ein Stückchen entfernt in die Sonne gelegt.

Esther kramte in ihrer Tasche und suchte nach der Armbanduhr. Sie warf einen Blick aufs Ziffernblatt und fuhr erschrocken hoch. »Verdammt, weißt du, wie spät es ist?«

»Ist das wichtig?«, fragte Hilka träge.

»Und ob. Oma macht mich einen Kopf kürzer, wenn ich nicht pünktlich zurück bin.«

»Denn man tau – ich bleib noch ein bisschen.«

Esther sprang auf und raffte ihre Sachen zusammen. »Bis demnächst. Ich mach mich jetzt vom Acker! Sonst gibt es richtig Ärger.«

Sie warf alles in die mitgebrachte Strandtasche. »Du weißt schon. Die Gäste. Würg.« Esther steckte sich den Zeigefinger halb in den geöffneten Mund. »Wird nichts mit Ferien für eine wie mich.«

Als sie sich aufrichtete, sah sie, dass die fremde Frau sich aufgerichtet hatte und sie wieder beobachtete. Mit einem unangenehmen Gefühl im Bauch verließ Esther rasch den Strand.

Am Kassenhäuschen drehte sie sich noch einmal um. Die blonde Frau war ihr gefolgt und fixierte sie noch immer mit ihrem Blick.

*

Monika brachte Gerda zur Tür. Die war heute wieder zu einer lästigen Stubenfliege mutiert und stundenlang geblieben. Gerda Wiese war wirklich ein Fall für sich. Nachbarn konnte man sich ebenso wenig aussuchen wie nervige Verwandte. Aber nun war sie ja erst einmal wieder weg.

Monika hatte gesehen, dass Esther mit dem Rad davongefahren war. Auf dem Gepäckträger hatte sie die Strandtasche geschnallt. Wahrscheinlich war sie mit Hilka verabredet.

Es war ein träger Nachmittag, der Monika an das Märchen von Dornröschen erinnerte, als alle zum Schlafen verdonnert worden waren. Auch hier schien alles nur noch in Zeitlupe zu gehen, selbst die Zeiger der Küchenuhr kletterten nur mühsam weiter. Monika sehnte den Abend herbei.

Ihre Mutter saß noch immer häkelnd auf der Küchenbank. Dabei bewegten sich ihre Hände ruhig und gleichmäßig. Und doch war unschwer zu erkennen, dass sie etwas belastete. Am Gespräch mit Gerda hatte sie sich jedenfalls nicht beteiligt.

»Nun sag schon!«, forderte Monika sie auf. »Ist was? Du bist schon den ganzen Nachmittag so komisch. Es hängt mit dem flotten Auto zusammen, oder? War ein Porsche, glaube ich. Wer saß denn drin? Kanntest du sie? Oder ihn?«

Ihre Mutter grub die Schneidezähne in die Unterlippe, hielt aber nicht einmal für einen Augenblick mit ihrer Häkelarbeit inne.

Monika bückte sich, um eine Scherbe aufzuheben, die sie vorhin übersehen hatte.

»Wenn du nicht mit mir reden willst, lass es«, sagte Monika. »Ich hätte nur gern gewusst, was dir mal wieder die Laune verhagelt hat.«

Ihre Mutter atmete kurz etwas lauter ein, setzte aber unvermindert gleichmäßig ihre Häkelei fort. Monika unterdrückte den Wunsch, ihr die Nadel und das Garn aus der Hand zu reißen. Sie merkte, dass sie ihre Hände bereits leicht erhoben hatte, und ließ sie resigniert wieder sinken.

Gerade als sie sich zu Tür wenden wollte, räusperte sich ihre Mutter.

Monika beugte sich über sie. Antke krallte die Finger in Monikas Unterarm. Sie zog ihre Tochter an sich heran. »Sie ist wieder da, Monika. Elisabeth Holzer ist wieder da.«

*

Das also ist tatsächlich Esther van der Kaark, dachte Elisabeth, nachdem Monikas Tochter den Strand verlassen hatte.

Esther war ein völlig anderer Typ als ihre Mutter. Monika war weiblicher und runder gebaut, hatte lange blonde Haare und wirkte weicher.

Schade, dass Esther es plötzlich so eilig gehabt hatte und davongerannt war. Elisabeth hätte gern mit ihr gesprochen. Sie hätte sie nach einer Zigarette fragen können. Oder wann wieder Ebbe wäre. Irgendetwas Zufälliges.

Elisabeth stieg in den dunklen Porsche und fuhr zu ihrer Pension nach Hooksiel.

Es war besser, sich einen Überblick zu verschaffen, bevor sie wieder auf dem »Seehof« auftauchte.

Sie nahm ihren Laptop, loggte sich im Internet ein und rief die Homepage der Pension auf.

Sie hatte Glück, weil sämtliche Familienmitglieder und das Personal dort aufgeführt wurden.

Sofort sprang ihr das Konterfei von Antke van der Kaark ins Auge. Sie erschrak regelrecht. Von der einst gepflegten und hübschen Frau war nichts geblieben. Das Einzige, was noch immer übereinstimmte, waren die tragisch dreinblickenden dunklen Augen, jetzt noch düsterer als zuvor. Und dick war sie geworden. Dazu die kurzen Haare, die ihr aufgeschwemmtes Gesicht viereckig aussehen ließen. Bei ihrem Anblick musste jeden Betrachter das Gefühl beschleichen, eine unglückliche Frau vor sich zu haben, die auf ein positives Aussehen keinen Wert legte. Weder sich selbst noch einem anderen zuliebe. Selbst auf dem Foto schien ihre Kleidung schäbig und alt.

Elisabeth schüttelte den Kopf. Da war sie sogar im Osten besser gekleidet gewesen. Aber erst nach dem Mauerfall war es ihr möglich geworden, sich die Sachen zu kaufen, die ihren Typ optimal unterstrichen. Damals war es ihr wichtig gewesen mitzuhalten. Heute brauchte sie die auffällige Kleidung, um sich dahinter zu verstecken.

Elisabeth fand es erschreckend, wie sehr sich ein Mensch in all den Jahren veränderte. Wahrscheinlich war es mit ihr nicht anders.

Sie lehnte sich zurück und hing alten Erinnerungen nach.

Wie wäre ihr Leben verlaufen, wenn sie Arnold nicht kennengelernt hätte?

Wenn sie damals nicht auf der Krankenstation in dem Ostberliner Krankenhaus zum Nachtdienst eingeteilt worden wäre.

Sie hatte Arnolds Mutter schon länger gekannt, aber nun ging es dem Ende zu. Auch jetzt, nach so langer Zeit, meinte sie noch immer den Körper der sterbenden Frau zu spüren, sah ihre angstvollen Augen, die sich geschlossen hatten, bevor der Sohn aus dem Westen anreisen konnte. Er war sofort aufgebrochen, hatte in der nächsten Nacht völlig verzweifelt vor ihr gestanden, froh darüber, dass es Elisabeth gab. In der Nacht und anschließend in vielen weiteren.

Das Leben hatte für Elisabeth nach der Wende privat keinen guten Verlauf genommen.

Sie hätte eben einfach schon eher zum »Seehof« kommen sollen. Aber Elisabeth hatte es vorgezogen, nichts zu hinterfragen. Hinsehen und sich äußern hatte damals Gefahr bedeutet. Tat man es, war es möglich, dass einen die nächsten Jahre graue Mauern umschlossen. Wie es ihrem Vater passiert war. Und so hatte sie weggeschaut. Ganz so, wie sie es all die Jahre gelernt hatte.

*

Monika sah in den Flurspiegel und schüttelte unmerklich den Kopf. 18 Jahre war jetzt alles her. Das wusste sie auf den Tag genauso sicher wie ihre Mutter. Damals war sie so alt gewesen wie Esther jetzt. Die Jahre hatten seitdem an ihr gezehrt und sie schneller altern lassen.

Sie hatte gehofft, dass die Angst eines Tages schwächer werden würde, aber das war nicht so. Und nun war Elisabeth Holzer wieder da. Was wollte sie? Es gab absolut nichts, was sie noch zu regeln hätte.

Monika ging zum Wäscheschrank, der sich ebenfalls im Flur befand, und zog die blau karierten Bettbezüge heraus. Die Arbeit würde sie ablenken.

Monika riss in den Gästezimmern die Fenster auf und begann, die Betten zu beziehen. Als sie fertig war, schüttelte sie die Kissen auf, stellte sie an die Rückwand des Bettes und hieb mit Wucht in die Mitte hinein, dass sich zwei Ohren bildeten. Draußen hörte sie Esther mit Hajo herumalbern. Der alte Mann war für Monikas Tochter so etwas wie ein Großvater. Er war der Einzige, bei dem Esther sich so verhielt, wie es ihrem Naturell entsprach.

Wenn Monika ihre Tochter so unbefangen erlebte, gab es ihr jedes Mal einen Stich. Esther war selten sorglos. Wirklich nur, wenn sie mit Hilka oder Hajo zusammen war. In Monikas Gegenwart wirkte ihre Tochter immer arg verkrampft. Meist wussten beide nicht, was sie sich erzählen sollten, und oft endete eines der seltenen Gespräche im Streit. Hinterher wusste keiner zu sagen warum, aber beide waren froh, wenn sie sich wieder aus dem Weg gehen konnten. Je älter Esther wurde, desto schlimmer wurde es.

Monikas Hals wurde trocken, ein schlechter Geschmack legte sich auf ihre Zunge. Das Kissen bekam einen zweiten Schlag in die Mitte.

Sie arbeitete sich durch die Zimmer, putzte ein bisschen mehr als nötig, nur damit sie nicht nachdenken musste. Doch es gelang ihr nicht, die Gedankenflut einzudämmen.

3.

Esther hatte schlecht geschlafen, denn es war unter dem Dach viel zu warm gewesen. Deshalb hatte sie schon überlegt, die Nacht auf der Terrasse zu verbringen. Schlussendlich war sie dann doch in ihrem Bett geblieben, weil Esther keine Lust auf die vielen Mückenstiche hatte. Nun stand sie stand am Weidezaun und betrachtete die ruhig grasenden Pferde, deren langen Schweife gemächlich die Fliegen vertrieben.

Jeden Augenblick würden die neuen Gäste eintrudeln. Ihre Mutter hatte gestern viel Zeit damit verbracht, die Zimmer herzurichten. Darauf legte sie viel Wert. Der »Seehof« sollte nicht nur ein einfacher Ferienhof sein. Nein, hier war es auch wichtig, sich wohlzufühlen und sich zu erholen. Jedes Zimmer war individuell gestaltet, in allen Räumen fand der Gast ein Pferdethema vor. Entweder Springreiten oder Dressur. Ein Zimmer hatte Westernambiente, ein anderes war als Indianerzimmer eingerichtet. Zudem waren sämtliche Zimmer nach den Islandpferden auf dem Hof benannt.

Esther hatte den Reitplan für die Woche schon erstellt. Wenn Gäste da waren, musste alles genau durchdacht sein. Die Reitstunden, das Longieren und so weiter. Ihre Mutter konnte sich dabei voll auf sie verlassen. Schade, dass sie das nicht zu schätzen wusste und sie niemals für ihren Einsatz lobte. Esther trat gegen einen Stein. Andere junge Mädchen gingen auf Tour, amüsierten sich nach der Schule. Sie dagegen kümmerte sich um den Hof und gab Reitunterricht für die Feriengäste. Ohne zu murren. Und wer dankte es ihr?

Sie ging zu Leiknir auf die Weide, legte ihren Kopf an seinen Hals. Vorsichtig zupfte der Wallach mit seinen Lippen an ihrer Hosentasche. »Ich habe nichts für dich mit«, flüsterte Esther. »Entschuldige.«

Sie schob ihren Kopf unter die Mähne des Pferdes. Leiknir roch gut. Nicht typisch wie andere Pferde. Er hatte noch den wilden Geruch der Freiheit an sich.

»Hallo? Haaallooo!«

Esther wandte ihr Gesicht in die Richtung, aus der der Ruf gekommen war. Eine Frau stolperte über die Weide, schien sich vor der Ponyherde nicht zu fürchten. Sie hatte einen großen Sonnenhut auf und trug eine dunkle Brille. Als sich ihr die Stute Kelda näherte, strich sie ihr über die Nüstern.

Esther sah der Fremden entgegen und positionierte sich vor Leiknir. »Es ist Fremden nicht erlaubt, die Weide einfach so zu betreten«, sagte sie.

»Ich wollte …« Die Frau war ganz aus der Puste. »Ich wollte auch nur fragen …« Sie nahm die Brille ab.

Jetzt erkannte Esther, wer da auf sie zukam und erschrak. Vor ihr stand die blonde Frau vom Strand. Esther wich unwillkürlich einen Schritt zurück, denn sie hatte deren stechenden Blick noch gut in Erinnerung. Dann musterte sie die Unbekannte.

Die Fremde sah allein deshalb interessant aus, weil

sie mit Sommersprossen übersät war, was Esther gestern aus der Entfernung gar nicht gemerkt hatte. Heute trug sie einen knielangen, grün bedruckten Rock, der ihre Schlankheit fast aufdringlich unterstrich.

Ihr Dekolleté war, genau wie das Gesicht, mit Sommersprossen bedeckt. Die Dinger schlucken ihre Sonnenbankfalten, dachte Esther.

Sie sah der Frau in die Augen. Es war das gleiche Phänomen wie gestern: Auf den ersten Blick hatte es den Anschein, man stehe einer jugendlichen Person gegenüber, aber schon beim zweiten Hinsehen erkannte man das als Trugschluss. Esther vermutete, dass diese Frau tatsächlich schon Mitte 50 war.

Die Fremde hatte sonst noch nichts weiter gesagt, als warte sie darauf, dass Esther mit ihrer Musterung fertig wurde.

»Was möchten Sie?« Esther bemühte sich, ihrer Stimme einen festen, aber freundlichen Klang zu geben. Als Tochter des »Seehofes« musste sie sich Gästen gegenüber erwachsen verhalten, auch wenn sie so etwas wie das Herumalbern mit Hajo oder das lockere Zusammensein mit Hilka entschieden vorzog. Danach fragte aber keiner.

Esther betrachtete das Schuhwerk der Blonden, das farblich dem weit ausgeschnittenen smaragdfarbenen Sonnentop angepasst war. Diese Frau war für ihr Alter einfach zu bunt.

Sie streckte ihr die Hand entgegen.

»Mich kurz vorstellen. Elisabeth Holzer ist mein Name.« Ihre Sommersprossen tanzten kurz auf dem leicht faltigen Gesicht herum, huschten aber rasch wieder an ihren alten Platz, als schämten sie sich, für Unordnung gesorgt zu haben. Esther war fasziniert von diesem Mienenspiel. Sie schlug in deren Hand ein, weil sie plötzlich den unwiderstehlichen Drang verspürte, sie zu berühren.

»Esther van der Kaark. Was kann ich für Sie tun?«

Erneut tanzten die Sprossen einen wilden Reigen, aber die Frau hatte sich rasch wieder gefangen. Ihr Tonfall war fest, konnte allerdings über ihre sichtliche Unsicherheit nicht hinwegtäuschen. »Schön, Sie kennenzulernen.«

»Möchten Sie reiten?«, fragte Esther, weil sie irgendetwas sagen musste.

Statt einer Antwort erklärte Elisabeth Holzer: »Ich war früher mal hier.« Sie verschlang die Finger ineinander.

Die langen Krallen von gestern waren verschwunden, aber die Nägel waren sehr wohl lackiert.

Kunstnägel, dachte Esther. Gestern waren es Kunstnägel. Sie schüttelte sich innerlich.

Sie versuchte, sich mit vorgeschobener Unterlippe die Haarsträhne aus dem Gesicht zu pusten. Aber die blieb an der schweißigen Stirn kleben, sodass sie ihren Handrücken zur Hilfe nehmen musste. Sie hätte, wie sonst auch, wenn sie bei den Pferden war, ihr Tuch um den Kopf wickeln sollen.

»Wollen Sie vielleicht ein Zimmer?«, fragte Esther. »Wenn Sie schon einmal Gast bei uns waren …« Irgendetwas musste diese Elisabeth hier ja wollen. Nur: Warum war sie ihr schon am Strand hinterhergelaufen?

Erneut ruckten die kleinen, braunen Punkte flüchtig in Elisabeth Holzers Gesicht hin und her. Für den Augenblick vertieften sich die Stirnfalten.

»Ich kann Sie zu meiner Mutter schicken. Die macht das.« Esther zog entschuldigend die Schultern hoch. »Ich kümmere mich hier wirklich nur um die Pferde.« Sie schabte mit dem Fuß über den trockenen Kleiboden, nervös, weil sie noch immer keine Antwort bekam. Diese Frau Holzer verunsicherte Esther. Auf der einen Seite nervte es sie, dass die Frau nicht direkt sagte, was sie wollte, auf der anderen Seite hatte sie aber etwas an sich, das Esther auf Anhieb in den Bann zog. Ob es diese außergewöhnliche Mimik war oder einfach der Ausdruck ihrer blauen Augen. Die wirkten so tief und undurchdringlich, man konnte gar nicht anders, als ständig den Blickkontakt zu ihr zu suchen.

Esther schlug ihre Fußspitze in den Boden. Es staubte.

»Ich möchte doch mit Ihnen …« Die Frau brach ab. »… mit dir … ausreiten.«

»Können Sie das denn?« Esther musterte sie von oben bis unten.

»Ja, ich bin kein totaler Anfänger. Wirklich.« Elisabeth sah an sich herunter. »Ich ziehe mich rasch um. Und – sag ›du‹ zu mir, ja?«

Esther fragte sich für einen Augenblick, ob das eine gute Idee war, jetzt mit Elisabeth loszureiten.

»Ein Ausritt kostet 15 Euro die Stunde«, hörte sie sich sagen. »In einer halben Stunde am Reitplatz auf dem Hof. Ich mache die Ponys fertig.«

*

Antke saß in der Stube und hatte ein Fotoalbum aufgeschlagen. Vor ihr stand ein Glas Apfelschorle, bei dem Wetter trank sie fast ununterbrochen.

Sie blätterte Seite um Seite und saugte die Bilder aus den vergangenen Tagen nahezu in sich auf.

Ein paar liebte sie besonders.

Ihr Mann Arnold mit Monika vor der neu errichteten Reithalle des örtlichen Vereins. Er hatte den Arm um seine Tochter geschlungen. In der Hand hielt sie die gelbe Schleife, die sie beim Turnier gewonnen hatte. Die nächste Seite zeigte sie selbst, Antke – und ihn. Sie schauten sich verliebt in die Augen.

Auch diese Zeiten hatte es gegeben. Obwohl ihre Welt schon längst nicht mehr in Ordnung war.

Sie blätterte weiter und blieb am Foto ihrer kleinen Tochter Janna hängen. Sie lächelte sie an. Blonde Locken ringelten sich um das Gesicht.

Was hatten sie viel mit ihr gelacht!

Ganz anders als diese Stille, die sich jetzt über das Haus gelegt hatte. Ein Grab. Für uns alle, dachte Antke. Sie schlug das Album mit Wucht zu, sodass es knallte. Sie hatte ihre Chance vertan, ihr Unrecht wiedergutzumachen. Vertan, vertan, vertan. Einem Unrecht hatte sie das nächste folgen lassen. Und doch – es war gekommen, wie es wohl vorherbestimmt war. Nun war Elisabeth Holzer zurück. Es war gegen die Abmachung. Was auch immer die jetzt hier auf dem »Seehof« suchte, es konnte nichts Gutes sein.

*

Während Elisabeth unterwegs war, um sich umzukleiden, holte Esther die Ponys, band sie im Schatten einer Pappel an und striegelte sie.

Dann schaute sie auf die Uhr. Es wurde Zeit, dass Elisabeth endlich kam. Esther kratzte gerade die Hufe aus, als sie das Brummen eines Motors hörte.

Es war der grüne Porsche, der auf den Hof knatterte.

Elisabeth sah völlig verändert aus. Ihre schlanken Beine steckten in einer verwaschenen Jeans, darüber hing ein hellblaues T-Shirt. Ihr Farbpegel hatte sich deutlich verringert. Alles in allem passte das viel besser zu ihr.

Sie näherte sich Esther und strich den Ponys über die weichen Nüstern.

»Das erste Mal habe ich nach der Wende auf einem Pferd gesessen.« Auch ihre Stimme klang jetzt unkomplizierter als eben. In ihr schwang ein dunkles Timbre, das eigentlich gar nicht zu der zierlichen Gestalt passte.

»Bist du da auch auf einem Isländer geritten?« Esther klopfte den staubigen Striegel auf dem Boden aus.

Elisabeth nickte. »Es sind so großartige Pferde.«

Esthers nächster Strich mit der Kardätsche wirkte verlangsamt.

»Wo bist du denn geritten?«

Elisabeth zögerte. »Das war hier auf dem ›Seehof‹. Ich war gleich nach dem Mauerfall hier. 1990. Im Juni.«

Esther ließ die Hand sinken. »Danach nicht mehr?«

Elisabeth schüttelte den Kopf. »Nein.« Dann lächelte sie. »Und dich gab es noch nicht.« Ihre Stimme war noch eine Nuance dunkler geworden, schien Esther zu streicheln.

»Ich bin erst 1991 geboren. Nicht ganz ein Jahr später.« Wieder suchte sie Blickkontakt zu Elisabeth.

»Nicht ganz ein Jahr später«, wiederholte sie.

»Damals hat meine Oma den Hof noch bewirtschaftet«, erklärte Esther. »Und meine Mutter hat das getan, was ich jetzt tue.«

Esther und Elisabeth sattelten die Ponys. Ein bisschen klopfte Esther das Herz. Obwohl es eigentlich ein normaler Ausritt mit einem Feriengast war, spürte sie eine gewisse Spannung. Diese Frau war nicht einfach so nach all der Zeit wieder aufgekreuzt. Esther war sich sicher, dass Elisabeth auf der Suche nach etwas war. Dass sie etwas plante, aber noch nicht sicher war, wie sie genau vorgehen sollte. Zu oft schwieg sie, zu oft öffnete sie ihren Mund, als wolle sie etwas sagen und konnte es nicht. Und zu oft bohrten sich ihre Blicke in Esthers, als könne sie dadurch tief in ihr Innerstes sehen.

»Ich freue mich auf den Ritt.« Elisabeth schwang sich in den Sattel.

Es war angenehm unter den Bäumen entlangzureiten, obwohl die Schwüle auch bis hierher durchdrang. Die Ponys waren froh, einmal von der Weide herunterzukommen. Leiknir blähte die Nüstern.

»Warst du mal richtig Gast auf dem ›Seehof‹ oder warst du nur zum Reiten hier?« Esther sah Elisabeth an, die Leiknir sofort zügelte und abrupt anhielt. Das Dröhnen der Autos drang von der Landstraße zu ihnen herüber und übertönte den Gesang der Vögel. Elisabeths Augen blickten unruhig hin und her, ihre Finger spielten mit der dunklen Mähne des Wallaches. Auf Esthers Frage ging sie nicht ein.

Das große Schweigen, dachte sie. Wie ich das kenne! Sie lehnte sich vor, hielt die Handkante vor die Stirn, weil die Sonne sie blendete und schaute Elisabeth abwartend an. Weil sie ihr keine Antwort gab, ritten sie wieder an und hielten sich weiter Richtung Straße. Kurz davor würden sie abbiegen und zum Hof zurückreiten.

Der Autolärm war hier noch dominanter. Von Ferne brummten die Motoren, auch ein Martinshorn mischte sich unter die lauten Töne.

»Ganz schön was los auf der Landstraße. Man merkt, dass Saison ist.« Elisabeth fuhr sich mit der Zunge immer wieder rasch über die Lippen und presste sie dann aufeinander.

»Wer lebt jetzt alles so auf dem Hof?«, fragte sie dann ganz beiläufig, aber Esther spürte die Anspannung. Es war allerdings kein Geheimnis und so antwortete sie in lockerem Tonfall.

»Meine Mutter Monika, ich und Antke, meine Oma. Das sind wir. Die van der Kaarks. Na, und Hajo. Außerdem haben wir eine Saisonkraft und noch eine Hilfe auf dem Hof.«

Elisabeth war merklich blass geworden. »Antke van der Kaark«, sagte sie. Wieder leckte sie sich nervös über die Lippen. »Was macht sie so?«

»Sie häkelt«, entfuhr es Esther. Die ganze Situation war ihr unangenehm und um ihr zu entkommen, drückte sie Kelda die Fersen in die Seiten. Die Stute wurde sofort schneller und begann zu tölten. Esther stellte sich in den Bügeln auf und drehte sich um. »Außerdem arbeitet sie in der Pension mit. Wie sie es schon immer getan hat.«

Elisabeth holte auf, bis sie auf gleicher Höhe mit Esther und ihrer Stute war. »Bleib stehen!«

Esther zog die Zügel an und hielt. Dieses Mal hatte sie die Sonne im Rücken und konnte Elisabeth ohne Schwierigkeiten in die Augen sehen. Sie wirkten noch unergründlicher als vorhin auf der Weide. »Du kennst uns«, sagte Esther aufs Geratewohl. »Und zwar besser als ein Gast, stimmt's?«

Für den Augenblick schien die Welt stillzustehen. Esther war es, als habe sogar der Autolärm aufgehört. Elisabeth sog die Luft ein, bevor sie sagte. »Ja, ich habe hier auf dem Hof gewohnt.« Sie versetzte den Wallach in den Schritt.

Esther war kurz sprachlos. Dann aber fing sie sich wieder.

»Warum sagst du nicht einfach, was los ist?« Sie griff in Elisabeths Zügel und fuhr sie scharf an. »Du tust die ganze Zeit ziemlich geheimnisvoll. Das nervt mich. Gut, du hast hier mal gewohnt und bist jetzt wieder aufgetaucht. Das sicher nicht ohne Grund. Und nun spuck's aus: Was willst du wirklich? Was weißt du über uns?«

Elisabeth kämpfte offenbar mit sich, aber dann flüsterte sie: »Ich weiß zum Beispiel, dass dein Großvater deine Tante, die kleine Janna, überfahren hat. Und dass er fünf Jahre später plötzlich tot war.«

4.

Monika ahnte Schlimmes, als Esther nach dem Ritt ins Haus kam und Elisabeth eben grußlos davongebraust war. Ihre Mutter stand mit wütendem Gesicht und mit in die Hüfte gestemmten Fäusten im Eingang.

Monika verharrte und wartete mit etwas Abstand, denn sie wollte auf keinen Fall in diesen Konflikt hineingezogen werden.

»Du bist mit ihr ausgeritten?«, fragte Antke grimmig.

Bevor Esther jedoch antworten konnte, ertönten Schreie und Frau Müller, ein Feriengast, trug ihr blutendes Kind zur Hoftür. »Kai ist gestürzt!«

Antke wurde bleich und zog sich augenblicklich ins Haus zurück. Monika ahnte, warum ihre Mutter so überzogen reagierte, nur half das dem Kind auch nicht. Sie ging auf die Frau zu und schaute sich die Wunde an. »Das muss genäht werden«, bestimmte sie.

»Mein Jüngster hat hohes Fieber und mein Mann ist auf der Kuttertour. Ich kann ihn nicht bringen.« Frau Müller war völlig verzweifelt.

»Ich mache das«, sagte Monika. »Aber jemand muss mich begleiten.« Sie sah zu Esther, die abwehrend die Hände hob.

»Ich bin für die Pferde zuständig, nicht für aufgeschlagene Gästeköpfe. Klare Ansage.« Dann drehte sie sich um, winkte ab und grummelte: »Toller Ferienanfang, wenn ich gleich im Krankenhaus abhängen soll.«

»Ich fahre mit Kai hin und Oma kommt mit!«, beschloss Monika schließlich. Egal, was ihre Mutter gerade quälte, sie hatten Feriengäste und die standen stets an erster Stelle.

»Du passt auf den Hof auf und kümmerst dich um die Gäste, Esther!« Das war eigentlich kein Problem, weil neben Hajo auch die Hilfe auf dem Hof war.

Antke schnaubte zwar vor Wut, willigte dann aber ein.

»Ich fahre«, sagte sie. »Um den Jungen kannst du dich kümmern.«

Monika setzte sich zu ihm auf die Rückbank.

Antke sprach die ganze Fahrt kein Wort. Sie lenkte den Wagen auf den großen Parkplatz des Krankenhauses in Wilhelmshaven.

Monika hasste Krankenhäuser. Seit Janna damals festgekabelt mit vielen Schläuchen auf der Intensivstation gelegen hatte. Ihr Vater war um sie herumgesprungen, hatte hier und da am Rädchen gedreht, um seine Hilflosigkeit zu überspielen.

Nun lag dasselbe Krankenhaus wieder vor ihr. Groß, wuchtig, mit mehreren Seitenflügeln. Sie passierten die Schranke und fuhren vor den Haupteingang. Ein Krankenwagen stand rechts von ihnen.

»Bringst du den Wagen auf den Parkplatz? Ich bin dann in der Ambulanz.« Monika zog den wimmernden Jungen, der sich eine Kompresse auf die blutende Wunde drückte, aus der Tür.

»Komm, gleich blutet es nicht mehr und alles ist gut. Du musst keine Angst haben, Kai.«

Der Kleine sah sie dankbar an. »Ich will ja nur, dass meine Mama da ist.« Er war blass. »Es tut so weh!«

»Ich bleibe bei dir, versprochen. Es geht ganz schnell und dann fahren wir wieder zurück!«

Kai schob seine kleine Hand in ihre und Monika drückte sie.

Sie nickte den herumstehenden Menschen in der Eingangshalle lächelnd zu, wie um sich selbst Mut zu machen. Der ganze Bereich war modernisiert worden und nun in Blautönen gehalten. Linker Hand befand sich ein Abrechnungsautomat, geradeaus wies ein Schild zu einem Café. Damals hatte es nur einen einfachen Kiosk in der Halle gegeben. Das Ganze hatte, wegen der aneinandergereihten Bänke, an einen Bahnhofswartesaal erinnert. Es hatte sich seitdem viel verändert. Sogar der Geruch war anders, erinnerte nicht mehr schon beim ersten Atemzug an Tod und Verfall, wie sie es damals empfunden hatte.

Monika gab sich einen Ruck.

Das hier war das Haus ihres Vaters. Und der Sarg ihrer kleinen Schwester. Ihre Mutter würde dieses Krankenhaus niemals betreten und hätte sich stets für ein anderes entschieden, aber das hier war nun mal das nächste.

Der Wartesaal der Ambulanz war voll. Doch mit dem blutenden Kind durfte Monika gleich durchgehen.

Im Behandlungsraum nahmen die Erinnerungen auch Monika wieder gefangen: das Entsetzen, als sie damals die grausame Wahrheit ertragen und aushalten mussten. Trotzdem musste sie sich zusammenreißen und die Daten durchgeben. Die Kacheln, die vielen Geräte, die versteckt in den Ecken auf ihren Einsatz lauerten, all das lähmte sie. Sie warf einen Blick auf die große, weiße Uhr an der Stirnseite. Wie damals quälte sich der Sekundenzeiger über das Ziffernblatt, und jede Sekunde schien länger zu dauern als die vorhergehende.

Der Junge jammerte nicht mehr. Ihn faszinierte das Drumherum. Ständig löcherte er die Schwester, wofür denn dieses und jenes benötigt würden, ob sie schon einen Toten gesehen habe …

Die Schwester reinigte die Verletzung. Der diensthabende Arzt eilte herein. Mit kurzem Blick prüfte er die Tiefe der Wunde und verlangte mit dahin genuschelten Worten, was die Schwester holen sollte. Sie legte ihm rasch alles auf einen fahrbaren, kleinen Tisch.

»Nun musst du kurz tapfer sein, Kleiner. Ich betäube das ein bisschen. Ist wie ein kleiner Mückenstich.«

Der Junge gab keinen Laut von sich. Mit zugekniffenen Augen ließ er die ganze Prozedur über sich ergehen. Nur bei der Spritze schürzte er kurz die Lippen.

Nach einer Weile schob der Arzt den Tisch beiseite. »So, das wäre geschafft. Ich gebe Ihnen noch einen Brief für den Hausarzt mit, die Fäden kann der dann ziehen.« Er sprühte noch etwas Desinfektionsspray auf die Wunde.

Monika hielt die Luft an, glaubte an den feinen Tröpfchen, die sie nur sacht berührten, zu ersticken.

»Da hat die Mama wohl mehr Angst gehabt als der Sohn, was?« Der Arzt klebte ein Pflaster über die Wunde und lächelte Monika aufmunternd zu.

»Ist nicht mein Kind«, sagte sie.

»Nicht umfallen!«, war das Letzte, was sie hörte. Dann wurde ihr schwarz vor Augen.

*

Antke war auf den Parkplatz zurückgefahren und saß nun schon eine Weile im Wagen. Sie beobachtete ein paar Spatzen, die sich um ein weggeworfenes Stück Brot stritten. Dann wanderte ihr Blick zu einem hohen Schornstein, der wie ein Fremdkörper aus dem Klinikgebäude herausragte.

»Wie der eines Krematoriums«, dachte Antke. Sie stieg aus. Vorsichtig glitt ihr Blick am Gemäuer des Krankenhauses empor. In großen Lettern prangte der Name grell auf dem Untergrund. Das Haus hat mehr Selbstbewusstsein bekommen, dachte Antke.

Noch immer krampfte sich in ihr alles zusammen, wenn sie das Gebäude sah. Dieser grausame Schmerz wollte einfach nicht verschwinden, denn er war heftiger als das, was eine Mutter ertragen konnte.

Das Klappern der Töpfe und leise Stimmen deuteten darauf hin, dass sich rechts von ihr die Krankenhausküche befinden musste. Etwas knallte auf die Fliesen, schepperte lange nach und stoppte Antkes Schritte. Ihre Hand umklammerte die Metallstange des Geländers.

Warum sie sich langsam zum Haupteingang vortastete und sich die Nähe des Gebäudes antat, wusste sie selbst nicht. Aber plötzlich stand sie am Eingang. Die Sonne spiegelte sich in den Scheiben. Schritt für Schritt tastete sich Antke näher und hatte dabei das Gefühl, sie müsse sich selbst zur Tür hinziehen. Ihre Beine waren zu wackelig, um es allein zu schaffen.

Dann konnte sie keinen Schritt mehr weitergehen. Antke verfluchte Monikas Idee, mit dem Jungen hierherzufahren.

Unten auf der Zufahrt ratterte ein kleiner Wagen mit Anhänger. In der Ferne heulte ein Martinshorn.

Es war so falsch hier zu sein. Furchtbar falsch.

Antke wollte nur noch nach Hause. Zurück auf den »Seehof«. Zurück zu ihrer Häkelarbeit. Einstechen, Faden holen – und an nichts denken müssen.

Langsam wankte sie zurück zum Auto. Sie hatte die Tür offengelassen, als habe sie gewusst, dass sie es nicht bis in die Klinik hineinschaffen würde.

*

Elisabeth war zufrieden mit sich. Sie hatte den ersten Schritt gemacht und mit Esther gesprochen. Nun musste sie Kontakt zu Antke und Monika aufnehmen. Erst dann konnte sie das tun, wofür sie zurückgekommen war.

Sie tastete mit ihren Fingerspitzen nach dem Brief in ihrer Tasche, bekam einen Zipfel davon zu fassen. Immer wieder musste sie sich seiner Existenz vergewissern.

Elisabeth stellte sich unter die Dusche. Sie hatte eine kleine Pension in Hooksiel gewählt. Von dort war der »Seehof« nicht zu weit, aber entfernt genug, dass sie sich zwischenzeitlich zurückziehen konnte.

Die Besitzer waren ein schwules Pärchen, dafür hatte Elisabeth einen Blick. Es rührte sie an, wie sie morgens beim Frühstück jedes Ei einzeln an die Tische brachten und sich um das Wohl eines jeden Gastes bemühten. Sie mochte die beiden. Hin und wieder berührten sich ihre Hände. Scheinbar aus Versehen und doch wieder so eindeutig, dass Elisabeth gar nicht anders konnte, als sie zu beneiden.

Als sie geduscht hatte, stand der ganze Fußboden unter Wasser. Das war der Nachteil an einer so alten Pension. Aber sie erinnerte Elisabeth ein bisschen an früher. Der Geruch des Hauses unterschied sich nur wenig von dem ihrer damaligen Wohnung in Ostberlin, wo sie kurz vor der Wende ihre glücklichste Zeit gehabt hatte. Auch hier war an den Türen der Lack abgeblättert und in der Ecke des Zimmers stand ein alter Ofen. Er wurde aber nicht mehr genutzt, sondern diente lediglich als Dekoration.

Monika schlang sich das Handtuch um den Körper und begann sich abzutrocknen. Der orangefarbene Frotteestoff war steif und rau, kratzte beim Abtrocknen auf der Haut.

Als sie sich angezogen hatte, brummte ihr Handy: *Bist du schon da? Ich komme dann in den nächsten Tagen. Ich melde mich.*

Wie schön! Schon bald war sie nicht mehr allein.

5.

Antke sprach auf der Rückfahrt kein Wort mit Monika. Ihre weißen Finger hielten das Lenkrad fest umschlossen. Sie starrte stur geradeaus. Antke fuhr zu schnell und musste kurz bremsen, als ein Auto von der Autobahn kam und ihr den Weg abschnitt. Dafür gab sie noch einmal extra Gas, als sie die Brücke hinunterfuhr. Ihre Lippen pressten sich immer fester zusammen. Als sie endlich die Schnellstraße in Richtung Hooksiel erreicht hatten, wirkte ihr Gesicht versteinert.

»Ich habe mich vorhin ganz schön erschrocken, als du einfach so umgefallen bist, Frau van der Kaark«, brach der Junge schließlich das Schweigen.

Monika war es noch immer übel. Ihr Kopf pochte, als ob darin eine ganze Schwadron von Handwerkern hämmerte.

Monika nickte nur. Glücklicherweise lag die Landstraße leer vor ihnen. Antke gab noch einmal Gas. Monika saß nun vorn auf dem Beifahrersitz und fasste unwillkürlich an den Griff oberhalb der Tür. Das Aufheulen des Motors vermischte sich mit dem Geplauder des Jungen, das über die beiden Frauen hinwegplätscherte. Er schien nichts von der unterschwelligen Gereiztheit zu spüren. »Der Arzt und die Schwester waren nett. Und der Doktor hat gut genäht, ich hab kaum was gemerkt.«

»Ja, schon.« Monika drehte sich um und strich ihm übers Haar. »Du hast ja recht. Nun ist ja auch alles gut.«

»Die Krankenschwester hat gesagt, sie kennt dich. Von früher. Weil dein Papa in dem Krankenhaus Arzt war.«

Antke trat auf die Bremse und riss das Lenkrad herum, dass der Wagen ins Schlingern kam und erst kurz vor der Brücke des Hookstiefs stoppte.

*

Inzwischen war es 14 Uhr und Esther lag mit übereinandergeschlagenen Beinen auf dem Bett.

Noch waren ihre Mutter und Oma nicht aus dem Krankenhaus zurück. Für Esther war es von Vorteil, dass sich Kai verletzt hatte, denn so hatte ihre Oma nicht weiter nachfragen können, warum sie mit Elisabeth ausgeritten war.

Ob auch Hajo etwas mitbekommen hatte, wusste sie nicht. Esther hatte ihn seitdem nicht zu Gesicht bekommen. Auch das passte ihr ganz gut. Sie musste sich jetzt erst einmal über einige Dinge klar werden.

Die letzten Worte des Gesprächs mit Elisabeth pendelten noch immer in ihrem Kopf hin und her. Sie war sich jetzt ganz sicher, dass Elisabeth Holzer eine Menge mehr von ihrer Familie wusste. Und dass ihr Auftauchen der Grund für die Gereiztheit ihrer Großmutter war. Die benahm sich nämlich seit gestern äußerst merkwürdig. Und auch ihre Mutter wirkte fahrig und unkonzentriert.

Es war nun wirklich nicht so, dass bei ihnen immer eine Bombenstimmung herrschte, eher glichen ihr Zusammenleben und das Miteinander dem schweigender Mönche, die nur darauf bedacht waren, einander nicht zu berühren. Aber es lag etwas in der Luft. Die sonst nur unterschwellige und nur für die Familie spürbare Spannung hatte merklich an Zunder gewonnen und schien die Luft zwischen ihnen zum Glühen zu bringen. Esther konnte nicht behaupten, dass sie diese Entwicklung gut fand. Es hatte ihr vorher wahrlich auch schon gereicht. Ob Elisabeth wirklich etwas damit zu tun hatte? Vielleicht war sie auch schon bei Oma gewesen? Aber dann hätte sie sich ja nicht nach ihr erkundigen müssen.

Esther dachte daran, wie gestern ein Wagen eilig vom Hof gebraust war, erinnerte sich an die lauten Stimmen in der Küche und die Frage ihrer Mutter, wer das denn gewesen sei. Gestern hatte sie dem noch keinerlei Bedeutung beigemessen. Heute stellte es sich ein kleines bisschen anders dar.

»Ich weiß zum Beispiel, dass dein Großvater deine Tante, die kleine Janna, überfahren hat. Und dass er fünf Jahre später plötzlich tot war«, hatte Elisabeth gesagt.

Esther war über diese Eröffnung über den Tod ihrer Tante, die sie selbst ja nie kennengelernt hatte, völlig perplex gewesen. So überrascht, dass sie gar nicht auf die Idee gekommen war, nachzufragen, warum Jannas Tod Elisabeth so beschäftigte und was sie überhaupt damit zu tun hatte. Jannas Tod musste über 20 Jahre her sein. Es war auf jeden Fall noch vor der Wende gewesen. Und da hatte Elisabeth doch in Ostberlin gelebt. So wie

Esthers Uroma. Die hatte zeit ihres Lebens nicht in den Westen gewollt und war drüben gestorben.

Über Jannas Tod wurde hier nie gesprochen, obwohl Esther durchaus wusste, dass es diesen Unfall gegeben hatte. Es war sicher furchtbar für alle gewesen. Wenn der eigene Vater … Sie biss mit den unteren Zähnen auf die Oberlippe und nagte eine Weile darauf herum, bis sie schmerzte. Vielleicht war Elisabeth damals auch schon Gast gewesen, hatte es mit ansehen müssen. Vielleicht hatte sie eine Sondergenehmigung gehabt und sich irgendwie im Westen aufgehalten? Esther kannte sich nicht damit aus, ob man damals die DDR hatte verlassen dürfen.

Im Zimmer ihrer Großmutter hing ein Bild von Janna. Mit schwarzer Schleife. Sicher hatte das Mädchen alle um den kleinen Finger gewickelt, so niedlich wie sie ausgesehen hatte. Aber Monika und Antke redeten nie über sie. Esther wusste nur, dass ihre Großmutter oft zum Friedhof ging. Das war aber nicht ungewöhnlich, weil auch Esthers Großvater dort beerdigt war. Allerdings lagen er und seine kleine Tochter nicht nebeneinander, sondern jeweils am anderen Ende vom Friedhof.

Früher hatte sie ihre Mutter einmal gefragt, warum das so sei. Janna habe doch sicher Furcht, ganz allein. Weil sie doch so früh gestorben war und nun als Kind durch den Himmel sprang. Aber Monika hatte geantwortet, Jannas Grab läge schön in der Sonne, da würde sie es nie richtig dunkel haben. »Und nachts?«, hatte Esther gefragt. »Nachts ist es immer dunkel.«

»Im Himmel nicht«, war die Antwort. Zufrieden war Esther damit nicht gewesen. Aber das Gesicht ihrer Mutter hatte ihr weitere Fragen verboten. Und so war Esthers Blick nur weiter zum Grab ihres Großvaters gewandert, das im Schatten eines hohen Zaunes lag. Ringsumher war dort kein Gras, sondern nur Moos zu sehen. Dort kam die Sonne sicher niemals hin.

Esther wusste von ihrem Opa nur, dass er damals Oberarzt in einem Wilhelmshavener Krankenhaus gewesen war und noch versucht hatte, seine Tochter eigenhändig zu retten. Vergebens. So erzählte man es sich. Oder besser gesagt, Gerda tratschte es in dieser Version ab und zu herum.

Auch wenn die Nachbarin es jedes Mal aussehen ließ, als spreche sie von einer geheimen Sache, die »die Deern« besser nicht mitbekommen solle. Nach dem dritten Mal war die Mystik der Sache verschwunden gewesen, und so sehr hatte diese Geschichte Esther auch nie interessiert. Es war zu lange her und sie kannte weder ihren Großvater noch Janna.

Und wenn Gerda es überall herumerzählte … so ein Geheimnis war es dann ja wohl nicht. Elisabeth wusste doch gar nichts über sie alle und wollte sich vermutlich nur wichtigmachen.

Esther hörte einen Wagen auf den Hof fahren. Sie schaute aus dem Dachfenster. Monika und ihre Oma waren zurück. Sie liefen nebeneinanderher wie zwei Fremde.

»Du hättest dort nicht hinfahren dürfen, Monika!« Die Stimme ihrer Großmutter klang schneidend. »Die Zeit heilt keine Wunden. Nie!«

*

Monika hatte Kopfschmerzen. Es war tatsächlich ein Fehler gewesen, mit dem Jungen ausgerechnet in dieses Krankenhaus zu fahren. Sie waren alle nicht stark genug dafür, und sie würden es wohl auch nie sein. Über ihrer Familie lag ein Fluch, der sie wie ein Leichentuch überdeckte und alle darunter erstickte.

Monika hoffte, dass wenigstens Esther ein anderer Mensch werden würde. Einer, der kämpfen konnte und nicht ständig einbrach.

Sie sah auf die Uhr.

Über eine Stunde lag sie nun schon auf ihrem Bett.

Monika hörte Esther auf dem Reitplatz ihre Anweisungen geben. Im Reitunterricht war ihre Tochter sie selbst. Ruhig und gelassen, mit sich im Reinen. Monika stellte sich ans Fenster. Durch das Laub der Bäume konnte sie einen Teil des Platzes überblicken.

»Schön die Fersen nach unten drücken und den Rücken gerade – ja, so ist es gut. Versuch mal, die Schultern zurückzunehmen! – Merkst du jetzt, wie du tiefer kommst?«

Das Kind auf dem Pferd sagte etwas zu Esther und sie lächelte. Esther war wunderschön, wenn sie lachte. Sie tat es nur zu selten.

Esthers Lächeln hatte etwas Eigenwilliges. Wenn sie sich selbst dabei ertappte, entglitt es ihr oft, wurde schief. Das war immer der Augenblick, in dem Monika sich abwenden musste.

»Nun mach sie schon ab von der Leine, Mädel. Sie kann das.«

Monika sah den Vater des Mädchens über den Platz Esther entgegenschlurfen. Die schüttelte nur den Kopf, ohne den Blick von ihrer Reitschülerin zu lassen. Sie sagte etwas zu dem Mann, das Monika nicht hören konnte. Es schien ihn aber wütend zu machen, denn er griff in die Longe und versuchte sie Esther aus der Hand zu ziehen. Doch die entwand ihm das Band mit einer einzigen Handbewegung, ließ das Pferd anhalten und das Mädchen absteigen. Sie wurde nicht laut, aber offenbar machte sie dem Kerl unmissverständlich klar, dass die Reitstunde für sie nach dieser Aktion beendet war.

Der Mann sah aus, als wolle er Esther schlagen, besann sich aber dann eines Besseren und lief vom Platz. Monika hörte ihn förmlich schnauben.

Sie war stolz auf Esther. So souverän, wie sie den Mann in seine Schranken gewiesen hatte … Esther konnte das! Ein bisschen beneidete sie ihre Tochter um diese Gabe. Früher, ja, früher … da hatte sie selbst die auch gehabt.

6.

Antke van der Kaark saß in ihrem Zimmer. Sie hatte es seit gestern Nachmittag nicht mehr verlassen. Es war ein trostloser Raum, den sie in Gedanken immer mit der Zelle in einem Nonnenkloster verglich. Kahl und kalt. Selbstkasteiung, Bestrafung. Hierher verirrte sich die Sonne nur kurz am Abend.

Das Zimmer war mit rustikalen Eichenmöbeln ausgestattet, das wuchtige Bett nahm einen großen Teil des Raums ein und wirkte noch größer, weil Antke es nach wie vor besser fand, unter dicken Daunen zu schlafen.

Die anderen Räume vom »Seehof« waren allein der Gäste wegen heller und freundlicher gestaltet, aber Antke hatte sich nie durchringen können, ihr Schlafzimmer anders einzurichten. Jetzt aber fühlte sie sich von der Tristesse erdrückt.

Sie seufzte.

Draußen ging alles seinen Gang. Hajo kümmerte sich um den Hof, Esther um die Reitstunden. Und Monika würde später zusammen mit der Saisonhilfe das Abendessen servieren.

Kurz überlegte Antke zu häkeln, weil es sie auf andere Gedanken bringen würde, doch sie konnte sich nicht dazu durchringen.

Sie wollte einfach nur so dasitzen.

Monika hatte ihr Abendbrot, Frühstück, Mittagessen und den Tee hinaufgebracht, aber nicht gefragt, warum sie nicht in die Küche kam. Wahrscheinlich kannte ihre Tochter die Antwort auch so. Es war gestern im Krankenhaus zu viel gewesen.

Antke hatte nicht immer in diesem Zimmer gelebt. Sie war gleich nach Jannas Tod hier eingezogen, weil sie das gemeinsame Ehedomizil nicht länger ertragen hatte. Damals war sie an ihrem Schmerz beinahe erstickt und so war es besser gewesen, sich aus dem Weg zu gehen.

Eine Vase mit Freesien war der einzige Farbtupfer in Antkes Zimmer. Monika hatte sie hereingestellt und wechselte die Blumen jede Woche. Antke empfand das als pure Verschwendung. So wie alles, was mit Schönheit und Frohsinn zu tun hatte.

Eigentlich hatte sie sich hier bereits ihre eigene Gruft erschaffen. Seit über 20 Jahren tot. Mit ihrer kleinen Tochter begraben. Sie konnte nicht mehr kämpfen, wie Monika das hin und wieder versuchte.

Deshalb hatte ihre Tochter wohl auch auf diesem Krankenhaus bestanden, statt wie sonst in die umliegenden Kliniken zu fahren. Was wollte sie sich beweisen? Dass sie sich nach all den Jahren mit dem Tod ihrer kleinen Schwester abgefunden hatte?

Es war gescheitert. Hoffnungslos gescheitert wie alles in ihrem und Antkes Leben. Und der Schlüssel dazu war ihr eigener Mann Arnold.

Ihre große Liebe und ihr größter Fehler. Nicht einmal seinen Namen brachte sie mehr über die Lippen. Er durfte allenfalls in ihren Gedanken kreisen. Er war schuld. An allem. Und doch ging sie jeden Tag zu seinem Grab auf dem Friedhof von Sankt Joost.

Die kleine Kirche hatte etwas Tröstliches für Antke, vielleicht gerade, weil sie der Ort war, an dem sie Janna das letzte Mal gesehen hatte. Immer wenn sie den Backsteinbau sah, versteckt am hinteren Ende der kleinen Straße, überkam sie das Gefühl von Frieden, das sie nur hier empfinden konnte. Sie wusste nicht, ob es die Schlichtheit des Ortes oder die Historie der Kirche war: Eines von beiden vermittelte ihr Geborgenheit, ließ ihre Gedanken für den Augenblick zur Ruhe kommen. Eine Weile verharrte sie stets am schmiedeeisernen Tor, bevor sie an der Kirche vorbeiging, sie am hinteren Teil umrundete und sich dann vor das Grab ihrer Tochter kniete.

Immer, wenn sie Janna besuchen ging, beschloss sie, dieses Mal sein Grab zu ignorieren. Aber nicht ein einziges Mal hatte Antke es fertiggebracht, daran vorbeizugehen. Nicht ein einziges Mal in all den Jahren.

Obwohl sie immer von dem Gefühl getrieben wurde, gleich auf seinen Grabstein spucken, ihn umtreten und zerkratzen zu müssen, pflückte sie von dem Busch auf Jannas Grab jedes Mal einen kleinen Zweig. Für ihn. Sie konnte nicht anders.

Sie hatte beide trotzdem nicht nebeneinander beerdigen lassen. Er sollte nicht in der Sonne ruhen wie Janna. Für ihn hatte sie ein Stück weiter des Weges, hinten am Zaun, ein Grab genommen. Er hatte den ganzen Tag Schatten, bekam nur den Rest der Abendsonne mit. So wie sie jetzt, allein in ihrer düsteren Kammer.

Doch wenn sie dann vor seinem Grab stand, sank sie auch hier auf die Knie, presste die Lider fest zusammen und glaubte seine warmen blauen Augen zu sehen, seinen Pfefferminzatem an ihrem Hals zu spüren. Hörte die sonore Stimme, die ruhig ihre Anweisungen gab. Und sie sah seine Augen brechen. In dem Augenblick, als er Jannas geschlossen, ihr einen letzten Kuss auf die Stirn gehaucht hatte und sie, Antke, auf ihn losgegangen war.

Als Janna starb, war ihre Ehe eingestürzt wie ein gesprengtes Haus. Antke hatte versucht, die Grundfeste wiederzufinden, ihrem Mann irgendwo zu begegnen. Aber sie waren aneinander vorbeigelaufen wie zwei Blinde, die sich brauchten und suchten, aber nicht finden konnten. Bis er dann gegangen war. Nicht körperlich. Doch er hatte sich jeden Tag ein Stück von ihr, Monika, und dem »Seehof« wegbewegt.

Antke merkte, dass sie ihre Fäuste zusammenpresste, wie sie es sonst nur am Grab ihrer Tochter tat, um den Schmerz auszuhalten, der in ihrer Seele bohrte.

Die Hände fühlten noch immer das heiße Schaben des weißen Baumwollstoffes seines Arztkittels an ihren Fingerknöcheln, die wieder und wieder gegen seine Brust getrommelt hatten, während er versuchte, sie festzuhalten. Dabei war sie an dem Weiß abgerutscht. Es hatte sich angefühlt, als sei sie daran verbrannt.

»Mörder«, hatte sie ihn genannt. Ihn, für den sie noch eine Stunde zuvor durchs Feuer gegangen wäre. Bevor er das zerstört hatte, was ihr Leben gewesen war. Immer wieder »Mörder«. Und mit jeder Beschuldigung war das Blau seiner Augen blasser geworden, schließlich erschien es milchig und trüb. Sein Atem hatte nicht mehr nach Pfefferminz, sondern eher wie Geranien gerochen.

Antke wusste nicht, ob sich das in den nächsten Jahren bis zu seinem Tod geändert hatte. Sie war ihm nach Jannas Tod nie wieder nah genug gekommen, um es feststellen zu können.

*

Elisabeth war selbst erstaunt, dass ihr gestern diese Bemerkung ausgerechnet Esther gegenüber herausgerutscht war. Vielleicht, weil Esthers Großvater Arnold so sehr unter der Last der Verantwortung gelitten und sie sich immer wieder mit der Frage gequält hatte, in welche Abgründe ein solcher Verlust eine Familie stürzen konnte.

Als Krankenschwester hatte sie viele ähnliche Schicksale erlebt und war immer wieder entsetzt gewesen, wie schnell ein vermeintlich heiles Leben kippen konnte.

Arnolds Mutter hatte Elisabeth oft von dem Unglück der Familie erzählt.

Krankenschwestern waren gute Zuhörer, vor allem des Nachts, wenn ihre Patienten nicht schlafen konnten. Als die alte Frau van der Kaark dann elendig an ihrem Lungenödem erstickt war und Arnold vor dem Totenbett gestanden hatte, war es Elisabeth durch den Kopf gegangen, dass er nun wahrscheinlich fast allein war – denn seine Frau hatte ihn seit dem Unfall der Tochter aus ihrem Leben ausgeschlossen. Für ihn gab es nur noch Monika.

Esther schien die Geschichte aber zumindest in Teilen zu kennen, denn sie hatte eher erstaunt gewirkt, weil Elisabeth so aus heiterem Himmel davon angefangen hatte. Ein großes Geheimnis war es definitiv nicht. Das

Gespräch war danach jedenfalls völlig versiegt, und sie waren zurückgeritten. Elisabeth ärgerte sich. Jannas Tod zu erwähnen, war dumm gewesen. Nur, womit hätte sie denn beginnen sollen?

Wohl kaum mit dem letzten Tag, den sie vor 18 Jahren hier im Wangerland verbracht hatte.

*

Antke sah aus dem Fenster. Noch immer hatte sie sich nicht dazu aufraffen können, hinunterzugehen und wieder am Leben teilzunehmen. Stattdessen hing sie in ihren Erinnerungen fest.

Der Tag damals war genauso schön gewesen wie heute. Vielleicht hätte man die Bedrohung damals vorhersehen können, vielleicht auch nicht. Wie sollte man an etwas Schlimmes denken, wenn der Tag mit einem wolkenlosen Himmel begann?

Antke hatte an jenem Morgen die oberen Fenster des Hofes geputzt. Ihr Mann Arnold hatte sich frei genommen und wollte beim Heuschnitt helfen. Sie waren in Eile, weil das Gras noch trocken in die Scheune gebracht werden musste.

Außerdem half Arnold gern auf dem Hof. Trecker fahren, Heu wenden. Das war für ihn Ausgleich zur sterilen OP- und Krankenhausluft. Wenn es am Abend noch trocken war, wollten sie alle vier, die ganze Familie, zum Hooksieler Strand fahren. Sie hatten geplant, dort zu picknicken und zuzusehen, wie der Mond aufging. Das war am Strand immer besonders eindrucksvoll zu beobachten.

Wann immer es sich irgendwie einrichten ließ, fuhren sie abends dorthin.

Antke hatte damals beim Fensterputzen gesungen. »Life is Life«. Laut, falsch und mit gewaltigem Hüftschwung. Als ihr Mann aus dem Haus gekommen war, hatte er hinaufgewinkt und sich dann beide Ohren zugehalten. Woraufhin Antke noch lauter gesungen hatte. Und Monika war mit Hajo aus dem Stall gekommen. Beide hatten den Chor gegeben: »Na na, nanana …« Daraufhin war Antkes Mann rasch auf den Trecker gesprungen und kopfschüttelnd über den Hof davongerattert.

»Life is life – Na na nanana … Life …« Antke hörte es immer noch in ihren Ohren dröhnen.

»Das war eine gute Vorstellung, Mama!« Antke sah Monika noch vor dem Stall tanzen. Sie hatte ein Tuch in der Hand gehabt und es beim Herumhüpfen über dem Kopf wehen lassen. Dann hatte sie sich Hajo geschnappt und ihn zu einer Pirouette zu bewegen versucht. Aber er war über seine kurzen Beine gestolpert und sein Hut drehte sich ohne ihn, während er zu Boden segelte.

Doch Hajo hatte nur gelacht, ihn aufgehoben, und Monika zugewinkt. Das Solo, das er dann hinlegte, hätte selbst Fred Astaire neidisch gemacht. Das war Hajo, wie Antke ihn kannte. Von früher, als er ein richtiger Draufgänger gewesen war. Sein Gesicht ein einziges Grinsen, breit, fröhlich, gutmütig. Und seine eigentlich dickliche Nase war gar nicht mehr aufgefallen.

Unwillkürlich glitt ein Lächeln über Antkes Gesicht. Hajo, der sonst so in sich gekehrt war, hatte an diesem Tag vor ihnen getanzt. Sie hätte »stop« sagen sollen.

Hajo sollte lieber der Knecht, der Helfer bleiben. Es stand ihm besser.

Es war danach auch nie wieder vorgekommen. Antke schluckte.

Monika hatte sich bei ihm eingehakt und zusammen waren sie in den Stall zurückgetanzt. »Life is Life …« Antke hatte gedacht, Janna sei bei ihnen im Stall. Wie immer.

Die letzte Fensterscheibe hatte beim Abwischen ein quietschendes Geräusch von sich gegeben, als plötzlich der Trecker ausging. Für den Augenblick war es Antke vorgekommen, als hielte die Erde die Luft an. Es war entsetzlich still. Kein Vogel zwitscherte, keine Heupresse war mehr zu hören. Bis zu Arnolds Schrei. Er war ihr bis in die Fingerspitzen gefahren, dass ihr das Fenstertuch aus den Händen geglitten und trudelnd zur Erde gefallen war. Eine Windböe hatte den Lappen noch erfasst und um die Ecke getragen, bis sie ihn nicht mehr sah. Dann hatte sie Monika gehört. Grell. Laut. Und alles war schwarz geworden.

Schließlich war der Krankenwagen gekommen. Und die Polizei. Ein Kripobeamter und ein noch sehr junger Polizist, der ein wenig unbeholfen wirkte. Antke dachte an die winzigen Augen, die ein Stück zu weit auseinander standen. Komisch, dass sie sich an den Kommissar besonders erinnerte.

Es war sein Blick, überlegte sie. Er hatte geschaut wie ein Jagdhund auf der Suche. Auffallend war auch sein ständig nach Kaffee riechender Atem.

»Rothko«, sagte sie. »Der junge Bulle hieß Rothko.«

Seltsam, dass sie sich auch an seinen Namen erinnerte, nicht aber an den des eigentlich verantwortlichen Kriminalisten.

Antke schluckte. Dieser junge Mann war ehrgeizig und als er vier Jahre später, nach Arnolds Tod im Juni 1990, ein weiteres Mal auf den »Seehof« gekommen war, hatte er bereits Karriere gemacht.

Antke merkte, dass sie ihre Hände noch immer geballt hielt. Hätte Arnold doch bloß Hajo und Monika das Heumachen überlassen. Wäre er doch einfach zur Arbeit gegangen. Oder hätte er sich zumindest nicht auf den Trecker gesetzt und wäre damit herumgefahren, als sei es ein großes, harmloses Spielzeug. Das alles hatte Antke ihm vorgeworfen. Und auch, dass er Jannas Rettung nicht seinen Kollegen überlassen hatte. Aber das wäre nicht sein Stil gewesen. Er, der große Oberarzt! Er machte alles selbst! Seine Kollegen hatten versucht, ihm die Behandlung seiner Tochter auszureden, wollten ihm das abnehmen. Aber er hatte sich nicht davon abbringen lassen, alles zu versuchen. Er wollte die Macht über Leben und Tod nicht aus der Hand geben.

Janna musste nun in dem kleinen, weißen Sarg liegen, wurde nur von ihrem Teddy gewärmt. Seit 23 Jahren. Morgen, wenn Antke wieder zum Friedhof ging, würde sie auf Arnolds Grab spucken. Morgen würde sie es tun. Ganz bestimmt.

Sie sank in sich zusammen, wusste, dass sie wieder einen kleinen Zweig in der Hand halten würde. Sie liebte ihn. Trotzdem. Es war, wie es war. Sie würde ihn bis zu ihrem letzten Atemzug unendlich lieben und zugleich hassen.

*

Esther zielte mit dem Hufkratzer auf den Eimer und verfehlte ihn um Haaresbreite. Sie war froh, den Reitunterricht für heute hinter sich gebracht zu haben. Der dicke Typ nervte seit ihrer Zurechtweisung gewaltig.

Hajo grunzte leise vor sich hin, als bereite es ihm große Mühe, seine Arbeit zu verrichten. Aber das war normal. Esther liebte diese Geräusche, sie fühlte sich einfach wohl in seiner Nähe. Ihr gegenüber benahm er sich auch nie so förmlich wie bei ihrer Oma. Für sie war er eben eher wie ein Großvater, ein Vertrauter. Die einzige männliche Person in ihrem Leben, die beständig war.

Hajo blickte über den Hals des Pferdes hinweg zu Esther, die mit kräftigen Strichen Fett auf Keldas Hufen verteilte.

»So, meine Gute.« Sie betrachtete ihr Werk abschätzend. »Nun siehst du wieder schön aus.«

»Du aber nicht, Esther. Wirklich nicht. Du solltest dir mal wieder etwas Freude gönnen.«

Esther strahlte den alten Mann an. »Und du solltest weniger trinken, Hajo!«

Er seufzte: »Gleichstand!« Dann bückte er sich mit dem Pinsel zu Leiknirs Hufen hinunter, hielt aber mitten in der Bewegung inne. »Du weißt, wer die Frau war?«

»Du meinst die, mit der ich gestern ausgeritten bin?«

Hajo nickte fast unmerklich. Esther sah, dass seine Hand zitterte. Er konnte die Borsten kaum in den Fetttopf tauchen.

»Elisabeth Holzer?«

Hajo fiel der Pinsel aus der Hand. Er angelte nach dem Stiel, bekam ihn aber nicht zu fassen und richtete sich wieder auf. Er räusperte sich. Kurz tanzte Wut über sein Gesicht, doch gleich darauf wirkte er wieder gelassen. Die Reaktion war ungewöhnlich für Hajo. Esther hatte sonst stets große Mühe, ihm seine Gefühle anzusehen. »Elisabeth Holzer«, wiederholte er. »Du weißt nicht, wer das ist, oder?«

Esther kickte ihm den Pinsel mit der Fußspitze herüber. »Sicher erzählst du es mir gleich. Sie kennt uns von früher. Oder besser: Oma und Mama. Und sie weiß von Jannas Tod.« Esther zuckte mit den Schultern.

Hajo griff wortlos nach dem Pinsel und bearbeitete Leiknirs Hufe. Dabei grummelte er leise vor sich hin. Worte, die Esther nicht verstehen konnte.

Nach einer kurzen Weile richtete er sich vorsichtig auf und stützte die Hand ins Kreuz. »Sie hat viel Unglück über deine Großmutter gebracht.«

»Warum? Hajo! Nun mach nicht so ein Theater um diese Frau. Hat sie wen umgebracht, oder was?« Esther lachte laut. »Vielleicht meinen Opa?« Provokativ sah sie zu Hajo. »War es vielleicht gar kein Unfall, wie immer erzählt wird?« Dann schoss sie blind: »Sie war schließlich genau zu der Zeit hier auf dem Hof, oder?«

*

Antke saß an ihrem Schreibtisch, als es an der Tür klopfte. Zuerst reagierte sie nicht, wollte ihre Ruhe haben. Doch der Besucher klopfte nachdrücklicher.

»Wer da?«

»Ich bin es, Hajo.«

»Kommen Sie rein!« Als er die Tür öffnete, lächelte

sie unverbindlich. »Was gibt es?« Obwohl sie sich von Kindesbeinen an kannten, bestand Antke seit Jahren darauf, dass sie sich siezten. Es ziemte sich mehr vor den Gästen. Aber Antke mochte es auch für sich, einen Unterschied zwischen sich und dem Stallburschen zu machen. Es ergab mehr Distanz.

»Ärger. Nichts als Ärger, Frau van der Kaark. Der dicke Mann wollte, dass die Kinder ausreiten, und Esther hat das abgelehnt. Nun ist er stocksauer und will den ›Seehof‹ verlassen.«

»Warum kümmert sich Monika nicht darum? Das ist ihr Bereich.«

Hajo räusperte sich verlegen. »Sie sagt, dass man Reisende nicht aufhalten soll.«

Antke schüttelte unwillig den Kopf. »Sie soll sich bitte darum kümmern, dass er bleibt. Wir brauchen das Geld. Ich habe zu tun.« Sie wies auf einen Haufen Papier, der kreuz und quer auf dem Schreibtisch lag.

Hajo drehte verlegen seinen Hut in der Hand. Antke wollte ihn mit einem Winken aus dem Zimmer hinauskomplimentieren, aber er rührte sich nicht. »Ist noch was, Hajo? Ich habe wirklich zu tun.«

Er nagte mit den Zähnen auf der Unterlippe herum, als könne er so den folgenden Worten die Spitze nehmen. »Ja, da ist noch was. Ich weiß nicht, ob Sie es wissen, Frau van der Kaark.«

Antke stand auf und blieb kurz vor Hajo stehen. »Elisabeth! Ich weiß.«

Hajo nickte. »Ich dachte, es sei vorbei. Für immer.« Wieder drehte er den Hut so rasch, dass Antke den Rand kaum erkennen konnte. Dabei zitterten seine Hände.

Es war ein Wunder, dass er ihn bei der Geschwindigkeit nicht fallen ließ.

Antke setzte sich wieder, als würde es helfen, so zu Hajo und damit auch zu dieser Nachricht auf Abstand zu gehen. Der Knecht senkte den Hut ab. Als ergäbe er sich der Situation. »Sie ist …«

Antke sah ihn fragend an. Er sagte nie viel. Doch jetzt hatte sie das Gefühl, er platzte gleich, weil er dringend etwas loswerden musste. »Spuck es aus, Hajo!« Antke merkte gar nicht, dass sie zum vertraulichen »Du« übergegangen war.

Sie ging auf ihn zu und berührte ihn leicht am Unterarm, zog die Finger dann aber rasch wieder zurück. Seine Hand wirkte immer leicht bläulich und war von feinen Schrunden gezeichnet. Auch seine großporige Nase war von feinen, blauen Adern durchsetzt. Antke blieb vor ihm stehen. Er war damals ein gutaussehender Mann gewesen. Aber heute? Hajo trank zu viel und zu oft, auch jetzt hatte er wieder eine leichte Fahne.

»Nun«, begann Hajo. »Das ist so …« Pause. Er zerquetschte die Hutkrempe regelrecht. »Die Frau ist mit Esther ausgeritten.«

Antke wurde blass.

Verlegen wischte sich Hajo mit der Hand durchs Gesicht. »Ich geh dann mal.« Er setzte seinen Hut wieder auf, tippte mit dem Zeigefinger an die Krempe und wandte sich ab. Im Türrahmen drehte er sich langsam noch einmal um. »Sie sind nicht allein, Frau van der Kaark. Ich bin da. Immer.«

*

Elisabeth war hoch zufrieden. Nun wusste sie, wie sie wenigstens an Monika herankäme und sie zwingen konnte, ihr zuzuhören: Morgen war Hafenfest. Ein Großereignis jedes Jahr. Und wie sie in Hooksiel erfahren hatte, würden sich alle Frauen von »Land und Hof« daran beteiligen. So viel hatte sich bestimmt nicht geändert, die Frauen der Höfe waren sicher immer noch alle dort organisiert.

In dem Trubel würde sie nicht auffallen. Und Monika konnte nicht weglaufen, ohne dass es peinlich wurde.

Elisabeths Handy klingelte.

Nervös warf sie einen Blick darauf: *Komme morgen, dann sehen wir weiter.*

Es lief alles gut. Wieder griff sie nach dem Stück Papier in ihrer Handtasche.

*

Monika war zufrieden. Esthers Organisationsplan war super, die Reitstunden hatte sie gut im Griff. Nun fehlte nur noch der alleinstehende Mann, der sich angekündigt hatte. Er würde erst morgen Abend kommen. Monika lächelte. Auf den Typen war sie wirklich gespannt. Einen allein reisenden Mann hatten sie noch nie als Gast gehabt. Sie zuckte mit den Schultern. Ihr konnte es ja egal sein. Hauptsache, der Hof war ausgebucht. Sie war froh, dass der nervige, fette Typ samt seinen ewig kreischenden Gören heute Morgen abgereist war.

Jetzt musste sie noch für das Fest, das morgen am alten Binnenhafen stattfand, ein paar Torten vorbereiten. Im Augenblick hatte sie Zeit dafür. Monika merkte, dass sie sich sowohl auf das Backen als auch auf das Hafenfest freute.

Es würde sie ablenken. Es war nicht gut, dass Elisabeth zurück war, wenngleich Monika keine Vorstellung davon hatte, was sie überhaupt hier wollte. Alles war so lange her. Es wäre besser, die Vergangenheit ruhen zu lassen. Nur war Elisabeth dabei, den Schleier beiseite zu ziehen, und Monika hätte gern gewusst, warum. Antke hatte verlauten lassen, dass Elisabeth mit Esther ausgeritten war, nur hatte ihre Tochter das mit keiner Silbe erwähnt. Vielleicht hatte sich Elisabeth auch nur als Feriengast ausgegeben und gar nicht gesagt, wie gut sie mit den van der Kaarks bekannt war. Elisabeth sollte wieder gehen. Es wäre wirklich besser für alle Beteiligten. Monika seufzte und unterdrückte das Gefühl, das sich an die Oberfläche schraubte. Sie wollte es nicht zulassen. Sie wollte es einfach nicht.

Monika band ihre blonden Haare zusammen und zog die Teigschüssel aus der großen Lade. Die Böden konnte sie ja schon abbacken, den Rest musste sie morgen in aller Frühe erledigen. Bei der Hitze war es ohnehin ein gefährliches Unterfangen, Sahnetorten anzubieten. Aber Gerda wollte eine Kühltheke besorgen. Gerda, die Macherin.

Oben hörte Monika ihre Mutter auf und ab laufen. Antke durchtippelte das Zimmer mit kleinen Schritten. Eben die Art, wie sie durchs Leben ging.

»Nie zu große Schritte machen«, hatte sie mal zu Monika gesagt. »Du weißt nie, ob dein Fuß festen Boden trifft. Zu große Schritte führen dazu, dass du in den Abgrund stürzt.«

Irgendwie war Monika sich sicher, dass ihre Mutter einmal einen zu großen Schritt getan hatte. In deren Stimme klang bei diesen Sätzen nämlich unterschwellig, aber wahrnehmbar, jedes Mal ein bisschen Panik mit.

Ihre Mutter tippelte immer noch. Scheinbar im Kreis, wie ein eingesperrtes Raubtier.

Ihre Mutter – ein Raubtier … Monika kniff die Lippen zusammen. Ein Raubtier würde ihr Junges verteidigen, ihr Leben für das Kind einsetzen. Und es nicht einem anderen Raubtier zum Fraß vorwerfen, weil sie mit etwas anderem beschäftigt war.

7.

Der alte Hafen war voll, die Fischkutter mit bunten Fähnchen geschmückt. Sie boten fangfrischen Granat und allerlei Fisch zum Sonderpreis an.

»Wo die Nordseewellen trekken an den Strand …«, schmetterte der »Shanty-Chor«, um den sich eine dichte Traube von Menschen gebildet hatte.

Die Pension wurde heute ganz von ihrer Mutter und der Saisonhilfe geführt. Monika hatte mit dem Kuchenverkauf alle Hände voll zu tun.

Auch Esther war auf dem Hafenfest. Sie hatten ihre Reitstunden früh am Morgen gegeben. Angesichts der Hitze war dies sicher eine gute Entscheidung gewesen.

Monika sortierte die Tortenplatten neu. Sie konnte keine großen Mengen hinstellen und musste den Kuchen immer von nebenan aus dem Kühlraum der Gaststätte holen. Das bedeutete Lauferei, aber die Hitze ließ die geschlagene Sahne binnen kürzester Zeit zerrinnen. Nicht, dass sie noch umkippte und womöglich Magen-Darm-Beschwerden verursachte.

Monika hatte drei Ossi-Torten angefertigt, die Gerda schon früh am Morgen mit dem Wagen abgeholt hatte. Die Leute mochten diese Art von traditionellen Torten und die Frauen verkauften wahre Mengen davon, zumal sie wirklich wunderbar kalt waren. Es war erstaunlich, wie viele Touristen sich bei dem schönen Wetter hier eingefunden hatten, statt sich am Strand zu tummeln.

Monika legte einer Frau ein Stück Kuchen auf den Pappteller und fragte mit noch gesenktem Kopf: »Kaffee oder Tee dazu?«

»In Friesland trinkt man Tee. Das weiß ich noch von früher.«

Monika blickte auf. Langsam glitt ihr Blick an einer schlanken, elegant gekleideten Frau hoch. »Elisabeth …« Obwohl Monika klar gewesen war, dass Elisabeth Holzer sie früher oder später aufsuchen würde, verursachte ihr diese direkte Begegnung nun doch einen dicken Kloß im Hals.

»Ich muss mit dir reden!« Elisabeths Stimme klang wie früher. Weich, warmherzig und eigentlich so, dass man stets das Gefühl hatte, sie in den Arm nehmen zu müssen. Auch ihr Blick war wie immer freundlich und tief, machte es unmöglich, sich ihm zu entziehen. Trotz der Hitze spürte Monika, wie die feinen Härchen auf ihrer Haut sich aufrichteten. Sie würde sich kein zweites Mal täuschen lassen.

Im Gegenlicht wirkte Elisabeth auf Monika mit ihrem wehenden roten Kleid irreal, fast mystisch.

Monika riss den Blick von Elisabeth los und reichte ihr einen Becher mit Tee.

»Danke.«, sagte Elisabeth.

»Gern.« Monika bemühte sich, ruhig zu bleiben. Dann erblickte sie Esther, die auf einem Poller am Hafenbecken saß und die Situation scheinbar genüsslich betrachtete. Monika fror und schwitzte im Wechsel. Ihre Tochter war mit Elisabeth ausgeritten, aber was hatte die ihr erzählt? Von damals? Von jener Nacht?

Sie reckte das Kinn. Wenn sie nicht fragte, würde sie es nicht erfahren.

»Warum bist du hier?« Monika reichte Elisabeth den Kluntjepott.

»Später.« Elisabeth zog ihr Portemonnaie heraus. »Hier ist wohl nicht der richtige Ort. Sie wirkte für einen Augenblick verunsichert. »Wann kann ich dich sprechen?« Elisabeths Stimme war so leise, dass sie fast im Gesang des Shanty-Chors unterging.

»Bis 19 Uhr habe ich Dienst hier am Stand.« Monika gab Elisabeth das Wechselgeld heraus. Zwei Centstücke fielen ihr aus der Hand und kullerten über die Steine. Elisabeth trat rasch mit der Schuhspitze darauf und begrub eines der Geldstücke darunter. Das andere fischte sie mit einer schnellen Handbewegung aus einer Ritze.

»Bis 19 Uhr also«, wiederholte sie, und steckte die Münzen zurück in ihre Geldbörse. Auch ihre Hände zitterten leicht.

»Dann am Hooksmeer? Wie früher?«, fragte sie, noch immer so leise, dass Monika sich anstrengen musste, um ihre Worte zu verstehen.

Elisabeths linke Hand verschwand in der Handtasche. Ihre Finger schienen darin nach etwas zu tasten.

Monika wartete neugierig ab, nach was Elisabeth wohl suchte.

Endlich hatte sie gefunden, was sie gesucht hatte. Sie zögerte, nahm es aber nicht heraus.

Monika wollte, dass Elisabeth ging und sie alle endlich in Ruhe ließ.

»Auf unserer Landzunge können wir alles besprechen. Da sind nicht so viele Leute wie hier. Könnte bei mir aber etwas später werden. Ich ... ich muss noch was sehr Wichtiges erledigen. Sagen wir: gegen 22 Uhr?«

»So spät? Da hinten?« Monika fühlte sich absolut unwohl dabei, sich so spät am Abend durch das Gestrüpp seitlich des Hooksmeeres bis zur Landzunge durchzuschlagen, um sich mit Elisabeth zu treffen. Auch wenn es früher einmal ein guter Ort für sie beide gewesen war.

»Es ist einsam dort«, wandte sie ein. »Ich halte das für keine so gute Idee, Elisabeth. Sag jetzt, was du möchtest. Warum du zurück bist. Und geh dann. Bitte! Es ist besser, du verschwindest wieder.« Monika holte tief Luft. »Bevor es zu spät ist.« Ihr lag noch eine Frage auf den Lippen, die sie schon seit Elisabeths Auftreten beschäftigte und ständig veranlasste, hinter ihr nach jemandem zu suchen. Aber sie schluckte die Frage hinunter.

Elisabeth war unter Monikas unfreundlichen Worten zusammengezuckt, aber sie lächelte sie dennoch an. »Es ist ein guter Platz. Das weißt du auch. Ich werde dort auf dich warten.«

Monika runzelte die Stirn, wiegte ihren Kopf. »Ich überlege es mir.«

»Bis dann.« Elisabeth nahm sich Kuchen und Tee zu einem der umstehenden Tische mit. Monika bediente weitere Gäste, ließ Elisabeth aber nicht aus den Augen. Sie beobachtete, dass sie sich immer wieder umschaute. Ihre Blicke taxierten jeden der vorbeilaufenden Gäste, ganz so, als bemühte sie sich, aus der Masse der Gesichter ein bestimmtes für sich herauszupicken.

Elisabeth suchte jemanden. Ganz eindeutig. Monika hoffte nur, dass es nicht der war, den sie befürchtete.

*

Esther winkte Hajo zu sich, der auf dem Hafengelände herumtorkelte. Er stützte sich ab und Esther sah, wie er Elisabeth mit glasigen Augen hinterherschaute.

»Sie hätte drüben bleiben sollen«, lallte er. »In ihrer Zweiraumwohnung. Und ihrem Krankenhaus.« Ihm entglitt ein Hickser. »Das Beste an ihr«, er sah Esther tief in die Augen, »weißt du, was das Beste an ihr ist? Ihr Rotwein-Kaffeelikör.« Er grinste. »Kaffeebohnen in Rotwein oder so. Das haben sie getrunken da drüben. Und Muckefuck. Aber der Likör ist das Beste an ihr.« Hajo trollte sich. Esther ließ ihn ziehen. Sie mochte es nicht, wenn er so betrunken durch die Gegend lief.

Sie war enttäuscht über die scheinbar gelassene Reaktion ihrer Mutter bei der Begegnung mit Elisabeth. Irgendwie hatte sie mehr erwartet. Vielleicht, dass ihr die Ossi-Torte vor die Füße fiel oder etwas anderes Außergewöhnliches. Etwas, das ihre Theorie bekräftigte, hier sei etwas ganz gewaltig faul. Aber nichts war passiert. Sie hatte ihr den Teebecher und den Kluntjepott gereicht und kurz mit ihr geklönt. Mehr nicht. Einmal hatte Elisabeth in Richtung Außenhafen gezeigt. Und ihre Mutter hatte kaum merklich genickt.

Esther spürte, dass Monika sie mit dem Blick streifte. Sie deutete ihr an, kurz zum Stand zu kommen.

»Was gibt es?«, fragte Esther.

»Bei mir wird es spät. Ich … ich möchte noch ein bisschen länger hierbleiben. Nur, dass ihr Bescheid wisst.«

Esther nickte. Und glaubte ihrer Mutter kein Wort. Sie würde sich mit Sicherheit mit Elisabeth treffen. Irgendwo Richtung Außenhafen, wenn Esther die Geste von vorhin richtig gedeutet hatte. Monika konnte ihr nichts vormachen. Von wegen, länger auf dem Fest bleiben. So ein blöder Trick. Sie würde dranbleiben, das war mal klar.

*

»Ich muss jetzt weg. Schafft ihr das mit dem Aufräumen allein?«, fragte Monika. Sie hatte eine Weile mit sich gerungen, aber sie konnte der Aufforderung, sich mit Elisabeth zu treffen, einfach nicht widerstehen.

Seit ihrem Auftauchen war sie nervös. Immer wieder hatte sie das Gefühl, beobachtet zu werden. Vor allem von Gerda.

Der Shanty-Chor sang immer noch. Monika strich unauffällig über die Falten des blau gestreiften Rockes, den sie als Tracht bei den Veranstaltungen der Frauen von »Land und Hof« trug. Zum Hafenfest gab sich das ganze aktive Dorf »friesisch«. Monika hatte oft den Verdacht, dass es dabei nicht nur um das Flair ging, sondern die unterschiedlichen Verbände ein stilles Gefecht austrugen, wer den Touristen die gelungenste Vorstellung von »friesischer Heimat« vermittelte.

»Geh du man, Moni! Lass Antke nicht zu lang mit dem Hof allein. Das schafft die gar nicht mehr!« Gerda lächelte Monika aufmunternd zu. Dabei kippte sie mit einer gezielten Handbewegung die Krümel von der Kuchenplatte in den blauen Müllsack. »Hier ist ja ohnehin nichts mehr los. Kaffeezeit ist vorbei, nun sind die Würstchen und Fischbrötchenleute dran. Wenn das Gedudel«, sie wies mit dem Kopf in Richtung des Shanty-Chores, der sich gerade mit Zischlauten abmühte, die wohl das Tosen des Meeres darstellen sollten, »vorbei ist, dauert es ja noch bis zum Abendprogramm. Sind schöne Männer angekündigt, mien Deern!«

Monika lächelte verkrampft. »Wenn ich es schaffe, komme ich noch. Mal sehen, was auf dem ›Seehof‹ los ist.«

»Also wirst du nicht kommen. So wird noch eine alte Jungfer aus dir, pass auf!«

Monika griff nach ihrer Tasche, in der sie ein luftiges Kleid deponiert hatte. Eigentlich wäre sie wirklich heute Abend gern länger auf dem Fest geblieben und hätte mitgefeiert. Das Kleid war für ihre Verhältnisse sehr auffällig, denn es hatte ein recht kräftiges Rot, das dem von Elisabeths schon recht nah kam.

Normalerweise hielt Monika sich lieber an dezentere Farben. Aber irgendwie hatte sie bei ihrem letzten Besuch in der Stadt der Teufel geritten. Objektiv betrachtet war es ein wundervolles Kleid. Nur nicht für sie, die blasse und unauffällige Monika! Elisabeth, ja, sie hätte fantastisch darin ausgesehen, aber das tat sie in fast allem, was sie anzog.

Sacht strich Monika über den glatten Stoff. Er fühlte sich gut an auf der Haut. Da war die Farbe eigentlich egal.

Sie war froh, überhaupt Ersatzkleidung mitgebracht zu haben und auf diese Weise Elisabeth nicht in ihrer Tracht gegenüberstehen zu müssen. Dann wäre sie sich noch kleiner, noch unsichtbarer vorgekommen.

Es war schon immer schwierig gewesen, neben Elisabeth zu bestehen.

Elisabeth hatte einfach ein Gespür für den letzten Schliff, obwohl sie sich nie aufgedonnert hatte. Bei ihr reichte ein winziger Handgriff und sie sah fantastisch aus. Das gelang ihr schon mit einem besonderen Tuch oder einem bestimmten Ohrclip.

»Obwohl die von drüben ist«, hatte ihre Mutter immer gesagt und Elisabeth missbilligend von oben bis unten gemustert. Das typische Vorurteil eben. Frauen aus dem Osten waren nach landläufiger Meinung halt bieder.

»Die Grenze ist offen, Mama. Es gibt kein ›drüben‹ mehr!« Monika erinnerte sich nur zu gut an diese Diskussion. Sie hatte Elisabeth weiter schön und nett gefunden.

»Dann ist sie erst nach der Maueröffnung so geworden. Solche Sachen gab es da nicht.« Anschließend hatte ihre Mutter böse Worte gemurmelt. »Sie sollten die Mauer lieber wiederaufbauen«, und so einen Blödsinn. Antke van der Kaark konnte sehr hart und ungerecht sein.

Elisabeths Auftreten war inzwischen auffälliger, ging für Monikas Geschmack eigentlich ein Stück zu weit.

Monika schlüpfte in die Bude hinter dem Kuchenstand und zog sich um. Zuerst hatte sie zu Hause eine Jeans in der Hand gehabt, aber bei dieser mörderischen Hitze war ein Kleid einfach die bessere Wahl, weil es selbst am Abend nicht abkühlte. Die meisten anderen Frauen dachten wohl genauso. Selbst die jungen Mädchen hatten ihre langen Hosen eingemottet.

Sie zupfte das Haar zurecht, holte den Taschenspiegel heraus und zog die Lippen nach. »Schönes blondes Haar habe ich auch«, sagte sie leise. »Wenn auch nicht so golden wie das ihre. Aber glänzen tut es ebenfalls. Komisch, dass alles bei Elisabeth so perfekt ist. Sogar jetzt, wo sie älter geworden ist.«

Monika war neugierig, wie ihr Gespräch verlaufen würde. Damals hatte sie Elisabeth sehr gemocht. Weil sie zuhören konnte. Ein Wesenszug, der ihrer Mutter völlig fehlte. Antke van der Kaark zeigte niemals Anteilnahme und hatte kein Interesse daran, wie es anderen ging. Sie lebte in ihrem eigenen Universum und es lag ihr fern, jemandem ihre Galaxie zu erklären. Auch nicht ihrer eigenen Tochter. Für ihre Mutter hatte es immer nur Janna gegeben.

Vor 18 Jahren war dann Elisabeth zum ersten Mal auf dem »Seehof« aufgetaucht. Ein Farbklecks für Monika, weil Elisabeth Freude und Lebendigkeit verbreitete, und weil sie sich für das schüchterne junge Mädchen interessierte.

Abends waren Elisabeth und Monika in jenen Sommertagen oft zu der Landzunge gegenüber der Wasserskianlage am Hooksmeer geradelt. Sie hatten sich ans Ufer gesetzt, Fasanenpaare beobachtet oder Steine auf dem Wasser hüpfen lassen.

Es war für Monika das erste Mal gewesen, dass sich neben ihrem Vater jemand so viel Zeit für sie genommen hatte.

Manchmal waren sie von der Landzunge auf eine der umliegenden Böschungen geklettert, weil dort Sanddorn wuchs und Elisabeth den so gern von Nahem betrachtete, da es diese Büsche in Ostberlin nicht gab und sie nie an die Küste gefahren war, wo sie sie hätte sehen können.

Einmal wäre Monika dort fast ins Wasser gefallen, weil sie zu dicht an die Böschung herangetreten und die Kante abgebrochen war. Das hätte böse enden können, da das Ufer dort etwa einen halben Meter tief abfiel und unterhalb der Wasseroberfläche mit Basaltsteinen befestigt war. »Wenn man da unglücklich aufschlägt …« Elisabeth hatte den Satz nicht vollendet.

Hin und wieder hatten sie auch einfach nur dagesessen, den kleinen Wellen auf dem Wasser gelauscht, wenn sie ans Ufer geplätschert waren. Zwischendurch hatte Elisabeth einen Walkman herausgenommen und ihn Monika aufs Ohr gedrückt. »Habe ich dir aufgenommen. Es ist Pink Floyd. ›Hey you‹ ist mein Lieblingslied.« Dann waren sie eins gewesen mit der Melodie, die sie überflutete. Jeder mit einem Kopfhörer, Elisabeth rechts, Monika links. Die Musik berührte Monika. Einmal hatten sie beide Tränen in den Augen gehabt. An genau derselben Stelle.

Elisabeth war schnell zu einer Vertrauten geworden. Bis zu jener Nacht. Die ersten Jahre danach hatte sich Monikas Bauch schon schmerzhaft zusammengezogen, wenn sie auch nur eine Frau mit Sommersprossen gesehen hatte, so heftig war ihre Ablehnung. Das Gefühl war mit der Zeit abgeebbt, bis es schließlich fast verschwand. Ein wenig erstaunte es Monika selbst, wie ruhig sie jetzt – im Gegensatz zu ihrer Mutter – mit der Situation umgehen konnte. Ihr war aber klar, dass all der Hass und die Verachtung für Elisabeth vielleicht nur in ihr schlummerten und jederzeit geweckt werden konnten. Eigentlich wusste Monika selbst nicht, warum sie sich auf dieses Treffen eingelassen hatte.

*

Es war einfacher gegangen, als Elisabeth gedacht hatte. Ihr Plan, Monika auf dem Fest anzusprechen, war gut gewesen. Sie hatte gehofft, dass sich Monika einem Treffen mit ihr am Hooksmeer nicht widersetzen würde.

Elisabeth sah auf die Uhr. Er hatte noch keine Nachricht geschickt. Sie wusste nicht, ob und wann er wirklich kommen würde. Ihre Handynummer hatte er ja. Er würde sich melden, war die letzte Botschaft gewesen. Das Wiedersehen mit ihm würde auch nicht leicht werden, aber es war zwingend notwendig, nachdem so viele Jahre vergangen waren und die letzte Begegnung mit ihm in einem totalen Fiasko geendet war.

Sie fühlte den Schmerz noch immer. Er hatte sie geohrfeigt. Elisabeth war mit dem Hinterkopf gegen die Wand gestoßen und aus ihrer Nase war Blut geschossen. Als Antwort hatte er ihr ein Stück Küchenrolle gegeben. Kein entschuldigendes Tätscheln der Hand, kein Wort des Trostes. Nur ein Stück hartes Papier, das die Haut unter der Nase wund machte.

Ihr Blick richtete sich starr auf den Boden, als ob das Blut aus ihrer Nase dort noch immer zu einem Oval zerflösse.

8.

Die Zeit bis zu ihrem Treffen mit Elisabeth verbrachte Monika in einem Café in Hooksiel, statt zum »Seehof« zurückzufahren. Sie hätte es gerade jetzt nicht ertragen, ihrer Mutter in die Augen zu sehen. Erst wollte sie wissen, was Elisabeth ihr zu sagen hatte.

In Monika stieg eine Kälte hoch, die in der Mitte des Körpers von ihr Besitz zu greifen begann und sich dann sternförmig in alle Gliedmaßen ausbreitete.

Es blieb zwar noch immer etwas Zeit, aber Monika war so unruhig, dass sie sich schon einmal auf den Weg machen wollte. Es war schließlich ein gutes Stück zu fahren, weil sie ganz um das Hooksieler Freizeitgelände und dann am Deich entlangradeln musste. Sie schnappte sich ihr Fahrrad, das sie neben dem Café abgestellt hatte.

Auf dem Weg zum Hooksmeer kamen die Erinnerungen zurück. Und die aufgestaute Wut. Sie steigerte sich mit jedem Tritt in die Pedale. Der Fahrtwind blies ihr sacht ums Gesicht.

Es beruhigte Monika, dass der Deich trotz fortgeschrittener Stunde noch voller Menschen war, die leicht bekleidet darauf flanierten. Sie wirkten alle unbeschwert und fröhlich, denn sie genossen die warme und helle norddeutsche Sommernacht.

Monika erreichte den neuen Hafen und ihr bot sich nun ein Blick über die Nordsee.

In der Ferne schob sich ein riesiger Frachter durch die Fahrrinne, am Horizont türmten sich dicke Wolken auf. Erreichten sie das Festland, wäre es vielleicht das Ende der fürchterlichen Hitze. Während ihrer Arbeit am Kuchenstand hatte Monika immer wieder mit Schwindelgefühlen zu kämpfen gehabt. Sicher eine Reaktion darauf, dass der Kreislauf auf Hochtouren fahren musste und man gegen das Schwitzen gar nicht schnell genug antrinken konnte.

Monika sah auf die Uhr. Sie war zu früh und konnte noch einen Moment verweilen. Links von ihr lag der Strand von Hooksiel. Bunte Strandkörbe standen wie Farbkleckse auf dem hellen Untergrund. Am Wattsaum spazierten Pärchen Hand in Hand, Kinder spielten Ball und kreischten vor Freude. Es war Ebbe und auf dem Watt tummelten sich ebenfalle etliche Urlauber. Was beneidete Monika sie um ihre Unbeschwertheit.

Sie sah wieder über die Nordsee. Schade, dass man hier die Sonne nicht glutrot im Meer versinken sah. »Falsche Himmelsrichtung«, hatte ihr Vater mal gesagt. Monika hätte so gern gehört, ob es zischte, wenn die Sonne die Wasseroberfläche berührte und anschließend ausging.

Ihre Mutter hatte jedes Mal abgewinkt, wenn Monika ihr vom Zischen der untergehenden Sonne erzählte. Aber Monika klang noch die Antwort ihres Vaters im Ohr: »Das denke ich auch immer. Lass uns dran glauben, dann ist es, wie es ist.« Seine Hand hatte sich schützend über ihre geschoben. Sein Augenzwinkern war Monika noch im Gedächtnis. »Morgens, wenn der neue Tag kommt, wird sie wieder angemacht.« Sie glaubte noch immer seinen festen Händedruck zu spüren und lächelte unwillkürlich.

Monika seufzte. Der erste Abendnebel kroch nun in feinen Schlieren über die spiegelglatte Oberfläche des Meeres. Er wurde immer dichter und nahm die Sicht auf den Tanker am Horizont. Der Atem des Todes, schoss es Monika durch den Kopf. Es ist der Atem des Todes!

*

Esther folgte ihrer Mutter. Immer mit etwas Abstand, aber so, dass sie Monika nicht aus den Augen verlieren konnte. Hajo hatte sich nach ihrem kurzen Treffen am Hafen rasch wieder an die nächste Schnapsbude verdrückt. Wie konnte er nur so viel trinken!

Monika fuhr rasch, Esther hatte Mühe, ihr zu folgen. Als ihre Mutter oberhalb des Hafens kurz anhielt, fürchtete Esther, entdeckt zu werden. Aber Monika schien völlig in sich gekehrt, sie nahm wohl nicht allzu viel um sich herum wahr. Eine leichte Windböe hob ihren Rock an, die blonden Haare, in denen sich das Licht der untergehenden Sonne spiegelte, wehten wie feine Fäden hin und her. Esther wurde sich zum ersten Mal in ihrem Leben darüber bewusst, wie schön ihre Mutter eigentlich war.

Weil sie sich aufgebrezelt hat, dachte sie. Weil sie dieses Kleid trägt.

Warum nur hat sie sich für Elisabeth Holzer so herausgeputzt? Nun, diese Antwort würde sie gleich bekommen.

Esther blieb in angemessener Entfernung stehen.

Ihre Mutter blickte einer Statue gleich aufs Meer hinaus, als könnte sie dort Antworten finden.

Esther achtete darauf, dass sie nicht entdeckt wurde, und radelte zur Imbissbude am Hafen.

Gerade lief ein vollbesetzter Kutter ein, extra fürs Hafenfest als Ausflugsschiff zurechtgemacht.

Die Schleusenzeit war vorbei, der Kapitän hatte das rechtzeitige Einlaufen verpasst. Nun telefonierte er vergeblich mit dem Schleusenwärter. Die Leute auf dem Kutter wurden unruhig, die fröhliche Urlaubsstimmung sank mit jedem Kopfschütteln des Kapitäns. Schließlich gingen die Touristen hier von Bord und wurden mit dem Taxi zum Alten Hafen gebracht, wo der Kutter gestartet war. Die Aufregung fand Esther sehr amüsant.

Aber als sie sich umdrehte, war ihre Mutter verschwunden.

9.

Soweit es aus dem Autofenster heraus zu erkennen war, sah der »Seehof« fast aus wie damals. Neben der Scheune befanden sich die Offenställe mit den Paddocks. Sie waren noch immer mit rustikalen Holzzäunen umrahmt. Im Garten war ein neuer Spielplatz entstanden. Er sah aus wie eine Ritterburg mit den Hängebrücken und Seilen, von denen sich die Kinder herablassen konnten. Ein kleines Hinweisschild, auf das ein Tischtennisball mit Platte gemalt war, zeigte zum hinteren Teil der Scheune.

Der Hof selbst hatte einen neuen Anstrich erhalten. Das alte abgerundete Scheunentor glänzte frisch gestrichen in grüner Farbe, während die Fenster neu und aus Kunststoff waren. Die Sprossen hatten sie behalten, und so gliederten sie sich in das Gesamtbild ein. Die ganze Anlage war übermäßig sauber und sah sehr einladend aus.

Hin und wieder liefen Urlauber über den Hof. Doktor Kremer interessierten diese Fremden aber nicht. Er wartete auf zwei bestimmte Menschen!

Er solle dringend kommen, war seine Anweisung gewesen. Ja, Anweisung. Normale Konversation gab es zwischen ihnen nicht.

Er hatte dem Folge geleistet. Eigentlich eher aus Neugierde und nun war er froh, dass er hier war. Es könnte spannend werden, seinem Leben mal eine andere Wendung geben. Er liebte solche Spiele.

Doktor Kremer klappte den Sonnenschutz herunter und betrachtete sich in dem eingebauten beleuchteten Spiegel. Ihn würde man nicht erkennen, er war ganz sicher. Selbstgefällig strich er sich über das dunkle Haar, dann über seinen vollen Bart. Er prüfte, ob sich bereits graue Fäden hindurchzogen, konnte aber keinen einzigen entdecken. Dann zupfte er die eine oder andere Strähne seiner Frisur zurecht und lächelte sich an. Wie immer wirkte es schief, genau wie er beim Sprechen stets den einen Mundwinkel leicht nach unten zog. Ihn ärgerte diese Mimik, zerstörte diese Asymmetrie doch sein makelloses Äußeres, auf das er großen Wert legte. Aber was kümmerte ihn das.

Er hatte es geschafft. Sein Leben war rund. Immer hatte er bekommen, was er wollte. Doktor Kremer grinste noch einmal und versuchte dabei, die Mundwinkel auf eine Höhe zu bringen. Es gelang ihm nicht. Ein ebenmäßiges Gesicht hätte ihn perfekt, noch unwiderstehlicher gemacht. Jetzt reckte er den Hals und tastete ihn ab. Seine Rasur vorhin hatte die Haut völlig geglättet, seinen neu gewachsenen Bart abgerundet. Jedes Härchen saß dort, wo es hingehörte.

Er klappte den Spiegel hoch und schlug auf das Lenkrad. Dabei rutschte er auf die Hupe ab, die einen leisen Ton von sich gab. Die Ponys auf der Weide hoben erschreckt die Schweife, galoppierten ein paar Meter davon, drehten sich dann um und blähten die Nüstern.

Doktor Kremer wedelte mit der Hand, als habe er ein Lasso darin. Er stieß ein Zischen zwischen den Zähnen hervor, sein Tau sauste durch die Luft. Dann zog er es an. Er hatte sein Pony gefangen. Es stürzte auf die Erde, zappelte mit den Beinen in der Luft herum. Er war der Sieger. Immer.

*

Vor der Scheune parkte ein schnittiger Wagen. Selbst ohne das Sonnenlicht glänzte der Lack, als habe das Auto die Fabrik gerade erst verlassen.

Antke schluckte. Sie war noch ein bisschen spazieren gegangen, nachdem sie die Gäste versorgt hatte. Und hatte darüber tatsächlich den Feriengast vergessen, der heute noch ankommen sollte. Monika würde ihr die Hölle heiß machen. Aber was ließen sie sie auch alle mit der ganzen Arbeit allein! Monika hätte längst hier sein sollen. Vorsichtig näherte sich Antke dem Auto. Der Mann darin hatte die Innenbeleuchtung an und las in einer Zeitung, die aussah wie ein Wirtschaftsblatt. In seinen Ohren steckten zwei Knöpfe, die unschwer als Headset zu erkennen waren.

Was der wohl auf einem Pferdehof will?, dachte Antke. Typen wie ihn würde sie eher einem Vier-Sterne-Hotel als einer Pferdepension in Friesland zuordnen. Sie klopfte an die Scheibe.

Der Mann ließ die Zeitung sinken. Er nahm das Headset aus den Ohren und öffnete die Tür mit einer Langsamkeit, die Antke als Provokation empfand.

»Doch jemand da«, sagte er mit einer vollen, weichen

Stimme, die weder Widerspruch duldete noch von großer Herzlichkeit war. Sie klang jedoch so glatt wie mit Sahne angerührt und zog Antke in den Bann. Sie hing förmlich an seinen Lippen, wollte, dass er noch etwas sagte.

»Wenn jetzt keiner gekommen wäre: Ich hätte mich für heute woandershin verabschiedet. Entschuldigen Sie: Doktor Kremer ist mein Name.« Der Mann sah auf die Armbanduhr, indem er auf einen kleinen Knopf drückte, der das rote Zifferblatt aufleuchten ließ. Dabei blitzte das Edelstahlband kurz auf. »Spät genug ist es ja.« Er schüttelte leicht den Kopf.

Antke erschrak, als sie sah, wie weit die Zeit bereits fortgeschritten war. Sie war länger weg gewesen, als sie vermutet hatte. Ein Blick zum Himmel, wo sich bereits der Mond rundete, hätte sie warnen können. Aber sie hatte nicht nach oben geschaut, war sie doch viel zu sehr in ihre Gedanken versunken gewesen.

»Dann hole ich mal meine Sachen.« Der Mann ging um das Auto herum. Der Kofferraum öffnete sich wie das Maul eines Fisches. Mit sicherem Griff zog der neue Gast einen grauen Trolley heraus. Doktor Kremer sah Antke mit einer hochgezogenen Braue an. Es war die rechte, die er anhob. Die linke blieb davon völlig unberührt. Irgendwo hatte Antke solch eine Mimik schon einmal gesehen, aber der Mann ließ ihr keine Zeit zum Nachdenken. »Wollen wir?« Sein Mundwinkel schob sich kurz nach oben. Es war nur die Andeutung eines auffordernden Lächelns, das Antke aber sofort veranlasste, rasch in Richtung Haus loszulaufen.

»Ist nur einfach hier«, sagte sie, als sie den Mann zur Rezeption schleuste. Heute hatte sie, nicht Monika, sauber gemacht. Antke hoffte, dass sie nichts übersehen hatte.

»Ist okay. Wusste ich ja.« Er nahm den Stift in die Hand und trug seinen Namen im Formular ein. »Bitte schön, Frau van der Kaark«, sagte er betont langsam. Wieder schien sich seine Augenbraue in Richtung Stirn zu bewegen, während er Antke den Zettel über den Tresen schob und sie dabei nicht aus den Augen ließ.

Verlegen senkte Antke den Blick. Sie heftete die Anmeldung, ohne sie weiter zu studieren, einfach in den Ordner und schlug ihn zu. Den Rest konnte Monika morgen machen. Das Einzige, was sie sich gemerkt hatte, war die kräftige Schrift. Großzügig und markant. Sie passte zu ihm.

Gerade, als sie ihm das Zimmer zeigen wollte, klingelte das Telefon. »Entschuldigung.« Antke griff nach dem Hörer.

»Ich finde schon rauf. Die Nummer steht ja auf dem Schlüssel«, sagte der Mann.

Antke nickte nur, denn sie war ganz auf das Gespräch konzentriert. »Ja«, sagte sie tonlos in den Hörer. »Ja. Ich komme.«

*

Esther war wütend auf sich selbst. Wie dumm, sich von einem Kutter ablenken zu lassen und deshalb die Mutter aus den Augen zu verlieren! Sie hatte sie noch eine Weile gesucht, war dann aber zum Hof zurückgefahren.

Jetzt saß sie in ihrem Zimmer und überlegte, wie sie weiter vorgehen wollte. Ihre Mutter und Elisabeth verband etwas, und weil sie sicher war, dass keiner der beiden mit ihr darüber reden würde, hatte sie es selbst herausfinden wollen.

Nun war ihre Chance vertan. Esther stand auf und öffnete das Fenster. Sofort sprang ihr der Gesang der Grillen entgegen. Aber grummelte es nicht in der Ferne? Sie lehnte sich hinaus. Die dunkle Wolkenwand, die sich am Nachthimmel abzeichnete, verhieß nichts Gutes.

Hauptsache, ihre Mutter war rechtzeitig vor dem Gewitter zurück.

Von unten hörte sie Stimmen. Kurz danach war das typische Schlüsselklappern zu hören. Der schnittige Wagen auf dem Hof gehörte dann wohl zu dem neuen Gast.

Eigentlich war es dumm, wenn ihre Oma Gäste aufnahm. Sie unterließ immer so wichtige Dinge, wie ihnen die Chipkarte für die Außentür zu geben. Es war mehr als einmal vorgekommen, dass eine von ihnen nachts deswegen aus den Federn geholt wurde. Aber da konnte ihre Mutter reden, wie sie wollte: Antkes Dauerantwort hieß, dass es früher auch anders gegangen war und so weiter und so weiter. Wie konnte man in dem Alter schon so unflexibel sein! Esther verstand es nicht. Hilkas Oma war genauso alt wie ihre und fuhr noch regelmäßig in den Skiurlaub oder machte kilometerlange Fahrradtouren. Dinge, die heutzutage für diese Generation eigentlich normal waren. Bei ihrer Oma war an so etwas gar nicht zu denken. Esther fand das sehr schade.

Doch eigentlich war sie im Augenblick froh, dass ihre Großmutter überhaupt mal etwas tat und ihre Häkelarbeit ruhen ließ. Sie selbst und ihre Mutter konnten schließlich den »Seehof« nicht allein mit der Saisonkraft am Laufen halten.

Auf der Treppe ertönten Schritte, dann wurde eine Tür aufgeschlossen und es herrschte wieder Ruhe.

Doch die währte nur kurz, denn Esther hörte den Motor eines Autos aufbrausen. Sie stürzte zum Fenster und sah ihre Großmutter mit dem dunklen Pick-up vom Hof rasen.

*

Antke fuhr wie der Teufel. Monika hatte nervös, fast verzweifelt geklungen. Merkwürdig war vor allem, dass sie ausgerechnet sie, ihre Mutter, angerufen hatte. So etwas war noch nie vorgekommen. Sie lebten und arbeiteten zwar zusammen, aber wirkliche Nähe hatte es zwischen Monika und ihr nie gegeben

Antke wusste, dass Monika sich hin und wieder gern zurückzog, wenn sie nachdenken musste und allein sein wollte. Meist spazierte sie am nördlichen Hooksmeer in der Gegend vom Außenhafen herum.

»Ich liebe es dort, weil die Schleuse immer wieder den Weg in die Ferne öffnet«, hatte sie mal zu Antke gesagt.

Monika sagte immer so komische Sachen. Auch, dass es zischte, wenn die Sonne im Meer versank. Und dass der Seenebel der Rauch war, der dabei entstand. Flausen, Flausen, Flausen. Das konnte Antke ja nicht ernst nehmen. Deshalb versiegte jedes Gespräch, bevor es überhaupt richtig begonnen hatte. Wie alles in unserem Leben, dachte Antke. Wie alles. Sie trat aufs Gaspedal. Es war wirklich ein komisches Telefonat gewesen. Antke solle schnell zum Außenhafen kommen und Monika dort abholen, sie könne nicht mehr. Sie müssten dringend miteinander reden. Es sei wichtig. Dann hatte Monika einfach aufgelegt.

Antke bremste mit quietschenden Reifen und sah sich nach Monika um. Sie konnte ihre Tochter in der Dunkelheit allerdings nirgendwo entdecken. Antke stieg aus und ließ den Blick erneut schweifen. Keine Monika.

»Ganz ruhig bleiben«, sagte sie zu sich selbst. »Sie wird schon kommen!«

Der Außenhafen lag fast verwaist da. Nur ganz vereinzelt liefen noch verspätete Spaziergänger dort herum. Noch vor einer Stunde hatte es hier vermutlich anders ausgesehen, aber die aufkommende Nacht trieb auch die letzten Urlauber zurück in ihre Bleibe, zumal es über dem Meer bedrohlich grummelte. Noch war das Gewitter auf See.

Antke fröstelte. Die Lampen spendeten in der Dämmerung ein unheimliches Licht, das sich im ruhigen Wasser spiegelte. Sie sah auf die Uhr. Es war inzwischen 22.30 Uhr.

Aus einem der Boote, die nicht ins Hooksmeer geschleust hatten, drang gedämpfte Musik. Und die Stimme von Thomas Gottschalk. »Wetten, dass…?« lief heute im Abendprogramm. Es musste dem Ende zugehen, Antke glaubte die Erkennungsmelodie für den Wettkönig zu hören. Gottschalk hatte wieder rekordverdächtig überzogen.

Sie näherte sich mit klackernden Schritten dem Hafenbecken. Sie hätte lieber Turnschuhe anziehen sollen, aber sie hatte in der Eile einfach nach dem nächstbesten Paar Schuhe gegriffen.

Das Wasser schwappte träge gegen die Kaimauer und gab schlürfende Geräusche von sich. Es roch fischig, ein bisschen nach Moder. In der letzten Zeit war es zu warm gewesen, auch das Meer hatte sich unnatürlich erwärmt.

Es riecht wie das Grab tausender Leichen, dachte sie. Antke stellte sich vor, wie viel totes Getier am Grund des Hafenbeckens zu finden war. Sie lief eine ganze Weile herum, umschlang sich mit den Armen. Von den Booten hörte sie jetzt das Johlen aus einem Fußballstadion. »Wetten, dass..?« war vom »Aktuellen Sportstudio« abgelöst worden. Aber wo war nur ihre Tochter? Sie hatte doch »am Neuen Hafen« gesagt. Ganz sicher hatte sie Antke hierherbestellt.

»Tor!«, dröhnte es vom Boot. Flaschen klirrten. Die Leute stießen auf den Sieg an. Antke begann zu frieren. Wie ein Tiger streunte sie auf und ab, musterte die vereinzelten Gesichter, die sich um diese Zeit noch hier blicken ließen. Die meisten hatten den Hals einer Bierflasche umklammert, schienen verwundert über die Frau, die hier ziellos auf und ab lief. Einer fragte Antke, ob er ihr helfen könne, aber sie wandte sich nur ab. Ihr war eine Idee gekommen.

*

Esther hatte beobachtet, wie der neue Gast ebenfalls vom Hof gefahren war. Und das um diese Zeit! Sie schlich die Stufen hinunter und kam sich vor wie ein Dieb im eigenen Haus. Esther öffnete an der Rezeption den Ordner und entnahm den Anmeldebogen des neuen Gastes, den ihre Oma eben aufgenommen hatte. Es war mehr ein Instinkt, der sie trieb, mehr über den Neuankömmling herauszufinden.

Esther überflog den Eintrag. Es schien jedoch alles in Ordnung. Der Mann hieß Ludger Kremer, kam aus Hamburg und war ein Doktor irgendwas. Ganz normal. Außer der eher seltenen Tatsache, dass ein alleinstehender Mann Urlaub auf einem Reiterhof machte. Allein dieser protzige Wagen, der sogar in der Dämmerung glänzte, und jedes andere Fahrzeug in den Schatten stellte, passte überhaupt nicht zu den Urlaubern, die sich normalerweise hier auf dem »Seehof« einfanden.

Esther legte den Anmeldebogen zurück, schloss den Ordner und ließ ihre Hand einen Augenblick darauf liegen. Ob sie …? Esthers Herz klopfte. Die Neugierde siegte. Schließlich passierten hier seit Tagen seltsame Sachen … besser, man war immer gut informiert. Sie öffnete die Schublade und nahm den Generalschlüssel heraus.

Esther huschte die Treppe hinauf zum Zimmer von Doktor Kremer. Sie öffnete leise die Tür. Es war bereits dämmrig. Der Raum hatte noch nicht den Geruch seines jetzigen Bewohners angenommen. Noch herrschte der Duft von Wasch- und Reinigungsmitteln vor.

Esther sah sich um. Das Fenster stand auf Kipp, die Gardine bewegte sich sacht hin und her. Am Waschbecken hing das Handtuch noch unbenutzt, die Tür zum Badezimmer war nur angelehnt.

Auf dem Bett lag der verschlossene Hartschalentrolley. Esther näherte sich vorsichtig, streckte die Hand nach dem Koffer aus, doch schon die Berührung des kalten Materials mit der Fingerkuppe ließ sie zurückzucken.

Auf dem Gang waren eilige Schritte zu hören. Esther hielt die Luft an und presste sich mit dem Rücken an die Wand. Als ob das etwas ändern würde, wenn der Mann jetzt das Zimmer beträte.

Sie hatte noch einmal Glück gehabt, denn die Schritte verschwanden im Nebenzimmer.

Als es auf dem Flur weiter ruhig blieb, versuchte sie, den Trolley zu öffnen, aber er war mit einem Zahlenschloss gesichert.

Der Mann passte einfach nicht ins Bild der üblichen Gäste auf dem »Seehof«. Hartschalentrolleys waren ein Gepäckstück für Geschäftsleute. Pferdehofurlauber hatten Rucksäcke, Tüten und große, abgeschabte Reisetaschen, die sie hinter sich herzogen, oder Koffer mit vielen Gebrauchsspuren. War das nicht der Fall, glitt immer, wirklich immer, ein entschuldigendes Lächeln über das Gesicht des Gastes mit der Bemerkung: »Den haben wir erst neu.« Manchmal kamen welche mit Nylonkoffern. Aber niemals mit kleinen, nicht zerkratzten, silberglänzenden Hartschalentrolleys, die von außen wirkten, als beherbergten sie eine Bombe.

Esther richtete sich auf und, atmete tief ein. Sie sah wirklich Gespenster. Was, verdammt, fiel ihr ein, sich in die Zimmer der Gäste zu schleichen? Wenn das herauskam, konnten sie den »Seehof« gleich dichtmachen. Als Diebin würde sie verschrien sein. Was sonst konnte sie hier wollen, wenn nicht den wohlhabenden neuen Gast ausrauben.

Wieder waren Schritte zu hören. Schwere, langsame Schritte. Esther huschte erneut hinter die Tür.

*

Antke verließ das Hafengelände und überquerte die Schleuse zu Fuß.

Vom Fischrestaurant klangen Stimmen herüber. Eine Radlergruppe hatte sich mit Schollen zum Sattessen den Bauch vollgeschlagen und wollte sich nun die überflüssigen Pfunde mit der Rückfahrt wieder abtrainieren.

Was haben diese Leute für Sorgen, dachte Antke. Wie gern würde sie sich auch einmal nur um ihr Gewicht Gedanken machen. Ein Problem war es schon. Nach Arnolds Tod hatte sie sich gehen lassen. Ununterbrochen alles in sich hineingestopft vor lauter Abscheu vor sich selbst. Hässlich konnte sie sich besser ertragen, weil ihr Äußeres dann zu ihrem Seelenzustand passte.

Sie bog in Richtung Hooksmeer auf einen Weg ab. Hier hatten sich Elisabeth und Monika früher öfter getroffen. Antke tat es noch immer weh, wenn sie an die leuchtenden Augen ihrer Tochter dachte, als sie damals davon erzählt hatte. Vielleicht war Monika auch heute an diesen Platz gegangen.

Antke spuckte auf die Erde. Sie war schon wieder ganz schön aus der Puste, die überflüssigen Pfunde rächten sich. Das viele Laufen war ungewohnt für sie, aber sie musste Monika finden. Irgendwo hier in der Dämmerung trieb sie sich herum. Ihre Stimme hatte so verzweifelt geklungen. Sie musste ihrem Kind helfen! Ihr Herz krampfte sich vor Sorge um Monika zusammen. Sie hätte längst mehr für ihre Tochter da sein müssen! Was war sie nur für eine Versagerin, was für eine schlechte Mutter, die ihr Kind sogar jetzt, wo Elisabeth Holzer wiederaufgetaucht war, ins offene Messer rennen ließ?

»Monika!«, rief sie, aber ihre Stimme verlor sich in der Nacht und nur die Wellen des Hooksmeeres, die sacht ans Ufer schlugen, gaben Antwort.

»Monika!«

Dieses Mal zerschnitt das Krächzen eines Graureihers die laue Abendluft. Vom Meer her grummelte es immer bedrohlicher. Plötzlich blieb Antke stehen. War da eben ein Geräusch gewesen, das hier nicht hingehörte?

Antke blieb stehen und schnappte nach Luft. Was war, wenn sie in eine Falle getappt war. War der Anruf vielleicht doch nicht von Monika gekommen? War es wirklich ihre Stimme gewesen? Niemals würde Monika sich um diese Zeit hier herumtreiben. Sie hatte doch immer furchtbare Angst im Dunkeln.

Eine Kirchenglocke schlug in der Ferne. Antke zählte mit. Es war bereits 23 Uhr. Einen Moment überlegte sie umzudrehen, sich nicht auf dieses Spiel einzulassen. Doch gesetzt den Fall, es war doch Monika gewesen und sie brauchte ihre Hilfe, konnte sie unmöglich fortgehen und sich nicht um sie kümmern! Antke kniff den Mund zusammen. Elisabeth hatte schließlich auch Esther aufgesucht. Ganz sicher hatte sie auch Kontakt zu Monika aufgenommen und sich womöglich hier mit ihr verabredet … Vor Antkes Gesicht schob sich das Bild ihres blutenden Mannes. Sie musste einen Augenblick anhalten.

Das Hooksmeer leuchtete kurz auf. Das Gewitter kam näher, auch wenn der der Donner zeitversetzt folgte.

Antkes Herz klopfte heftig, ihre Hände zitterten. Sie spürte förmlich die Gefahr, die irgendwo hinter den Büschen lauerte, nur darauf wartete, ihr an die Gurgel zu gehen und dann Rache zu üben. Tödliche Rache.

»Monika?«, flüsterte Antke. »Mädchen, wo bist du?« Ihr antwortete dieses Mal nur das leichte Sausen des Windes. Langsam drehte Antke sich um. Sie tastete sich mit kleinen Schritten auf den Pfad zurück. Dabei trat sie in einen angefangenen Kaninchenbau. Sie strauchelte, ruderte mit den Armen und blieb an einem Sanddornbusch hängen. Er zerkratzte ihr den Arm. Das warme Blut lief in einem feinen Rinnsal ihre Hand herunter und tropfte über den Mittelfinger auf den Sand. Wieder blitzte es in der Ferne. Antke suchte in der Hosentasche nach einem Tempo, das sie auf den Kratzer drückte.

Als sie weiterlaufen wollte, merkte sie, dass ihr Hosenbein sich in einem Sanddornzweig verfangen hatte. Hektisch riss sie daran, aber die Ranken schienen sich nur noch fester um ihr Bein zu klammern. Antke schlug mit der Hand nach unten, verlor das Taschentuch. Ein stechender Schmerz bohrte sich in ihren Arm. Ein weiterer Strunk hatte ihre Hand verletzt. »Ruhig bleiben«, sagte sie sich. »Ganz ruhig bleiben.«

Antke versuchte, ihren Atem wieder unter Kontrolle zu bekommen. Erneut durchschnitt der Schrei des Reihers die Nacht. Und wieder grummelte es. Über der See tobte bereits ein Gewitter. Das Hooksmeer aber schlief noch. Seine Wellen rollten ruhig ans Ufer und verursachten nur ein leises Glucksen.

Antke tastete sich vorsichtig zu ihrem Hosenbein. Sie ignorierte, dass sich ein Dorn tief in ihrem Zeigefinger versenkte, und löste ihre Hose von dem Sanddornast. Dann rappelte sie sich hoch, bewegte ihren Fuß hin und her. Er schmerzte leicht.

»Monika? Monika!« Es war zwecklos. Einfach zwecklos. Sie würde Monika hier nicht finden. Antke machte kehrt.

10.

Esther hatte in der Nacht nicht besonders gut geschlafen.

Das Gewitter war zwar weniger heftig gewesen als erwartet, aber Esther mochte dieses Donnern und Blitzen nicht. Aber nicht nur das Gewitter hatte ihr den Schlaf geraubt. Es waren auch die vielen Gedanken, die in ihrem Kopf hin und her tanzten und einfach nicht zu bändigen waren.

Sie war zwar ungesehen aus dem Zimmer des Gastes herausgekommen, hatte aber vergessen, seine Tür wieder abzuschließen. Was, wenn Doktor Kremer das hinterfragte?

Ihre Großmutter war auch nicht viel später zurückgekommen. Ihren Tritt konnte man weiß Gott von allen anderen unterscheiden. Woher auch immer sie gekommen war. Und ihre Mutter? Ihre Schritte hatte Esther genauso wenig vernommen wie Doktor Kremers.

Vermutlich, weil sie dann doch eingenickt war. Trotzdem hatte Esther das Gefühl, keinen Augenblick wirklich fest geschlafen zu haben.

Als der Hahn sein Krähen schließlich nicht mehr einstellte und die Uhr im Flur laut die sechste Stunde gongte, kroch Esther aus dem Bett.

Es war viel zu still im Haus.

Normalerweise war ihre Mutter um diese Zeit längst in der Küche.

Esther verließ das Zimmer und schaute nach, doch niemand war dabei, das Frühstück zu richten. Esther seufzte. Sie musste sich jetzt um alles zu kümmern, bevor die Gäste verärgert waren. Viele standen auch in den Ferien früh auf.

Esther begann mechanisch mit der Arbeit. Die Kaffeemaschine anstellen, die angelieferten Brötchen in den großen Korb an Büfett geben, Milchkännchen auffüllen und Wurst-und Käseplatten anrichten. Dann das Gemüse und Obst klein schneiden und den Tee aufbrühen. Mit flinken Fingern verrichtete sie ihre Arbeit.

Doch mit jeder Minute wurde Esther unruhiger, denn es passte ganz und gar nicht zu ihrer Mutter, ihre Pflichten nicht wahrzunehmen.

Als die auch um 7 Uhr noch nicht aufgetaucht war, ließ Esther alles stehen und liegen, um nach Monika zu schauen.

Das Stockwerk lag leer vor ihr. Es roch ungelüftet und noch immer nach Schlaf. Im Vorbeigehen stellte Esther das Flurfenster auf Kipp. Ein Hauch süßlicher Luft durchflutete den Korridor und brachte den Geruch von frisch gemähtem Gras mit sich. Das Gewitter hatte sich verzogen und es würde wieder ein schöner Sommertag werden.

Sie klopfte an die Zimmertür ihrer Mutter. Nichts rührte sich. Schon beim Herunterdrücken der Klinke war ihr klar, dass sie niemanden vorfinden würde. Das Bett war akkurat gemacht, keine Falte verunzierte die Decke und das, was vom Laken zu sehen war. Die Tür zu dem kleinen Bad war einen Spalt breit geöffnet. Sie knarrte ein wenig, so als atme sie etwas von der frischen Brise, die gleichzeitig mit Esther ins Zimmer kam.

Sie betrat das Badezimmer: Monikas Zahnbürste fehlte und auch ihr Duschgel stand nicht in dem dafür vorgesehen Fach.

Das ungute Gefühl der letzten Tage verstärkte sich und bohrte sich wie ein Pfeil durch ihren Bauch. Wo war ihre Mutter nur? Sie ging zurück in den Schlafraum, der von der Einrichtung her einem neutralen Gästezimmer ähnelte. Einbaumöbel prägten den Gesamteindruck, alle Möbelstücke gehörten zu dem Programm, das sie in den Pensionszimmern verwendeten. Nur eine weiße, handgroße Skulptur auf Monikas Schreibtisch durchbrach die Gleichgültigkeit des Raumes. Sie stellte eine Frau dar, die schützend ihren Arm um ein Baby gelegt hatte. Daneben standen immer frische Blumen, die ein bisschen Farbe in den Raum brachten. Esther strich über die ebene Oberfläche der Statue.

Wann war ihre Mutter nur hier gewesen, um ihre Sachen zu holen? Sie würde ja nicht alles mit zum Hafenfest genommen haben, das wäre wohl aufgefallen. Esther fielen die hektischen Schritte des vergangenen Abends ein. Aber das konnte jeder gewesen sein. Die Pension war ausgebucht, da kam es vor, dass vor 23 Uhr noch jemand über den Flur lief.

Esther sah sich um, suchte angestrengt nach irgendetwas, dass ihre Mutter vielleicht hinterlassen hatte.

Neben der Skulptur fand sie schließlich einen Zettel, mit einem Kugelschreiber beschwert. Er war wahllos aus dem Notizblock herausgerissen, den Monika normalerweise genau parallel zum Telefon platzierte. Nun lag der Block mitten auf der Ablage. Ebenfalls nicht typisch für ihre Mutter, deren Ordnungsliebe schon als krankhaft penetrant bezeichnet werden konnte. Esther griff nach dem Zettel. Die Schrift war verschmiert und es sah hektisch dahingekritzelt aus: »Bin für ein paar Tage weg. Ich brauche Ruhe. Monika.«

Etwas stimmte hier wirklich nicht. Dieses Verhalten, dieser lässig hingeschmierte Zettel, es passte alles nicht zusammen. Es war Hauptsaison, der »Seehof« bis zum letzten Zimmer gefüllt und ihre Mutter, ihre absolut überkorrekte Mutter machte den Abflug?

Das dumpfe Gefühl schlich sich jetzt auch bis zum Hals, der sich heftig zusammenkrampfte und Esther fast am Schlucken hinderte. Eines war sicher: Sie hätte ihre Mutter gestern Abend nicht aus den Augen verlieren dürfen.

11.

Esther war noch immer dabei, sich um das Frühstück für die Gäste zu kümmern, als sie erst das Heulen der Martinshörner, dann das Kreisen des Hubschraubers hörte.

Die Sirenen verstummten nicht. Im Gegenteil. Sie schienen lauter und auch mehr zu werden. Esther trat vor die Tür und lauschte.

Von der Weide her vernahm sie das Schnauben der Pferde. Im Stall hörte sie Hajo mit etwas klappern. Er war wieder früh auf den Beinen. Bei der Hitze am Tag fiel ihm die Arbeit schwer, und die Sirenen waren inzwischen verstummt.

»Hajo?«, rief sie in Richtung Stall.

Der Mann steckte den Kopf aus dem Scheunentor. Als er Esther sah, verzog sich sein Mund zu einem breiten Grinsen. Aber seine Augen wirkten müde und übernächtigt. »Ist was?«

»Geht es dir nicht gut?« Esther winkte ihn heran. Hajo hatte wieder getrunken. »Du trinkst echt zu viel, mein lieber Scholli.«

»Nur ein bisschen gestern. Im ›Schlüssel‹. Ein' übern Durst. Beim Skat. Verpetz du mich man nicht bei deiner Oma.«

»Weißt du, warum die mit Martinshorn und Hubschrauber unterwegs sind? Was da passiert ist?«

Hajo zuckte mit den Schultern, sah nicht sonderlich interessiert aus. »Die sind alle Richtung Hooksiel gefahren. Vielleicht ist da einer ertrunken oder so?«

Esther bezweifelte das. Badeunfälle gab es immer mal, aber es war noch so früh am Tag. Sicher würde Gerda nachher hier aufkreuzen und es ihnen brühwarm erzählen. Darauf konnte man sich verlassen wie auf das sonntägliche Glockenläuten.

Esther ging wieder hinein. Die Arbeit rief.

Von ihrer Mutter hatte sie noch nichts weiter gehört, also musste sie akzeptieren, dass sie sich einfach so eine Auszeit gönnte.

Trotzdem tippte Esther ihr immer wieder eine Nachricht ins Handy, in der Hoffnung auf Antwort. Sie legte ihr Mobiltelefon auch nicht beiseite, sondern trug es in der Hosentasche, um keine Nachricht zu verpassen, falls ihre Mutter sich doch noch durchringen würde, ihr zu schreiben.

Wahrscheinlich hatte ihr das Gespräch mit Elisabeth so arg zugesetzt, dass ein Abtauchen notwendig geworden war. Denn sie hatte sich mit Elisabeth getroffen, da war Esther sich absolut sicher. Erst die Handbewegung in Richtung Hafen. Dann die plötzliche Mitteilung ihrer Mutter, dass es spät würde. Und schließlich ihre Fahrt zur Schleuse. Ein Teil passte zum anderen. Nur wie das vollständige Bild aussah, das bekam Esther nicht zusammen.

Ihre Oma hingegen wirkte unruhig. Ihrem verbissenen Gesicht hatte sich ein weiterer Zug hinzugesellt und das war Sorge. Ja, Oma Antke hatte Angst um Monika, das hatte sie vorhin deutlich kommuniziert, nachdem Esther ihr den Brief gezeigt hatte.

»Wir können allerdings nichts tun. Deine Mutter ist erwachsen und hat geschrieben, dass sie wegwill. Die Polizei würde sie nicht suchen, weil ich mich sorge. Und weil Elisabeth wieder da ist.«

Esther hatte beschlossen, an die Flucht ihrer Mutter zu glauben, so untypisch das Verhalten für Monika auch war. Jeder Gedanke daran, ihr könnte etwas zugestoßen sein, war so unerträglich, dass sie durchdrehen würde. Aber der Laden hier musste laufen. Mit oder ohne ihre Mutter. Mit oder ohne Angst. Der »Seehof« war ihre Existenz!

Im Frühstücksraum herrschte reger Betrieb. Wenigstens hatte ihre Großmutter mit der Saisonhilfe die Tische eingedeckt und sich um die Getränke gekümmert.

Esther brühte neuen Kaffee auf. Die Tür klackte. Ihre Großmutter trat herein. Esther beschloss, sich im Hintergrund zu halten. Sie beobachtete ihre Oma. Ihre Bewegungen wirkten fahrig, unkonzentriert. Über ihrer Nase hatte sich eine tiefe Furche gebildet. Die Lippen pressten sich in jedem unbeobachteten Augenblick immer wieder fest zusammen.

Esther schaute der blubbernden Kaffeemaschine zu, um sich abzulenken. Tropfen für Tropfen quälte sich durch den Filter, wurde von der Wassermasse darüber durch das Pulver gedrückt. Tropfen für Tropfen dunkle, zäh wirkende Brühe.

»Hast du den Kaffee fertig?« Ihrer Großmutter standen Schweißtropfen auf der Stirn.

Esther stellte die gefüllte Kanne ab. »Sie kommt schon wieder, Oma. Bestimmt tut sie das.«

Ihre Großmutter griff nach der Kaffeekanne. Sie wich aus, tat, als habe sie die Bemerkung ihrer Enkelin nicht gehört. Beim Hinausgehen nickte sie aber fast unmerklich.

Esther zuckte mit den Schultern. Wenn ihre Oma nicht reden wollte, dann nicht. Sie wäre schließlich die Einzige, die Licht in dieses Dunkel bringen könnte.

Aber ihre Oma schwieg beharrlich.

Esther wandte sich ab und schaute, ob in der Küche noch etwas zu tun war, bevor sie sich um andere Dinge kümmern musste. Als sie kurz aufblickte, fiel ihr Blick auf den neuen Gast, der im Frühstücksraum am Fenster saß.

Esther hoffte noch immer, dass er nicht bemerkt habe, wie sie in seiner Abwesenheit hinter ihm her geschnüffelt hatte. Hoffentlich gab er sich selbst die Schuld für das offen gelassene Zimmer und kam nicht auf die Idee, einer aus dem Haus habe etwas damit zu tun. Wenn es ihm überhaupt aufgefallen war.

Dich hat keiner gesehen, Esther, wie soll er daraufkommen, sagte sie sich immer wieder im Stillen. Aber so richtig beruhigte sie das alles nicht. Sie hielt sich von ihm fern, hatte immer wieder Furcht, er würde ihr ansehen, was sie getan hatte. Und doch: Der Mann faszinierte sie, und sie konnte sich nicht dagegen wehren, ihn genauer zu betrachten.

Esther stellte sich unauffällig in den Türrahmen, das Putztuch in der Hand, mit dem sie ein wenig am Holz herumpolierte. Er sah gut aus. Eine Nummer älter zwar, aber … Er griff nach dem Glas Orangensaft, aus dem er mit großen Schlucken trank. Ein Tropfen war in seinem dichten, aber akkurat gestutzten Bart hängen geblieben. Unauffällig tupfte er ihn mit der Serviette ab und legte sie wieder korrekt neben den Teller.

Esther war gespannt, ob Doktor Kremer ein Eierköpfer oder Eierpeller war. Das sagte eine Menge über einen Menschen aus. Sogar Hilka konnte dieser Theorie zustimmen. Seitdem machten sie sich gern einen heimlichen Spaß daraus, die angereisten Gäste unter diesem Aspekt zu betrachten. Und ordentlich hinterher über sie abzulästern. Das durfte nur ihre Mutter nicht mitbekommen, dann wäre die Hölle los. Esthers Oma war jedenfalls ein Eierpeller. Sie tötete das Ding auf ihre ganz persönliche Art. Langsam. Schalenstück für Schalenstück. Bis das Ei obenrum nackt und ungeschützt vor ihr lag. Erst dann stieß sie ihren Löffel in das weiche Weiß.

Das langsame Abpulen des Eis hatte für Esther etwas Diabolisches, Gemeines. Als wolle man es quälen, bevor man ihm den Garaus machte. Esther selbst war ein Eierköpfer. Schnell, direkt und – ehrlich. Abpuler waren für sie »Hinterrücks-Mörder«.

Der Mann schlug dem Ei den Löffel in die Seite. Er begann es ganz von oben nach unten abzupellen, arbeitete dabei filigran. Nur mit der Spitze der Fingernägel pulte er die Schale, als fürchte er, kleine Blessuren im makellosen Weiß zu hinterlassen. Er war schlimmer als ihre Oma, die nur die Hälfte vom Ei entblößte. Dieser Mann tat es ganz. Ohne Kompromisse.

Das abgepulte Ei deponierte er auf der Serviette, bis er die Schalenstücke penibel im Tischabfalleimer entsorgt hatte. Dann legte er es auf den Teller, zerschnitt es Scheibe für Scheibe und drapierte sie rings um den Rand, bevor er sie mit den Fingerspitzen eine nach der anderen aß. Erst dann griff er nach einem Brötchen. Er hieb ihm das geriffelte Messer in die Seite.

Esther hatte genug gesehen. Der Neue war nicht nur ein »Hinterrücks-Mörder« der schlimmsten Sorte, er war auch noch penetrant sorgfältig. Sie lief wieder nach draußen. Den Rest konnte wirklich ihre Großmutter erledigen.

*

Das also war das Mädchen. Doktor Kremer grinste. Genauso hatte er es sich vorgestellt. Sie war richtig hübsch. Fast schön. Ein ganz anderer Typ als ihre Mutter. Er hatte Esther schon gestern heimlich beobachtet, doch heute war sie länger im Frühstücksraum gewesen, so dass ihm mehr Zeit geblieben war.

Er holte sein Handy aus der Hosentasche und betrachtete die letzten Nachrichten. Es war nichts Wichtiges dabei. Wie auch, er war ja fast am Ziel. Eigentlich war es bedauerlich, dass er den Kontakt damals abgebrochen hatte. Aber er war ein Einzelgänger, ein einsamer Wolf, der keine anderen Menschen lange neben sich dulden konnte. Weder Mutter noch Freunde noch eine Frau. Er musste frei sein, sonst drohte er zu ersticken.

Doktor Kremer sah aus dem Fenster des Speisesaals. Esther lief auf dem Hof herum und teilte nun die Kinder zum Arbeiten ein. Sie machte das gut, das sah er auf einen Blick. Ihre Art zeigte deutlich, dass ihr nie etwas geschenkt worden war. Esther van der Kaark war eine Kämpferin, die sich den Sieg nicht nehmen lassen würde. Sie passten zueinander.

*

Der Tag war herrlich. Es hatte sich etwas abgekühlt. Bestimmt nur vorübergehend, da keine Wolke den Himmel trübte. Aber es war schön, einmal wieder richtig durchatmen zu können.

Von den Martinshörnern eben war jetzt nichts mehr zu hören. Vielleicht ist das nur eine Übung gewesen, dachte Esther. Wird wohl so sein.

Ein Blick zu den Pferden sagte ihr, dass zumindest deren Welt in Ordnung war. Gemächlich schüttelten sie während des Grasens den Kopf, um die ersten Fliegen zu vertreiben, die langsam erwachten und sich ihre Opfer suchten.

Esther verkroch sich in der Sattelkammer, weil sie einfach keine Lust verspürte, jemandem zu begegnen. Sie hatte Ferien und versank in Arbeit. Dazu die Sorge um ihre Mutter, die sich immer mehr in ihre Seele fraß. Und wo steckte Elisabeth Holzer?

Sie hatte sich auch nicht mehr bei Esther hören lassen. »Melden hätte sie sich ja mal können«, sagte sie. »Egal, was sie mit meiner Mutter zu bereden hatte. Hat sich wohl doch nur wichtig gemacht. Genau, wie Hilka gesagt hat.« Sie schlug nach einer Fliege, die ihren Kopf in penetranter Art und Weise umrundete.

Es klopfte an der Tür zur Sattelkammer.

»Was ist?« Esthers Stimme klang alles andere als freundlich. Als sie das Gesicht ihrer Oma sah, verfinsterte es sich noch mehr. Wenn ihre Großmutter sie hier aufsuchte, war sie vermutlich mit ihrer Arbeit unzufrieden und würde nun Forderungen stellen. So wie immer. Esther ging sofort in Verteidigungshaltung. »Ich habe in der Küche getan, was ich konnte. Gleich habe ich mit den Kindern und den Ponys zu tun …«

Ihre Großmutter aber hob abwehrend die Hände. »Es geht nicht um die Arbeit. Das hast du sehr gut gemacht.«

Esther sah ihre Oma erstaunt an, denn ein Lob aus ihrem Mund war mehr als ungewöhnlich.

»Ich glaube, ich muss dir was sagen. Wegen Elisabeth Holzer.« Antke sah ihre Enkelin an, als müsse sie die Worte erst sortieren, bevor sie ihre Lippen verlassen durften. »Ich rede nicht gern drüber.« Sie stoppte – und holte tief Luft. Der nachfolgende Satz glitt leicht polternd heraus. »Elisabeth war die Geliebte deines Großvaters. Also meine Konkurrentin.«

»Sie war was?« Esther schluckte. Das erklärte natürlich einiges. »Deshalb diese Geheimniskrämerei, dieses Getue von Hajo. Ach Oma!« Sie legte den Arm um ihre Großmutter, bemerkte aber die abweisende Haltung und zog ihn sofort zurück. Dieses Verhältnis musste sie tief verletzt haben. Und dann war auch noch Janna gestorben. Esther hatte plötzlich unglaubliches Mitleid mit ihrer Oma.

»Monika hat sich am Samstag mit ihr getroffen«, rutschte es Esther dann auch gleich heraus. »Ich bin mir sicher, dass sie sich verabredet haben. Vielleicht wollten sie einfach reden.«

Ihre Oma schien Esther gar nicht zuzuhören und reagierte nicht auf ihre letzte Bemerkung. Ihre Stirnfurchen vertieften sich und ihre Stimme zerschnitt die Luft.« Es ging lange mit ihr und deinem Opa. Immer wieder ist er nach drüben gefahren …« Sie stockte. »Sie hat seine Mutter gepflegt. In Ostberlin. Im Krankenhaus.« Ihre Großmutter holte tief Luft. »Immer wieder sehe ich sie zusammen in ihrer sogenannten *Zweiraumwohnung* sitzen.« Sie spuckte das Wort förmlich aus, wie eine Fliege, die man versehentlich verschluckt hat. »In dieser schäbigen Ostküche. Gemusterte Tapeten, angegraut vom Schmutz der Braunkohleheizungen. Alte, weiße Innentüren, von denen der Lack sich Schicht für Schicht abschält.« Sie fuhr sich durchs kurze Haar, doch es gab nichts zu ordnen. »Nicht einmal ein eigenes Bad hatte sie. Nur eine Waschschüssel. Ein altes, heruntergekommenes Haus mit einer alten, heruntergekommenen Wohnung. Da kam ihr der Arzt aus dem Westen sicher gerade recht.« Ihre Großmutter schnaufte. »Wer weiß was sie sich erhofft hat!«

Esther legte ihr kurz die Hand auf den Unterarm. Aus den wenigen Worten hörte Esther die ganze Schmach, die hinter diesem Betrug steckte, heraus. »Nicht einmal richtigen Kaffee gab es da. Das hat Arnold oft erzählt, wenn er von seiner Mutter kam. Nur dieses lösliche Zeug, das er mir hier vor die Füße gespuckt hätte, eigen wie er war. Echter Kaffee kostete dort damals 4,50 Mark für 125 Gramm. Stell dir das vor!« Sie hielt kurz inne. »Ich habe schon bald gemerkt, dass etwas nicht stimmt. Er hat die Glut dieser Frau in sich getragen. Außerdem klebte Elisabeths Geruch an ihm. Süßlich frisch. Kein

Atemzug hat deinen Großvater mehr verlassen, ohne sein neues Glück in die Welt zu tragen.« Wieder musste ihre Großmutter eine Pause machen. Esther merkte aber, dass sie noch lange nicht fertig war. Sie hatte nur selten so lange mit ihrer Enkelin gesprochen.

»Er hat es abgestritten. Bis sie hier vor 18 Jahren aufgekreuzt ist.«

Esther sah, dass sich die Zehen ihrer Oma wie eine Ziehharmonika in den Latschen zusammenkrampften. »Sie hat seine Mutter drüben in den Tod begleitet. Und ihn dann getröstet. Hat ihm wohl gefallen, hin und wieder in die Tristesse der alten Häuser drüben abzutauchen. Er war ja manchmal so«, sie suchte nach dem richtigen Wort, »so nostalgisch veranlagt.« Esthers Oma leckte sich die Lippen. »Hat auch immer solche Filme geguckt.« Sie lachte bitter. »Hatte für ihn sicher etwas von seiner alten Kindheit, wenn er bei ihr war. Er war ja rübergekommen von da. Oder ›hat rübergemacht‹, wie es bei denen hieß.« Esthers Oma schürzte die Lippen. »Aber wie sagt man so schön: Er hatte wohl noch einen Koffer in Ostberlin. Nach dem Tod seiner Mutter hieß der dann Elisabeth. Fehlte nur noch, dass er drüben auch die Lieder mitgesungen hätte. ›Soldaten sind vorbeimarschiert in gleichem Schritt und Tritt‹«, summte Antke. Ihr Tonfall wurde aggressiver. »Der Dunst dieser Braunkohleheizungen hat der Frau wahrscheinlich den Blick vernebelt. Für das, was sie getan hat.« Esthers Oma presste ihre Lippen zusammen. Sie atmete tief ein und aus. »Er ist jedenfalls weiter zu ihr hingefahren. Auch als seine Mutter tot war. Hatte ja auch noch eine Tante als Alibi da drüben. Sogar bei diesem Rio Reiser sind sie gewesen. Er und Elisabeth.« Ihre Großmutter lachte kurz auf. »Der Herr Oberarzt im Rockkonzert! Was wäre, wenn sie ihn verhaftet hätten?«

Sie schnaufte. »Als dann die Mauer fiel, waren sie nicht aufzuhalten. Es hat nicht lange gedauert, bis sie hier gewesen sind.«

»Sie?«, warf Esther ein. Ihre Oma reagierte nicht darauf, sondern redete weiter. »Sie hat Rechte angemeldet! An meinem Mann!« Dann schwieg sie abrupt. Schluckte scheinbar alle weiteren Worte ungesagt herunter.

Erst sagte auch Esther nichts. Aber dieses Schweigen zwischen ihnen war zu schwer, weil die Worte noch in der Luft hingen und sie erdrückten. »Du hast viel mitgemacht. Erst Janna, dann dein Mann …«

Esthers Oma schüttelte den Kopf. »Als er starb, war er schon irgendwie nicht mehr mein Mann. Aber Janna …« Sie hielt inne, allein das Aussprechen des Namens schien ihr Schmerzen zu bereiten.

Es ist verrückt, dachte Esther. Sie ist total verrückt. Es war schon so lange her und doch spiegelte sich auf dem Gesicht ihrer Großmutter ein Szenario, als wäre alles erst vor einem Wimpernschlag geschehen. Esther suchte nach den richtigen Worten. »Wie ist Großvater gestorben? Hat er … hat er sich selbst getötet? Wegen Janna?«

Überwog in der Miene ihrer Oma gerade noch diese bodenlose Traurigkeit, schob sich nun eine Wand von Hass und Ohnmacht darüber. »Dein Großvater war selbstherrlich und selbstgerecht. Er hat das Liebste getötet, was ich hatte. Aber er hat nicht verstanden, wie das für eine Mutter ist, wenn sie loslassen muss. Er hat anders getrauert. Aber sich selbst umgebracht, nein, das hätte er nie.« Es hörte sich an, als hätte sie diese Möglichkeit für ihn aber als die einzig richtige, die gerechte, angesehen. Dann klang ihre Stimme wie von weit her. »Aber ich habe ihn geliebt. Trotzdem geliebt. Wäre dieses Flittchen damals nicht gekommen, würde er noch leben. Warum hat er sie nach Jannas Tod nicht verlassen?« Sie blieb einen Augenblick still. »Wir wären sicher auch wieder glücklich geworden.«

Erneut tastete sich Esthers Hand zu ihrer Großmutter. Die weinte nicht und doch schien es, als habe sie jahrelang nichts anderes getan. Sie hat innerlich geweint, dachte Esther. Jahrelang, bis sie völlig leergelaufen ist.

»Du hast doch noch Monika, bist nicht allein.« Esther war schon klar, dass dieser Satz ihrer Oma nicht helfen würde. Aber sie hatte nicht mit einer solch heftigen Reaktion gerechnet.

»Monika ist nicht Janna!«, brachte ihre Oma nur hervor und wiederholte: »Monika ist nicht Janna.«

*

Antke merkte, dass sie mit der Bemerkung zu weit gegangen war. Esthers Gesicht sagte alles.

Es dauerte aber nicht lange, bis ihre Enkelin die nächste Frage stellte. Ganz ruhig kam sie ihr über die Lippen: »Wie ist er denn nun gestorben? Mein Opa. Ihr redet nie drüber.«

Antke hatte sich vorher sehr wohl überlegt, wie sie es erzählen wollte. Diese Geschichte, die man eigentlich genauso wenig erzählen konnte wie die von Jannas Unfall. Esthers würde aber nicht lockerlassen, sich jetzt an ihr festbeißen wie eine Zecke, die endlich ihr Opfer gefunden hatte. Sie wollte sich nicht mehr mit der Version, »es war ein tragisches Unglück«, abspeisen lassen, womit damals alle Gerüchte im Dorf schon im Keim erstickt worden waren. Sogar Gerda hatte darüber ihre Klappe gehalten, was Antke nach wie vor als ein Wunder empfand.

Also begann sie. Mit recht stabiler Stimme. Sätze, die wie eingeübt klangen. Abgespult, ohne Tiefe. »Es gab damals ein kurzes, heftiges Unwetter mit einem heftigen Sturm. Arnold war hinten im Garten auf der Apfelwiese. Da, wo der Schuppen stand. Da lag er dann. Tot.« Die Sätze kamen geschäftsmäßig, ein bisschen kühl. Und doch musste Esther die Tragik hinter jedem einzelnen Wort spüren, denn ihr Gesicht war weich und mitleidig. Ja, ihre Enkelin wirkte sichtlich betroffen und wartete, bis Antke weitersprach.

»Arnold wurde am Kopf von einem heruntergefallenen Ast getroffen. Beim Sturz ist er mit der Schläfe auf einen spitzen Stein gefallen. Arnold muss sofort tot gewesen sein. Er sah ganz friedlich aus, wie er da lag. Als ob er schlief. Genau wie Janna. Janna schläft auch …« Antke brauchte eine Pause. Sie hatte ein pelziges Gefühl im Mund, sie hätte sich ein Wasser mitnehmen sollen. Die nächsten Sätze brachte sie nur noch stakkatomäßig hervor.

»Den Schuppen hat Hajo dann abreißen lassen. Das Dach war morsch. Ratten haben unter den Bodendielen gewohnt. Der musste weg, der Schuppen. Hat auch immer reingeregnet, weißt du. Da war es besser, wenn er weg war …« Antkes Schultern zuckten. Keine Träne verließ ihre Augen, aber ihr Körper wurde von dem lautlosen Schluchzen geschüttelt.

»Oma!« Esther griff nach dem vibrierenden Körper. »Ist gut. Oma! Ist ja gut.«

Das Zittern ließ erst ein paar Minuten später nach. Antke atmete tief ein. Es bereitete ihr große Schwierigkeiten, weiterzusprechen. Aber sie hatte beschlossen, Esther von dieser Nacht zu erzählen. Wie unter Zwang kam ein Wort nach dem anderen über ihre Lippen. »Hast du schon mal Blut gesehen? So richtig viel auf einmal? Es war sein Blut. Das Blut, das auch in Janna geflossen war und … Wie ein dunkler See. Nicht sehr groß, aber … Jetzt versickerte es nutzlos in der Erde. Einfach weg. So wie er. Es war alles voller Blut.« Antkes Hals schien völlig ausgedörrt zu sein. Sie schmatzte trocken, schaffte es aber auch damit nicht, den schlechten Geschmack im Mund loszuwerden. »Er war weg. Einfach so. Alle haben mich verlassen. Alle. Alle, die ich geliebt habe, waren fort.« Antke schmatzte wieder, hoffte, dadurch ihre Schleimhäute etwas befeuchten zu können. Ihr Atem musste furchtbar sein, so, als habe sie ihre Zähne heute noch nicht geputzt.

»Du hattest doch noch meine Mutter«, hob Esther an, aber Antke winkte ab. Darüber wollte sie nicht sprechen.

Sie wollte zum Abschluss kommen, ihre Kraft war verbraucht. »Ich bin nicht verrückt, Esther. Aber ich weiß, was ich weiß.«

Esther schluckte. »Du glaubst nicht, dass es ein Unfall war?«

»Nein, ich glaube nicht daran, habe es nie getan.«

*

Esther stellte in ihrem Zimmer die Musik laut an. Sie musste jetzt kurz allein sein, bevor die Arbeit weiter ging. Die Enthüllungen ihrer Großmutter hatten ihr arg zugesetzt. Zumindest wusste sie nun in etwa, wie ihr Großvater ums Leben gekommen war. Ihre Oma glaubte also an Mord.

Esther hatte das Gefühl gehabt, dass ihre Großmutter wie unter Zwang geredet hatte. Als müsse sie jetzt endlich loswerden, was sie seit Jahren mit sich herumtrug. Diese furchtbare Last, unter der sie nach und nach erstickte.

Oma Antke war danach einfach aufgestanden, ohne den Verdacht zu äußern, wen sie für den Mörder ihres Mannes hielt. Doch Esther war es klar: Elisabeth!

Trotzdem blieben Fragen offen. Warum war Elisabeth jetzt zurückgekommen, wenn sie eine Mörderin war? Und was für ein Motiv hätte sie überhaupt gehabt, wenn sie ihren Großvater doch geliebt hatte?

Die enttäuschte Hoffnung auf eine Zukunft, schoss es Esther durch den Kopf. Ihr Opa hatte Antke und Monika nicht verlassen wollen. Nicht nach Jannas Tod, den er verschuldet hatte.

»Er hätte mich nie verlassen«, drang die dumpfe Stimme ihrer Oma in der Erinnerung an ihr Ohr. »Niemals, nach dem, was er getan hat.«

Esther dachte an das düstere Grab, das Antke ihrem Mann zugedacht hatte. Nicht einmal neben seiner Tochter durfte er liegen. Wie viel wahrscheinlicher war es, dass ihre Großmutter selbst die Tat begangen und Elisabeth sie gesehen hatte? Dann hätten ihr Auftauchen und die panische Furcht ihrer Oma einen Sinn. Über Esthers Körper breitete sich eine Gänsehaut aus.

*

Antke war rasch aus der Sattelkammer verschwunden. Sie hatte das Bedürfnis verspürt, ihrer Enkelin endlich die Wahrheit zu sagen. Über die Vergangenheit. Über Elisabeth. Sie sollte begreifen, was ihr damals angetan worden war. Vielleicht hatte sie nur noch Esther. Vielleicht kam Monika nicht mehr zurück. Antke wollte Gerechtigkeit. Und einen Funken Verständnis. Für das, was sie getan hatte.

*

Esther tippte wieder die Nummer ihrer Mutter ein. Eigentlich hatte sie dabei ein schlechtes Gewissen. Wenn es war, wie sie eigentlich vermutete, dann wollte ihre Mutter allein und für sich sein, weil sie Dinge erfahren hatte, mit denen sie nun fertig werden musste.

Erst drang ein Tuten aus dem Hörer. Dann ging die Mailbox an. Unpersönlich schnarrte ihr eine Computerstimme die Telefonnummer und ein unverfängliches Geplänkel entgegen. Es klang harmlos, freundlich und doch auf unbestimmte Art – tot.

»Sie würde den ›Seehof‹ niemals einfach so verlassen«, hatte ihre Großmutter gesagt.

Es sei denn, es ist etwas vorgefallen, das sie zwingt, einmal in ihrem Leben nur an sich zu denken, schoss es Esther in den Kopf. Ihre Mutter hatte das eigentlich nie getan. Monika van der Kaark funktionierte. Immer. Unauffällig. Reibungslos. Sie war eine formlose Person, die wie eine Amöbe durchs Leben schwamm, sich allen Ecken und Kanten anpasste.

Diese Metapher erschreckte Esther. Sie empfand ihre Mutter oft als ein Nichts, weil ihr genau das seit jeher von allen Seiten eingetrichtert wurde.

Wie furchtbar, wie gemein war das?

»Monika ist nicht Janna.«

Welch böse Worte einer Mutter ihrem Kind gegenüber.

Janna, das unerreichbare Ideal. Da half nur bedingungsloses Anpassen, um wenigstens ein Bröckchen Liebe abzubekommen. Jannas Tod war der Angelpunkt.

Ihre Mutter hatte schon zuvor nicht die Liebe erfahren, die ihre kleine Schwester bekam. Nach Jannas Geburt musste sie farbloser geworden sein. Jeden Tag ein Stück mehr.

Und nach dem Tod der kleinen Schwester war Monika für ihre eigene Mutter nicht mehr existent. Sie wurde dafür bestraft, dass sie leben durfte und Janna nicht.

»Es ist so grausam«, flüsterte Esther. »Mama, komm zurück. Wir müssen reden!«

Die Gedanken tobten weiter durch ihren Kopf. Esther glaubte inzwischen, dass die vermeintliche

Schuld ihres Großvaters auch der Grund für seine Flucht zu Elisabeth gewesen war. Er hatte in den Augen ihrer Oma Janna getötet und sich dadurch für ewig schuldig gemacht. Wahrscheinlich war das Leben an ihrer Seite unerträglich geworden und Elisabeth für ihn eine Flucht oder sogar ein Anker gewesen. Sie, die Krankenschwester, die Esthers Uroma liebevoll gepflegt und vielleicht ein bisschen Herz gezeigt hatte. Eine Eigenschaft, die ihrer Oma fehlte. Esther hätte gern mehr über die Liebesgeschichte der beiden erfahren. Sie wusste nur, dass ihr Großvater in Westberlin eine Wohnung gehabt hatte, damit er leichter in den Osten zu seiner Mutter fahren konnte. Sicher hatte er das auch genutzt, um Elisabeth zu sehen und die Kälte zu Hause zu vergessen.

Wie gut konnte sich Esther vorstellen, dass auch Monika, die ungeliebte Tochter, die niemals neben der toten Janna bestehen konnte, sich vielleicht über Elisabeths Auftauchen gefreut hatte. Denn die Ex-Geliebte hatte eine freundliche Ausstrahlung und war das Gegenteil von Antke van der Kaark. Vielleicht hatte Monika deshalb nicht erschrocken gewirkt, als sie Elisabeth beim Hafenfest sah. Elisabeth musste eine Konstante in ihrem Leben gewesen sein. Ein Mensch, dem sie vertraut hatte. Bis der Vater tot und sie einfach aus ihrem Leben verschwunden war.

Esther wurde schlagartig klar, dass sie ihre Mutter wirklich liebte und sie sich gerade jetzt so sehr danach sehnte, sie in den Arm zu nehmen.

Und dass sie alles tun würde, um Monika aus ihrem Amöbendasein zu befreien. Ihre Mutter hatte ein Recht dazu. Vielleicht war es ihr an diesem Samstagabend bewusst geworden. Sie hatte die Konsequenzen gezogen und war gegangen.

12.

Esther lag jetzt bereits über eine Stunde auf ihrem Bett und ließ sich von den Bässen ihrer Musik immer tiefer in die Matratze wummern.

Ihre Gedanken drehten sich in einem ewigen Kreislauf von Wenns und Abers. Vorhin hatte sie kurz mit Hilka gesprochen, die der Ansicht war, man solle sich die Ferien nicht mit trüben Ideen vergiften. Es passe zwar zu Esther, aber nun solle sie lieber mitkommen, am Abend wäre in Horum eine Montagabend-Scheunenfete. Aber danach war Esther nun überhaupt nicht zumute. Hilka schien die Brisanz der Lage nicht kapiert zu haben.

Wenn Esther auch nur im Entferntesten geahnt hätte, wo ihre Mutter steckte, wäre ihr schon geholfen gewesen.

Ihre Oma hatte durchblicken lassen, dass sie Elisabeth für eine Mörderin hielt. Und wer einmal einen Mord beging, würde es vielleicht auch ein zweites Mal tun. Was, wenn das Gespräch doch nicht friedlich verlaufen war?

Esther stellte die Musik noch etwas lauter. Hoffentlich gab es für alles eine harmlose Erklärung. Sie spürte das Vibrieren der Bässe in ihrem Körper. Ließ sich davon durchbohren, hielt das Hämmern aus. Tanzende Kugeln in ihrem Inneren. Von rechts nach links. Von links nach rechts. Keine fand den Weg hinaus. Immer wieder hin und her. Esther schloss die Augen. Nicht nachdenken. Nicht nachdenken.

Irgendwann war die CD zu Ende. Ihr Körper lag ruhig auf dem Bett, hatte den Angriff überlebt. Esther formte die Hand zu einer Pistole. Einen Augenblick musste sie überlegen, wie es noch ging. Drei Finger beugen. Wie zur Faust. Zeigefinger nach vorn. Der Lauf. Daumen hoch. Abdrücken. Das Warten auf den imaginären Knall. Sie hatte getötet. Zum ersten Mal getötet. Esther probierte es ein weiteres Mal. Es ging besser. Leichter. Je öfter sie tötete, desto besser ging es. Einmal die Schwelle überschreiten. Es tun. Abdrücken. Knall. Vorbei.

Es gab wohl nicht einfach »den Mörder«. Jeder würde es tun. Der eine schneller als der andere. Einige vielleicht nur aus Notwehr. Der Mensch war ein Raubtier, hatte das Morden in den Genen. Nur durch Sozialstrukturen war es unter Kontrolle, das hatte sie im Werte-und-Normen-Kurs gelernt. Bei solchen Themen war sie richtig gut, steckte Hilka in die Tasche, die ungern über solche Dinge diskutierte.

Die Kontrolle funktionierte aber nur, wenn die Strukturen griffen, wenn sie einen Menschen hielten. Was aber war, wenn sie brachen, wenn der Halt sich in nichts auflöste … Esther formte die Pistole erneut.

Elisabeth war allein aus dem Osten rübergekommen. Ihre Welt drüben war zerbrochen. Eine Welt, die den Blick nach außen nicht geduldet hatte. Esther kniff die

Augen zusammen. Sie zielte jetzt auf eine Fliege, die wie ein dunkler Farbklecks auf der Tapete klebte.

Auf jeden Fall war Elisabeths Welt eine neue, nicht einschätzbare gewesen, als die Mauer gefallen war. Und da war sie gleich verraten worden. Nicht nur ein bisschen. So richtig, bis ins Mark. Von Doktor Arnold van der Kaark. Dem großen Klinikarzt, der sich sowohl eine Familie hier als auch eine Geliebte aus dem Osten gegönnt hatte. Eine Geliebte, die er vorher hübsch brav hinter einer politischen Mauer gefangen gewusst hatte. Einer Mauer, die es auf ewig hätte verhindern sollen, dass sie seiner Familie in irgendeiner Form gefährlich werden konnte. Dann kam die Wende. Wie eine Lawine rollten die DDR- Bürger in den Westen, genossen das Gefühl der Freiheit. Esther hatte Bilder davon gesehen, es erschien ihr wie ein einziges Fest. In diesem Glücksrausch war dann Elisabeth auf den »Seehof« gekommen und hatte wahrscheinlich nicht das vorgefunden, was sie sich erhofft hatte. Ihr Großvater hatte alle betrogen. Alle. Esther drückte ab. Die Fliege war verschwunden.

*

Doktor Kremer suchte Esther im ganzen Haus. Irgendwo musste sie doch stecken. Schließlich war er nur ihretwegen hier. Alles andere war Nebensache, eher ein zwangsläufiges Übel. Er lief über den Hof in die Scheune. Dann weiter in den Stall. Die Tür zur Sattelkammer war nur angelehnt, durch den Spalt konnte er beobachten, wie Hajo sich gerade eine Flasche an den Hals setzte. Er soff also immer noch.

Unauffällig schlich Doktor Kremer weiter, es war besser, dem Alten nicht zu oft zu begegnen. Er war der Einzige, der ihn nicht so angesehen hatte wie einen normalen Gast. Vielleicht hatte den der Bart nicht getäuscht. Hajo Janssen könnte ihn erkannt haben.

Als Doktor Kremer das gesamte Gehöft umrundet hatte und Esther nirgendwo aufgetaucht war, beschloss er, sich eine Flasche Wasser aus der Pensionsküche zu holen und später weiter nach ihr Ausschau zu halten. Er lief am Küchenfenster vorbei. Dann lächelte er. Schon im Fenster erkannte er Esthers Profil.

*

Esther verspürte unbändigen Hunger, weil sie noch gar nicht gefrühstückt hatte. In der Pensionsküche war es jetzt ruhig, nur die Stimmen der Gäste klangen vom Hof hoch. Einige Autotüren klappten, Motoren heulten auf. Dann ertönten Fahrradklingeln und die Anweisungen der Mütter, die Helme richtig festzuzurren. Schließlich wurde es ruhig auf dem »Seehof«. Im Gästehaus summte leise der Staubsauger. Ihre Großmutter hatte mit dem Saubermachen der Zimmer begonnen, zog die geforderte Normalität durch.

Esther nahm sich ein ganzes Glas Joghurt aus dem Kühlschrank und löffelte es rasch aus. Eigentlich war der den Gästen vorbehalten, aber man musste sich schließlich nicht nach allen Regeln richten.

»Schmeckt's?«

Esther fuhr herum. Der Türrahmen wurde fast vollständig von Doktor Kremer ausgefüllt, dessen breites Lächeln eine Mischung aus Selbstgefälligkeit und unnachahmlichen Charme war. Ihr schoss das Blut in die Wangen. Langsam ließ sie das Joghurtglas sinken und lutschte verlegen am Löffel herum, den sie dann aber rasch aus dem Mund nahm, als ihr deutlich wurde, was sie da gerade tat.

»Möchten Sie auch noch etwas essen? Ich habe mich Ihnen noch gar nicht persönlich vorgestellt. Esther van der Kaark, die Tochter des Hauses. Mache die Reitstunden und eben alles, was anfällt.«

»Ich weiß das.«

Fragend sah Esther ihn an. »Im Internet auf unserer Homepage gelesen?«

Er grinste wieder. »Vielleicht.«

»Aha.« Esther stellte das Joghurtglas in die Spüle, hielt den Löffel aber noch fest umklammert. Sie mochte Typen nicht, die sich in Andeutungen verloren, nie zur Sache kamen, aber ständig taten, als hätten sie die Weisheit mit Löffeln gefressen. Er sollte weggehen. Sie hatte keine Lust auf oberflächliche Gespräche mit irgendwelchen Gästen.

Der Mann presste kurz die Lippen aufeinander. Das kam Esther seltsam vor. Er war nicht der Typ, der um Worte rang. Er war ein »Hinterrücks-Mörder«.

Esther umklammerte den Löffel immer, so als gäbe ihr das etwas Halt. Dabei sah sie ihm fest in die Augen.

»Ich müsste jetzt weitermachen.«

Esther wusste, dass sie sich schnippisch verhielt, aber sie wollte ihn loswerden, nachdenken.

»Ich will Sie nicht aufhalten. Aber wissen Sie, was da vorhin am Hooksmeer los war?« Er hatte eine schöne Stimme. Sonor und weich.

»Nein. Tut mir leid. Wenn es etwas Schlimmes war, steht es bestimmt morgen in der Zeitung.«

Der Mann versperrte noch immer den Türrahmen. »Komisch, ich dachte, hier spricht sich alles rasch rum. Ich habe nämlich vorhin läuten gehört, dass sie dort eine tote Frau aus dem Wasser gefischt haben.«

Esther ließ den Löffel sinken. Er glitt auf den Boden, wo er noch eine ganze Weile klirrend auf den braunen Fliesen tanzte.

*

Kommissar Rothko wandte im ersten Moment lieber den Kopf zur Seite. Bei Wasserleichen wusste man nie, was einen erwartete. Es war besser, sich langsam mit den Blicken an den Körper heranzutasten, sich Stück für Stück hochzuarbeiten und erst dann das Gesamtbild zu erfassen. So konnte er winzige Details speichern, die ihm beim ersten groben Blick sonst vorenthalten geblieben wären. Es war eine Ausrede, er wusste es.

Langsam arbeitete er sich hoch. Begonnen bei den Füßen, über das rote Kleid, das sich wie eine zweite Haut über den Frauenkörper gelegt hatte. Rothko hielt seine Atmung flach, während er die Frau abscannte. Auch das war eine Angewohnheit von ihm. So brauchte er den Geruch, der Toten oft anhaftete, nicht in voller Stärke aufzunehmen. Die Nase war ein adaptives Organ, nach einer Weile drang auch der widerlichste Gestank nicht mehr ganz so tief. Es gab aber durchaus Gerüche, an die sich seine Schleimhäute augenscheinlich nicht gewöhnten und die ihn oft tagelang begleiteten.

Nachdem er mit seinem vorsichtigen Blickkontakt fertig war und sich auch traute, in angepasstem Rhythmus wieder zu atmen, wagte er doch den vollen Blick.

Die Tote war wider Erwarten nicht abstoßend. Die Haut war zwar bereits wie Waschhaut aufgegangen, aber trotz allem konnte man noch erkennen, dass es sich um eine schöne Frau gehandelt hatte. Zu schön, um so bleich zu seinen Füßen zu liegen. Zu schön, um hier im Hooksmeer ihr Leben gelassen zu haben. Die Wunde am Kopf und die Hämatome an den Oberarmen sprachen für keinen freiwilligen Tod.

Rothko spürte eine unbändige Wut in sich aufsteigen, wie immer, wenn er nicht damit umgehen konnte, wie und wann ein Mensch zum Opfer geworden war. Gleichgültig, ob es sich um einen Unfall handelte oder einen Mord. Das Leben war oft ungerecht. Dieses Gefühl hatte er nicht das erste Mal.

»Die hat noch nicht zu lange im Wasser gelegen«, unterbrach Kraulke, sein Kollege, die Gedanken. Er begutachtete gerade die Waschhaut an den Händen, die sich an nur einer Stelle zögerlich zu lösen begann.

»Lassen Sie das sein«, herrschte Rothko ihn an. »Das ist Sache der anderen.« Er konnte den Gedanken heute nicht ertragen, dass die Frau obduziert werden würde und nicht einfach zur Ruhe gebettet werden konnte. Und das nur, weil sich irgendwer angemaßt hatte, dieses Leben noch vor seiner Zeit zu beenden. Es war sinnlos. Sein Job war sinnlos. Mit etwas Glück würde er den Täter finden. Oder feststellen, dass sie es selbst gewesen war. Nur: Lebendig wurde sie davon auch nicht mehr.

Rothko wollte sich einfach nicht mehr mit dem Tod beschäftigen. Nicht heute. Aber auch nicht morgen. Wenn er ehrlich war, auch die Tage, Monate und Jahre davor schon nicht. Komisch, dass es ihm hier bewusstwurde. Dass sich hier, vor dieser Toten, diese negativen Gedanken verselbständigten und alles in Frage stellte, was er in all den Jahren in der Polizeiarbeit geleistet hatte.

Sein Wochenende war wunderbar gewesen und nun war er weiß Gott nicht erbaut darüber, die Woche gleich mit Leichenfunden aus dem Wasser zu beginnen. Aber er musste hier seinen Job machen, seinen Jagdinstinkt wiederfinden. Er wusste nur nicht, wie.

»Weiß man schon, wer es ist?«, fragte er schließlich.

»Nein. Keine Papiere, keine Vermisstenmeldung.« Kraulke tat wie immer sehr wichtig. Im Gegensatz zu Rothko liebte er es, wenn sie einen neuen Mordfall hatten.

Rothko schaute über das Hooksmeer, das in der Sonne glänzte. Ihm schoss durch den Kopf, dass dies vielleicht doch kein so schlechter letzter Ort für die schöne Frau dort gewesen war. Rothko wunderte sich selbst über sein Bedürfnis nach Ästhetik in diesem Fall. Er war wirklich aufgebraucht und sollte mal über eine Auszeit nachdenken.

Als er sich vom Wasser wegdrehte und sich wieder der Toten zuwandte, bemühte er sich, die Tote mit dem Blick eines Kommissars zu betrachten. Es war seine Pflicht, diesen Fall zu lösen. Also: noch einmal von vorn.

Rothko trat ein paar Schritte zurück. Er ging erneut auf die Tote zu. So, als sei er noch gar nicht da gewesen. Er erfasste sie im Ganzen, sicherte mit den Blicken die Umgebung und das Gesamtbild. Dann hielt er inne. Irgendetwas irritierte ihn.

Wieder tastete er sich mit den Blicken vor. Langsam, sich vorsichtig nähernd. Lauernd. Schritt für Schritt. Sein Instinkt war jetzt erwacht. »Wer hat sie gefunden?«

»Ein Skipper war es.« Kraulke wies mit der Hand in Richtung der Uferböschung. »Als sie im seichten Wasser getrieben ist.«

Rothko nickte und versuchte nun, das Alter der Toten zu schätzen. Leicht war es nicht, sie musste zwischen 40 und Mitte 50 sein. »Tolle Eingrenzung«, sagte er zu sich. »Plus minus 15 Jahre.«

»Wie alt könnte sie sein?«, fragte er Kraulke, der die Kollegen beobachtete, die am Ufer herumwuselten und sich Notizen machten.

»Schlecht zu sagen. Ganz schlecht zu sagen. Ich glaube, die ist älter als es auf den ersten Blick scheint.«

Vielleicht war es das, was ihn irritierte. Rothko war sich sicher, noch nie eine Frau gesehen zu haben, die gleichzeitig so alt und so jung aussah.

Da platzte Kraulke auch schon los: »Das mit dem Alter ist wie mit der Temperatur. Die gefühlte unterscheidet sich ja auch von der echten. Und in diesem Fall«, er wies auf die Leiche, »ist das ähnlich. Entweder sie war jung und sieht verdammt alt aus oder sie ist alt und sieht verdammt jung aus. Ich meine …« Kraulke brach ab, als er das versteinerte Gesicht seines Chefs sah. »Ist nicht so wichtig, Herr Rothko … nicht so wichtig …«

Rothko war froh, als sein Mitarbeiter endlich still war.

Sein Verlangen nach einem Becher frisch gebrühten Kaffees wurde übermächtig. Diese Kaffeesucht musste er demnächst abstellen, lag sein Blutdruck doch oft genug in schwindelerregenden Höhen. Dazu die cholesterinarme Kost, die ihm sein Arzt vor ein paar Wochen auferlegt hatte, mit der Bemerkung, auch das Bier am Abend und das ständige Fleischessen täten ihm nicht gut … Seine Harnsäurewerte würden ihn irgendwann in die Gicht führen. Quacksalber, dachte Rothko und wusste, er würde weder das eine noch das andere abstellen.

»Herr Rothko? Hallo?!«

Er blickte zu seinem Assistenten, der gerade die Leute anschleppte, die die Frau gefunden hatten.

»Später«, Rothko winkte ab. Zu viele Menschen mit zu viel Tod an einem zu schönen Sommermorgen. »Bring sie da vorne hin! Nicht zu dicht hierher!« Rothko sah Kraulke mit den Zeugen verschwinden. Die drehten sich immer wieder um, in der Hoffnung, noch einen kleinen Blick auf die Sensation zu erhaschen, die jetzt dort im Gras lag. Aber glücklicherweise standen die Halme hoch und verdeckten alles. Soweit Rothko es einschätzen konnte, hatten sie bisher von der Toten nicht mehr als die Füße gesehen. Das würde die Gerüchteküche nicht zu sehr brodeln lassen.

Rothko zog Handschuhe an. Er beugte sich zu der Frau hinunter. Er hatte sich mit ihr angefreundet, konnte sich ihr nähern. Weil sie und er ein Ziel hatten, das sie erreichen mussten. Er musste wissen, warum sie hier lag. Und je dichter er an sie herankam, je mehr er sich auf sie einließ, desto mehr würde sie ihm erzählen. Nach und nach.

Vorsichtig berührte er das weißliche Bein, das unter dem roten Rock hervorlugte. Es war stramm, wirkte allerdings jetzt teigig, was sicher am Wasserkontakt lag. Die Füße hatten sich, der Schwerkraft folgend, seitlich leicht nach außen funktioniert. Ihre Nägel waren, passend zum Rock, grellrot lackiert. Allerdings war der Lack an einigen Stellen schon abgeblättert. Rothko konnte nicht einschätzen, ob auch das ein Werk des brackigen Wassers war, oder ob sie einfach nur nachlässig damit umging. Er seufzte. Schade, dass den Toten die echte Stimme fehlte. Sie antworteten ihm stets nur stumm. So würde diese Frage unbeantwortet bleiben. Er tastete sich, die Hand leicht über den Körper haltend, weiter nach oben. Ihre Haut strahlte, trotz der aufkommenden Hitze, eine leichte Kühle aus, wirkte bläulich und fahl. Ihre Brüste wirkten zwar unter dem Kleid flacher, wiesen aber dennoch straffe Konturen auf. Selbst die Brustwarze beulte sich unter dem weichen Stoff des Kleides. So als friere sie. Ihr Dekolleté wirkte weich. Rothko glitt mit der Spitze des Zeigefingers darüber. Er folgte der einen Linie bis zum Hals. Der war schlank und gleichzeitig rund. Er hatte nicht dieses hühnerhafte, das schlanke Frauen oft entstellte.

Die blonden, langen Haare lagen wie eine Siegerrosette um den Kopf drapiert. Sie waren feucht und strähnig. Die Nase stach markant aus dem Gesicht hervor, da Wangen und Kinn eingefallen wirkten. Als Rothko bei den geöffneten Augen angelangt war und hineinsah, trat er unwillkürlich einen Schritt zurück. Jetzt wusste er, was ihn beunruhigt hatte.

13.

Esther hob den Löffel rasch wieder auf. Doktor Kremer sah ihr dabei ganz entspannt zu. Er hatte keinerlei Anstalten gemacht, sich zuerst zu bücken.

Sie konnte wirklich nicht sagen, warum sie ihn so interessant fand. Er faszinierte sie und stieß sie gleichzeitig ab. Doktor Kremer. Der Name passte nicht. Ein solcher Mann konnte unmöglich Kremer heißen. Zu ihm passte ein exotischer Name. Einer, den nicht jeder trug. Ein bisschen erinnerte er sie in seiner Perfektion an Ken von Barbie. Nur mit Bart.

Doktor Kremer lächelte Esther an. Es war ein merkwürdiges Lächeln, das sie direkt in der Mitte traf. Es war ein wenig asymmetrisch und wirkte, als habe er einen Pfeil mit Band ausgesandt, mit dem er sie unwiderruflich an ihn kettete. Esther machte dieses Gefühl Angst. Und doch sehnte sie sich gleichzeitig danach, ihm nah zu sein. Sie konnte nicht sagen, was genau sie abstieß und was sie wiederum anzog.

»Gibt es etwas Bestimmtes?«, fragte er. »Weil Sie so erschreckt reagieren? Oder wissen Sie schon, wer die Tote ist?«

Esther durchfuhr es wie ein Blitz. Betont gelassen machte sie eine abwehrende Handbewegung. Ein breites Lachen glitt über das Gesicht des Mannes. Wieder wirkte es ein bisschen schief.

Das allein hätte ihre Sympathie für ihn eigentlich steigern müssen, minderte es doch ein wenig seine Vollkommenheit. Wenn Esther eines hasste, dann war es Perfektion. Aber es war zu offensichtlich, dass Doktor Kremer krampfhaft bemüht war, den Makel in seiner Mimik auszugleichen. Diese Kombination machte aus ihm einen Gecken. Einen gefährlichen, selbstherrlichen Mann.

Er bewegte sich noch ein Stück auf Esther zu, durchbrach damit den Abstand, den sie selbst noch als tolerabel empfand. »Wo ist eigentlich deine Mutter, Esther?«

»Verreist. Musste dringend weg.« Sie drehte sich aus der Ecke heraus und hatte so den Rücken hinter sich wieder frei, um ihm zur Not ausweichen zu können. »Waren Sie schon einmal hier?«, rutschte es ihr heraus. »Ich meine, wo sie doch meine Mutter suchen. Dann müssen Sie sie ja vielleicht kennen, oder?«

Doktor Kremer nickte. Er taxierte Esther dabei von oben bis unten. Sein Atem war frisch und er vermischte sich unaufdringlich mit dem sachten Duft seiner Haut. Er warf einen Blick auf die Armbanduhr, über die sich ein paar Haare seines Unterarmes kräuselten. »Ja, ich war schon einmal hier«, sagte er schließlich mit ruhiger Stimme.

»Ich kenne Sie aber nicht.«

Er zögerte wieder einen Augenblick. Erneut dachte Esther, dass dieses Zögern nicht zu ihm passte. Ein Mann wie Doktor Kremer tat nichts Unüberlegtes, aber er zögerte auch nicht. Er wusste in jeder Sekunde seines Lebens, was er zu sagen hatte und was er tat.

Er fing sich auch rasch wieder und lächelte sein schiefes Lächeln. »Ich muss dann.« Seine Schritte wirkten etwas eilig, als er in den Flur ging.

*

Antke saß in der Nordseepassage in Wilhelmshaven und starrte stur auf das geschäftige Treiben um sie herum. Sie war einfach weggefahren, nachdem sie mit ihrer Enkelin gesprochen und die Zimmer aufgeräumt hatte. Bis zum Abendessen gab es für sie nichts zu tun. Mit dem Computer kannte sie sich nicht aus. Und überhaupt wollte sie heute einfach ihre Ruhe haben. Die letzten Tage hatte sie das Gefühl gehabt, völlig ausgesaugt zu werden. Ähnlich wie ihre Tomaten, die in diesem Jahr arg von schwarzen Blattläusen befallen waren und ihre Blätter zu gelben Rollen zusammendrehten, weil sie dem Angriff nicht mehr standhalten konnten.

Sie nippte an ihrem Glas Tee, in dem noch der Beutel schwamm und beim Trinken ihre Zunge berührte. Ärgerlich stieß sie ihn weg, nahm ihn dann aber aus dem Glas und drückte ihn aus, indem sie ihn eng um den Löffelstiel wickelte. Sie starrte auf die kleinen, dunklen Tropfen, die ins Glas hineinfielen und eins mit dem Braun seines Inhalts wurden.

Nach Arnolds Tod hatte Antke damals gehofft, ein neues Leben beginnen zu können. Einfach alles hinter sich lassen. Doch die Vergangenheit war wie der Altweibersommer. Er kam jedes Jahr zurück. Mit seinen vielen Spinnen, die ihre Netze überall webten, die Welt immer wieder neu mit ihren klebrigen Fäden ummantelten. So dass unzählige Tiere darin ihr Leben lassen mussten, wenn sie nicht achtgaben.

Antke trank den Tee in Ruhe aus, stand auf, bezahlte und verließ die Passage. Sie wollte rasch nach Hause fahren.

Sie erschrak, als sie den Himmel betrachtete. Am Horizont brauten sich fast schwarze Wolken zusammen. Einzelne Böen fegten schon jetzt Pappbecher über die Gehwege, doch noch taten sie das in einer fröhlichen Art, von der Sonne beschienen. Die bohrte ihre Strahlen in jeden Winkel der Straßen, fast so als lache sie über die Versuche der Wolken, sie zu verdrängen. Antke ging zum Auto. Heute gab es mit Sicherheit noch ein Gewitter.

Sie hoffte, es würde genauso glimpflich über sie hinwegfegen wie das letzte.

*

»Ist was?«, fragte Kraulke.

Rothko sagte noch immer nichts, wandte sich ab. Er ging ein Stück am Ufer entlang. Er konnte sich auch irren, aber eigentlich passierte es ihm nur selten. Trotzdem schüttelte er den Kopf. Er musste sich erst sicher sein.

Genau wusste Rothko nicht, woran er die Tote erkannt hatte.

Dieser hohle und leere Blick passte nicht zu seiner Erinnerung an die junge Frau mit den schönen blauen

Augen, die gleichzeitig empfindungslos und voller Schmerz und Hass gewesen waren. Eine Mischung, die nicht zusammenging.

Es war bestimmt über 20 Jahre her, dass er ihr begegnet war. Rothko rechnete. Er war in diesem Revier gerade in Dienst gestellt worden. 1989. Nein, 1990. Gleich nach der Wende. Das merkte man sich.

Rothko fuhr sich durchs Haar. Er erschrak wie jedes Mal, wenn er das tat. Der Hitze wegen hatte er es raspelkurz schneiden lassen und sich an das Gefühl einfach noch nicht gewöhnt.

Er drehte sich wieder zu der Toten um. Sie war es. Ganz sicher. Diese blasse Schönheit, die auch den Tod noch überdauert hatte. Wenn ihm nur der Name wieder einfallen würde … Er war ihr auf diesem Pferdehof bei Hooksiel begegnet. Ein wahres Trauerspiel, als der Mann vom Ast getroffen und dann unglücklich mit dem Kopf aufgeschlagen war.

Fünf Jahre zuvor war er schon einmal dort gewesen. Da hatte er aber nur kurz mit den beiden Besitzern zu tun gehabt. Der eigene Vater hatte seine kleine Tochter mit dem Trecker überfahren. Eine schreckliche Geschichte, die sich in seinem Kopf eingenistet hatte. Und die er nicht vergessen konnte. Damals waren ihm schon die ersten Zweifel gekommen, ob Kriminalbeamter der richtige Job für ihn war. Trotzdem hatte er es durchgezogen und inzwischen war er Kriminalhauptkommissar.

Nun musste er also wieder auf den »Seehof«, denn es gab einen weiteren Todesfall, der eine Verbindung dorthin hatte. Rothko griff sich wieder in die Stoppeln, als könne er so sein Gehirn antreiben, rascher zu denken. Noch war es allerdings zu früh, mit seinen Gedanken das Gehirn seines Mitarbeiters zu füttern, übereifrig, wie der war. Rothko beschloss, erst einmal seinen Mund zu halten und für sich zu versuchen, die Puzzlesteine zu sortieren. Dann würde er sie aneinandersetzen und ein ganzes Bild erhalten. Bislang sah er nur eine blonde Frau vor sich. Dünn, zitternd …

»Ich habe Kaffee besorgt.« Kraulke tippte ihn von hinten an. Seine Hand schoss vor. Schon ergoss sich ein Schwall der schwarzen Brühe über Rothkos rechtes Hosenbein, bahnte sich dann den Weg weiter nach unten und badete auch seine Socke. Am liebsten hätte er Kraulke eine gefegt, ihn ins Hooksmeer geworfen. Doch ein Rothko verlor die Beherrschung nicht, auch wenn es noch so unter der Oberfläche brodelte.

»Danke, Herr Kraulke«, quetschte er hervor und hoffte, dass das gezückte Taschentuch aus der Tasche seines Kollegen nicht dafür gedacht war, ihm dienstbeflissen am Hosenbein zu reiben. Vorsorglich nahm er es Kraulke aus der Hand. »Ich mach das schon selbst. Danke.« Er stellte den Kaffeebecher im Gras ab, tupfte an Hosenbein und Socke herum. Es war natürlich zwecklos. »Das trocknet schon von allein«, sagte er und blickte prüfend in den tiefblauen Himmel, der als einziges Weiß die Kondensstreifen der Flugzeuge zu bieten hatte. »Warm genug wird es wohl wieder werden.«

»In der Richtung noch«, sagte Kraulke. »Aber drehen Sie sich mal um.«

Rothko wandte den Blick. Über der See brauten sich dicke Wolken zusammen. »Mist! Das kommt rüber und es sieht nicht gut aus.« Er warf einen Blick auf seine Uhr. Ein klassisches Modell mit Zeigern. Rothko hielt nichts von den modernen Digitalanzeigen, Uhren, die eher einem Minicomputer glichen. Es war kurz nach Mittag, was sein eindeutiges Magengrummeln erklärte. »Sind alle soweit fertig? Ich will gleich los.«

»Jo«, tönte es. »Aber ein bisschen dauert es sicher noch, bis das schlechte Wetter hier ist.«

»Dann seht zu, Kollegen. Ist der Leichentransport bestellt?«

Ein Nicken, gepaart mit einem Kopfschütteln begleitete diese Frage. Seine Kollegen mochten es nicht gern, wenn er ihnen so banale Routinefragen stellte.

Rothko schlürfte den Kaffee. Richtig laut, was ihm einen strafenden Blick seines Assistenten einbrachte. Aber Rothko nahm das kaum wahr. Er war froh, dass sich seine Sinne mit zunehmender Koffeinmenge immer mehr schärften. Noch war ihm nicht klar, welche Strategie er fahren würde, wie er das Feld aufrollen wollte. Aber eines war sicher: Er irrte sich nicht. Diese Frau war ihm bekannt und sie gehörte zu diesem Pferdehof.

14.

Draußen grummelte es seit einiger Zeit bedrohlich. Das Grollen wurde jetzt richtig laut, klang fast wie ein vorbeirollender Güterzug.

»Ich glaube, das Gewitter kommt jetzt doch rüber.« Esther sah auf den Hof hinaus, der nach wie vor in gleißendem Sonnenlicht dalag. Aber der Blick nach links zeigte ihr eine bedrohliche schwarze Wand, die näher und näher tobte. Die Sonne verschwand rasch, das Licht veränderte sich merklich. Esther wischte sich mit dem Geschirrhandtuch die Hände trocken. Sie ging rückwärts aus der Tür, die Wolken im Auge behaltend. »Oje! Das wird heftig! Oma! Oma! Sind alle Fenster zu? Wir sollten auch die Stalltüren schließen, wer weiß, wie stark der Sturm wird. Hajo!« Esther hatte es noch gar nicht ganz ausgesprochen, als auch schon die erste Böe über den Hof fegte und den Blumenkübel mit den Geranien umwarf.

»Los! Mach die Stalltore zu!« Esthers Stimme wurde vom Sturm verschluckt, aber Hajo hatte es doch gehört. Er kam aus dem Stall gelaufen.

»Verdammt, das wird schlimm! Schnell!«

Kaum hatten sie die Türen geschlossen und waren wieder am Haus, setzte auch schon ein Regenguss ein, der den Hof binnen Sekunden unter Wasser setzte. Windböen peitschten über die Wiesen. Esther sah, wie die alte Weide auf der Koppel vom Sturm gepeitscht auseinanderbarst. »Die Pferde, Hajo! Wir können doch die Pferde nicht draußen lassen!«, schrie sie. Ihre Worte wurden von einem grellen Blitz und einem sofort folgenden Donner zerschnitten.

»Du kannst da nicht raus«, sagte er. »Es ist lebensgefährlich.«

Esther starrte in den klatschenden Regen, der wie eine Wand über das Land hinwegzog und zwischendurch kleine, vom Wind angetriebene Wassersäulen bildete. Dazwischen blitzte und krachte es.

»Das ist ein Wetter, was?«, fragte Esther.

Hajo antwortete nicht. Er stierte aus dem Fenster, als könne er die Regenwand dadurch beiseiteschieben.

Seine Hände zitterten. Erst dachte Esther, er habe wieder ein Problem mit dem Alkohol, aber dann sah sie, dass es etwas anderes war. Der alte Mann wirkte entrückt »Hajo?«, sprach sie ihn an.

»Geh deine Oma suchen«, sagte er barsch. »Bitte!«

Esther lief nach oben. Sie hatte ihre Großmutter vorhin nach Hause kommen hören, wusste aber nicht, wo sie gewesen war. Normalerweise verließ sie den Hof nicht einfach so. Außer, um kurz über den Deich zu sehen.

Nun saß sie starr vor ihrem Tisch. »Alles wiederholt sich. Immer wieder und wieder. So war es auch. In der Nacht. Das ist jetzt kein gutes Zeichen!« Antke richtete sich plötzlich auf. Esther merkte, dass sie getrunken hatte. »Wo ist meine Tochter?« Sie krallte ihre

Finger in Esthers Schulter: »Wo ist Monika?« Dann fiel sie auf ihren Stuhl zurück und saß so regungslos da wie zuvor.

Esther flüchtete aus dem Raum. Sie hatte plötzlich Angst vor ihrer Großmutter.

Hajo saß noch immer am Tisch, als sie zu ihm zurückkam. Sie setzte sich dazu und warteten das Unwetter ab.

Nach einer Zeit ließ der Sturm draußen nach. Der Donner wurde leiser, die Blitze seltener. Nur der Regen trommelte mit unverminderter Kraft auf das Dach.

»Mann, is dat een Schietwedder!« Hajo schien sich wieder beruhigt zu haben. Er erhob sich, brühte eine Kanne Tee auf und versetzte seinem Becher einen Schuss Rum aus einem Flachmann.

»Von Monika was gehört?«, fragte er, nachdem er ausgetrunken hatte und sich anschickte, durch den Regen in den Stall zu gehen, um nach dem Rechten zu sehen.

Esther schüttelte den Kopf. »Nichts. Sie antwortet auf keine der Nachrichten und sie geht auch nicht ans Telefon. Ich habe Angst, Hajo.«

»Kommt schon noch«, sagte er. »Monika geht es gut. Ganz bestimmt!«

»Es gibt eine Tote.«

»Das ist aber nicht deine Mutter.«

Esther wollte ihm so gern glauben. Inzwischen legte sie das Handy gar nicht mehr weg, in der Hoffnung, ihre Mutter würde endlich ein Lebenszeichen von sich geben. Aber wäre die Polizei nicht längst hier gewesen, wenn es sich so verhielt? Ihre Mutter kannte hier jeder. Egal, wen sie heute Morgen gefunden hatten, sie konnte es nicht sein.

»Kennst du eigentlich den neuen Gast? Der, der allein hier ist?«, fragte sie, um auf ein anderes Thema zu kommen.

»Nein, mien Deern. Der ist ja auch viel zu alt für dich.« Hajo rülpste leise. Er beugte sich zu ihr: »Außerdem trägt er Bart. Vollbart.«

»Was ist das denn für ein Argument?«

»Darunter versteckt er sein Gesicht.«

Esther tippte sich an die Stirn. Hajo war manchmal genauso durchgeknallt wie ihre Oma.

Er setzte sich den Hut auf, zog ihn tief ins Gesicht. »Ich sehe dann mal nach dem Rechten und ob die Pferde alles gut überstanden haben.«

*

Das Gewitter hatte sich über dem Wangerland ausgetobt und war gen Osten weitergezogen.

»Wann gibt es heute Abendessen?«, hörte Esther die dunkle Stimme eines Gastes. Die Küchenhilfe hatte bereits begonnen, die kalten Platten zurechtzumachen. Das geschah immer zeitig, schon allein der kleinen Kinder wegen. Kalte Platten am Abend waren der Kompromiss für alle, die am Abend nicht auswärts essen gehen wollten. Der »Seehof« bot keine warmen Mahlzeiten an. Und das Angebot wurde oft genutzt, denn die Schnittchen waren überaus ansprechend und lecker. Sie holten die Wurst stets frisch beim Schlachter im Ort, der Käse stammte von einem Bauernhof in der Nachbarschaft. Alles wurde liebevoll mit Gürkchen und Tomaten verziert. Dazu gab es Tee und Milch oder ein Kaltgetränk.

Esther sah auf die Uhr. Ob ihre Großmutter heute noch auftauchen würde, schien fraglich. So viel wie sie vermutlich getrunken hatte. Esther war nur froh, dass vorhin die Reitstunde wegen des Unwetters ausgefallen war. So hatte sie jetzt wenigstens Zeit, sich in der Pensionsküche nützlich zu machen und der Hilfe unter die Arme zu greifen. Zuvor zog sie aber wieder ihr Handy aus der Tasche. Wieder keine Nachricht ihrer Mutter. Trotz der eindringlichen SMS, die sie ihr nach dem Anrufversuch vorhin noch geschickt hatte.

Esther atmete tief durch und ging an die Arbeit. Im Speisesaal saßen schon etliche Gäste. Einige waren vorhin arg durchnässt worden und lechzten nach heißem Kakao oder Tee. Esther baute das Geschirr auf dem Tresen auf.

»Gibt es nun jetzt bald was, oder wie?«

»Schon fertig, Sekunde!« Esther deckte die Tische rasch ein und war froh, dass sich nur vier Familien zum Abendbrot gemeldet hatten.

Als sie fertig war, kam auch ihre Großmutter herein. Sie war sehr blass und sah aus, als wäre ihr ein bisschen übel. »Füll noch heiße Milch nach, die Krüge auf den Tischen sind leer«, sagte sie, bevor sie sich abwandte. Kein Wort über das schwere Gewitter, keine Frage, ob alles heil geblieben war. Keine Bemerkung über Esthers Besuch vorhin.

Esther schaute in den Topf. Noch war die Milch nicht warm genug für den Ausschank. Sie rührte sie um und verfolgte mit ihren Augen die kleinen Strudel und das langsame Bilden der Bläschen. Warme Milch hatte etwas Weiches.

Die Tür klackte. Gerdas schrille Stimme durchbohrte wie mit kleinen Pfeilspitzen den Raum. Die Tratschtante hatte ihr jetzt gerade noch gefehlt. Vielleicht hätten wir hier die Tür vorhin abschließen sollen, dachte Esther.

Wenn Gerda kam, gab es zwar immer wieder was Neues, aber ihre Indiskretion führte auch dazu, dass die gesamte Umgebung über das Leben auf dem »Seehof« Bescheid wusste. Esther hasste das. Das einzig Beruhigende war, dass Gerda sich überall zu Hause fühlte und wie eine wandelnde Poststation auch in die anderen Haushalte ging, um die Bewohner auszuquetschen.

»Ich musste ja mal eben schnell noch bei euch vorbeikommen«, sagte sie und sah sich suchend nach Monika um. »Mudder nicht da?«, fragte sie.

Monikas Flucht war also tatsächlich noch nicht bei ihr angekommen. »Ihr habt einen tollen Gast auf dem Hof, was? Hab ich gesehen.« Sie reckte den Hals. Dabei sah sie aus wie eine der Laufenten vom Nachbarhof. Sie suchte vermutlich nach Doktor Kremer.

»Wo ist deine Mutter denn nun?«

»Verreist.«

Gerda schaute skeptisch.

»Ich bring nur rasch die Milch raus«, sagte Esther. Aus dem Topf qualmte es schon bedenklich. Sie hoffte, dass nichts angebrannt war, und ihr auch die Milchhaut erspart geblieben war. Die meisten Kinder hassten so etwas.

Gerda winkte ab und stützte sich auf den Küchentresen. »Wieso verreist? Es ist Hochsaison. Da verlässt man den Hof nicht«, rief Gerda ihr nach. »Sicher, dass sie weggefahren ist?«

»Ja, sie hat sogar einen Koffer mitgenommen.« Esther war das Geschrei so quer durch den Speisesaal sehr unangenehm. Sie beeilte sich trotzdem nicht, in der Hoffnung, Gerda würde es langweilig und sie verschwände wieder. Das war allerdings eher unwahrscheinlich, nachdem sie mit Sicherheit eine neue Sensation witterte.

Außerdem schien Gerda selbst eine großartige Neuigkeit zu haben, so nervös, wie sie herumtänzelte. »Dann ist ja gut«, sagte sie, als Esther zurückkam. »Mit deiner Mutter, meine ich. Ich muss euch nämlich was erzählen! Komm mit rüber. In eure eigene Küche.«

Gerda huschte zur Tür. Sie ließ sie offen und winkte Esther hektisch zu. »Wo ist deine Oma?« Sie zog ihren Hals wieder in die Länge und spähte in den Speisesaal. »Antke, komm!« Sie winkte und wartete, bis sich auch Esthers Oma ihnen angeschlossen hatte.

»Wir haben Arbeit«, sagte Antke harsch. »Du doch auch, oder?«

»Jo, aber das muss ich euch erzählen!« Gerda strahlte von einem Ohr zum anderen. »Ich mach es auch ganz kurz. Wie immer.« Sie ließ sich in der Küche auf den Stuhl nahe der Tür fallen. Sie setzte sich in Position, bevor sie genüsslich jedes Wort über die Lippen perlen ließ. »Habt ihr heute Morgen die Sirenen gehört? Und den Hubschrauber?«

»Ja, Gerda«, sagte Esther betont lässig, obwohl ihr Herz bis zum Hals klopfte. »Angeblich hat man eine Tote oder einen Toten gefunden.« Sie öffnete die Tür zum Flur einen Spalt, um mitzubekommen, ob im Speisesaal etwas gebraucht wurde.

Gerda wackelte unwirsch mit der Hand. »Mach zu,

Mädchen. Muss ja nicht jeder hören. Sind ja im Urlaub hier, die Leute!«

Esther lehnte die Tür seufzend an.

Ihre Oma hatte die Lippen zu einem schmalen Strich verzogen, die Arme vor der Brust verschränkt und wartete.

Gerda schnalzte mit der Zunge, bevor sie sagte: »Du hast es richtig gehört, Esther. Im Hooksmeer gab es wirklich eine Tote! Und mein Albert war dabei!« Gerda verschränkte die Arme vor der Brust und lehnte sich Beifall heischend auf dem Stuhl zurück. »Was sagt ihr nun?«

Einen Moment lang blieb es still. Vom Speisesaal her drang nur das Murmeln der Gäste.

»Ja, hier im Hooksmeer eine Tote«, wiederholte Gerda. Sie ließ das Wort »Tote« auf der Zunge zergehen. »Mausetot«, bekräftigte sie. »Ist da einfach so herumgeschwommen. Am Ufer. Mit wehendem Haar. Denke ich jedenfalls. Gerade als die Boote heute früh zur Schleuse wollten. War dann ja nix und mein Albert, der musste zu Hause bleiben. Wo der sich doch so auf den Segeltörn gefreut hat. Leider hat er sie nicht selbst gefunden, war weiter weg mit dem Boot. Deshalb konnte er nicht erkennen, wer das nun war.« Sie schmatzte, als koste sie einen wertvollen Wein. »Und ich dachte, er sei schon auf See, weil er gar nicht wiederkam. Dabei musste er zum Kommissar. Aber gesehen hat er die Leiche dann auch nicht mehr. Nur den einen Fuß. Der sah richtig tot aus. Wenn du weißt, was ich meine.«

Esther runzelte die Stirn. Ihre Stimme klang belegt, als hätte sie Halsschmerzen. »Wenn jemand tot ist, Gerda, warum sollte dann der Fuß nicht tot sein?«

»Der war blass, mien Deern. So was von blass …« Gerda stutzte, als sie Esther ansah. »Is was? Bisschen viel für dich? Bist ja noch jung. Kennst da nix von. Du siehst auch schon so aus.« Sie räusperte sich. »Ich meine nicht tot. Nur blass, Esther. Nur blass.«

Gerda ließ sich nicht beirren, war wie ein Wasserfall, der seinen Weg nahm. »Ist dann ja abgedeckt worden, die Frau. Auch der Fuß. Nicht mal ein Zeh hat mehr rausgeguckt.« Sie seufzte. »Eine Tote bei uns. Wer hätte das gedacht!«

Esther griff vorsichtig nach der Lehne eines Küchenstuhls. Sie hatte ihre Hand etwas hastig daraufgelegt, er kippte ein paar Zentimeter hintenüber, aber sie konnte ihn noch halten. »Die wird sicher beim Surfen oder Baden ertrunken sein«, sagte sie. »Ganz bestimmt …« Sie ließ die Lehne los und ging zur Tür. »Die Gäste warten.«

»Im Kleid beim Surfen! Das glaubst du doch wohl selbst nicht.« Gerda wiederholte noch einmal empört: »Im Kleid!« Es klang fast wie ein beschwörender Singsang.

»Sie trug ein Kleid?«, wiederholte Esther und fügte vorsichtig hinzu. »Ein rotes Kleid?«

»Knallrot«, bestätigte sie. Dann erbleichte Gerda, als würde sie erst jetzt die Bedeutung der Frage begreifen. »Glaub ich jedenfalls«, stammelte sie. »Muss meinen Albert …«

Esther hörte gar nicht mehr zu. Sie war bereits aus der Küche gerannt.

*

Das Gewitter am Nachmittag war heftig gewesen. Die Kollegen, die doch noch am Hooksmeer zu tun gehabt hatten, waren völlig durchnässt, als sie in Wilhelmshaven ankamen. Rothko hatte es rechtzeitig zu seinem Auto geschafft und war trocken geblieben. Er staunte selbst über die Schadenfreude, die er dabei empfand.

Nun saß er in seinem Büro in Wilhelmshaven und kritzelte die eine oder andere Bemerkung auf seinen Block.

Er hatte lange überlegt, wie er die Sache mit dem »Seehof« am besten angehen könnte. Denn da würde er beginnen zu graben. Nur – zuerst musste Kraulke verschwinden. Deshalb hatte er ihn mit Arbeit eingedeckt. Spät würde es heute so oder so werden, da machte es nichts, wenn Rothko nach dem Abendessen zum Reiterhof fuhr.

Es war ohnehin besser, zunächst herauszufinden, wer momentan auf dem Hof lebte, ob er noch immer als Pension geführt wurde, und all so etwas. Gut informiert konnte man ihm nicht so viel vormachen.

Er klickte sich durchs Internet.

»Eine großartige Website«, stellte er fest.

Schöne Pferde auf grüner Weide, das Haus ein friesischer Gulfhof mit weißen Sprossenfenstern, und eine ansprechende Reitanlage. »Besuchen Sie die heile Welt Frieslands – Ferien mit Spross und Ross« war der Slogan. »Reiterferien mit Kind und Kegel«, brummte er. »Sogar das eigene Pferd kann man mitbringen. Gegen Aufpreis. Hm, wer's mag …«

»Wollen Sie jetzt Ferien auf dem Reiterhof machen?« Kraulke war zurück und blickte ihm über die Schulter.

Er stank aus dem Hals. Rothko wandte sich unwillkürlich etwas ab.

»Hatte Hunger. Matjesbrötchen mit Zwiebeln«, kommentierte Kraulke ungefragt. Hauptsache, er ging nicht tiefer ins Detail. Rothko interessierte nicht, was er außerhalb seiner Aufgabe hier machte. Auch nicht, ob er Matjesbrötchen einem Räucheraal vorzog. Auch seine andere Vorliebe für die verschiedenen Lakritzsorten, die er stets ohne Verpackung in der Hosentasche hatte, war für Rothko nicht von Belang.

Sein Desinteresse hielt Kraulke nicht davon ab, ihm weiterhin seinen Atem in den Nacken zu pusten. »Interessieren Sie sich neuerdings für Pferde?«

»Vielleicht«, grummelte Rothko. Er war froh, dass er sich nach wie vor hier siezen ließ. Er hasste diese verlotternden Sitten, wenn sich alle duzten und womöglich bei jeder Begrüßung um den Hals fielen, wie es vor allem viele seiner Kolleginnen taten.

»Machen Sie mir bitte einen Kaffee«, sagte er zu Kraulke, um ihn und das Matjesfilet aus dem Dunstkreis zu haben.

Der Kollege eilte zur Kaffeemaschine. Es war einer dieser modernen Vollautomaten, die den Kaffee mahlten und direkt aufbrühten. Er drückte für seinen Boss auf den entsprechenden Knopf. Die Maschine gab es erst seit kurzem. Rothko hatte sie durchgesetzt, weil der andere Kaffee nie seinen Vorstellungen entsprach. Jetzt konnte er ihn so dosieren, dass es ihm schmeckte.

»Ihr Kaffee! Mit Milch? Zucker ja wohl besser nicht.«

Rothko rollt mit den Augen. Kraulke rauschte bereits wieder los. Rothko fand, dass der Kollege beim Laufen viel zu stark mit dem Hintern wackelte, was ihm etwas Weibisches verlieh. Er wunderte sich ein bisschen, dass Kraulkes Frau es schon fünf Jahre mit ihm aushielt. Aber vielleicht aß sie auch gern Matjesbrötchen mit Zwiebeln und Lakritz und redete genauso viel. Oder sie schaltete einfach ab und dachte an schöne Dinge, wenn sie mit ihm zusammen war.

»Haben Sie die Vermisstenlisten durch?«, fragte Rothko seinen Kollegen, als er mit der Milchpackung zurückkam.

»Mach ich jetzt!« Kraulke verdrückte sich in sein Büro.

Rothko hatte auf der Homepage schon weitergeblättert. Ihn schaute das Gesicht von Antke van der Kaark an. Früher war sie eine schöne Frau gewesen. Sie trug jetzt kurzes, graues Haar, eine Spur zu dick, und hatte eine gewisse Tragik in den Augen. Diese Frau lachte ganz bestimmt nicht mehr oft.

Rothko atmete auf. Er erinnerte sich nur zu gut an sie und sie hatte noch immer diese furchtbare Tragik im Blick.

Es geschah nicht oft, dass er Angehörige von Toten wiedertraf, deren Fälle er bearbeitet hatte. Wahrscheinlich war der Frau, die sich als Besitzerin und Chefin des Hofes ausgab, gar nicht bewusst, welcher Schmerz sich in ihren Zügen widerspiegelte.

Er blätterte weiter. Es gab Bilder vom Reitunterricht, den ein junges Mädchen abhielt, dessen Foto ihm aber nichts sagte. Sie hieß Esther, war ein hübsches Ding. Sie hatte kurzes, schwarzes Haar, von denen ihr nur eine längere Strähne in die Stirn fiel. Hätte Esther van der

Kaark nicht in den Stallsachen gesteckt, wäre sie fast zu schön gewesen. Allein diese vollen Lippen, der sinnliche Blick. Ein bisschen zu keck, aber überaus attraktiv. Esther van der Kaark war das Abbild ihrer Großmutter in früheren Jahren und es zeigte deutlich, welche tiefe Spuren das Leben bei ihrer Oma Antke hinterlassen hatte.

Auf einem anderen Bild grinste dieser Knecht in die Kamera. Mit einer Mistforke in der Hand. Knecht. Durfte man das heute noch sagen? Verdammt, wie nannte man Hofangestellte? Rothko wusste es nicht, aber Hajo Janssen arbeitete noch immer dort.

Augenscheinlich hatte Antke van der Kaark nicht wieder geheiratet. Es gab laut Homepage keinen weiteren Mann auf dem »Seehof«. Van der Kaark, van der Kaark, hämmerte es wie wild in seinem Kopf. Er schlug mit der Faust auf den Tisch. »Kraulke!« Seine Stimme klang barscher als beabsichtigt.

»Ja?« Sein Kollege stand leicht unterwürfig vor ihm.

»Ich muss gleich noch weg. Sie machen dann frei, ich brauche Sie morgen.« Kraulke nickte, sichtlich verwundert, warum sein Chef wegen einer solchen Lappalie so ein Geschrei veranstaltete.

Rothko blätterte auf eine weitere Seite des Hofes. Vor zwei Jahren hatten sie den Speisesaal umgebaut. Und die Pensionsküche. Laut der Beschreibung gab es aber kein warmes Essen, bei Vorbestellung nur Schnittchen am Abend.

Die Zimmer waren alle nett eingerichtet. Eine angenehme Mischung aus friesischer Tradition und Modernität, die sich aber in erster Linie über die Vorhänge und allerlei Accessoires zeigte. Die Möbel selbst waren typische Hotelmassenware.

»Alles sauber und perfekt«, knurrte er. Verdammt, was hatte er mit einem Mal für schlechte Laune. »Ich fahr da jetzt raus!«

Nach dem Gewitter war der Himmel noch immer wolkenverhangen und überall auf den Straßen lagen dicke Äste herum.

»Die heile Welt des ›Seehofes‹«, sagte Rothko laut. Er merkte, dass seine Stimmung besser wurde, wie immer, wenn er spürte, dass er auf der richtigen Fährte war. »Ich werde dieses Mal an der Idylle kratzen, bis der Lack endlich abbröckelt.«

*

Esther zitterte noch immer. Die Aussage mit dem Kleid hatte sie völlig aus dem Tritt gebracht. Eine Frau im roten Kleid. Sowohl ihre Mutter als auch Elisabeth hatten am Samstagabend ein rotes Kleid getragen. Die Tote konnte also nur entweder Monika oder Elisabeth sein. So viele Frauen hatten sich Samstag sicher nicht in dieser Aufmachung am Hooksmeer herumgetrieben.

Allein die Tatsache, dass ihre Mutter einen ähnlichen Farbton wie Elisabeth getragen hatte, war merkwürdig genug. Vielleicht hatte Monika ihr irgendwie imponieren wollen und deshalb das Mausgrau für diesen Abend abgelegt. Sonst zog Monika so etwas wirklich nicht an, war eher so unauffällig gekleidet wie ein gut getarntes Tier.

Esther musste sich setzen. Sie versuchte, ihre Gedanken zu ordnen.

Monika war in dieser Nacht verschwunden. Mit Koffer und Kultursachen. Elisabeth war ebenfalls wie vom Erdboden verschluckt.

Egal, wer von ihnen sich nun tatsächlich aus dem Staub gemacht hatte, Monika oder Elisabeth, es sah ganz danach aus, als habe diejenige verdammt viel mit der Toten im Hooksmeer zu tun.

Bevor Esther weiterdachte, griff sie erneut nach ihrem Handy. Aber statt des kleinen Briefumschlags, der ihr anzeigen sollte, dass eine Nachricht eingegangen war, erschien nur dieser blaue Tropfen, der den kleinen Bildschirm stets durchtanzte, wenn es nichts Neues zu vermelden gab. Und ein weiterer Anruf bei ihrer Mutter verband Esther wieder nur mit der Mailbox.

Sie schleuderte ihr Handy in die Ecke aufs Bett, wo es in der Decke versank. Esther trat ans Fenster.

Angenommen, ihre Mutter war wirklich die Tote. Esther wurde schlecht bei dem Gedanken. Sie atmete tief ein. Noch war gar nichts sicher. Sie musste einen kühlen Kopf bewahren und alles genau ausloten. So jung sie auch war: Niemand sonst war hier auf dem Hof dazu in der Lage. Am allerwenigsten ihre Oma.

Wenn ihre Mutter also wirklich tot war, wer war dann nachts in den »Seehof« gekommen und hatte ihre Sachen geholt? Es musste jemand sein, der sich hier gut auskannte. Da gab es wohl nur einen Menschen: Elisabeth Holzer.

Einen krakeligen und hingeschmierten Zettel zu fälschen war nicht schwer, wenn man ein bisschen Übung damit hatte. Eine Zeitlang war das ein großer Spaß von Hilka und ihr gewesen. Sie hatten sich die Gästebucheintragungen geschnappt und sie kopiert. Nach einer Weile war es ihnen total leicht von der Hand gegangen. Als Monika sie dabei einmal erwischte, hatte sie Esther gestanden, dass sie früher so etwas auch aus Spaß gemacht hatte. Mit einem Ludger, der hier Gast gewesen war. Danach war sie spontan verstummt und hatte sich umgedreht. Ludger … Ludger … Wo hatte Esther den Namen schon gehört?

Sie stürzte die Treppe hinunter und loggte sich in den PC ein, in dem die Daten ihrer Gäste gespeichert waren.

Ludger. Er hieß tatsächlich Doktor Ludger Kremer. Die Erinnerung hatte sie nicht getäuscht. Esther machte den Bildschirm aus und ging auf ihr Zimmer zurück. Was, wenn er tatsächlich der Ludger von damals war, mit dem ihre Mutter Unterschriften nachgemacht hatte? Auch wenn er jetzt einen anderen Nachnamen trug. War es so einfach, sich derart zu verändern, dass keiner ihn mehr erkannte? Andererseits: Wenn sie Bilder ihrer Großmutter von früher sah, glaubte sie auch, einem völlig anderen Wesen gegenüber zu stehen.

Esther war sich sicher, dass es einen Zusammenhang zwischen diesem Kremer und Elisabeth gab. Sie musste nur nach den beiden Fadenenden suchen, die in der Mitte des Knäuels irgendwo miteinander verknotet waren.

*

Antke starrte aus dem Küchenfenster. Gleich noch aufräumen und dann war endlich Feierabend.

Sie zermarterte sich noch immer den Kopf, was mit Monika in der Zeit nach dem Anruf geschehen war. Es gab die Möglichkeit, dass dieses Telefonat nur ein Versuch gewesen war, Antke aus dem Haus zu locken. Monika hätte normalerweise davon ausgehen können, dass sie dann ungesehen im »Seehof« ein und aus gehen konnte, um ihre Koffer zu holen, wenn ihre Mutter nicht zu Hause war. Esther verkroch sich um diese Zeit eigentlich immer in ihrem Zimmer.

Es gab auch aber eine andere Variante: Vielleicht hatte Monika sich in Lebensgefahr befunden und der Anruf war ein Hilfeschrei gewesen. Und sie, die Mutter, war zu spät gekommen und hatte auch die zweite Tochter nicht retten können. Elisabeth und Monika hatten sich getroffen an dem letzten Abend. Das hatte Esther gesagt. Und Elisabeth Holzer war nicht der Engel, für den sie alle hielten. Antke wusste das wie kein anderer Mensch auf dieser Welt.

Es grenzte an eine Katastrophe, dass sie Monika am Samstag nicht mehr angetroffen hatte.

Antke wurde vom Rumoren auf dem Hof aus ihren Gedanken gerissen. Es war Hajo, der aus der großen Scheune trat. Als er sie erblickte, hob er kurz die Hand. »Der Trecker hat was abgekriegt. Ist ein Ast gegengeflogen, aber ich hab ihn schon wieder repariert!«, rief er und hielt seinen Werkzeugkoffer hoch.

Es regnete noch immer. Das Wasser goss hinunter in hauchdünnen Schnüren, die kurz vor dem Aufschlagen auf die Erde in kleine Stücke zerrissen.

»Jetzt kommt der Hof dran!«, rief er. »Das muss dringend gemacht werden. Vor morgen.« Hajo holte Besen und Schubkarre. Immer wieder hielt er an und kehrte Dreck zusammen.

»Hajo fegt im Regen«, murmelte Antke. »Wie fertig muss man für eine so blödsinnige Aktion sein …« Ihn hatte das Unwetter vermutlich genauso durcheinandergebracht wie sie. Zum Glück gab es solche Wetterlagen hier an der Küste nicht allzu oft. Sie ging ins Haus, setzte sich auf die Kücheneckbank ans Fenster und sah von dort aus Hajo bei der Arbeit zu.

Der schaute gerade auf und schien jemand anderen zu erblicken, denn er winkte und zeigte auf den Himmel, als wolle er der Person deutlich machen, dass es schon bald aufklaren würde.

»Ich komme gleich, Hajo!« Ihre Enkelin rief laut aus ihrem Zimmerfenster. »Ich muss hier noch eben was fertig machen!«

Esthers Stimme klang seltsam. Ihr fehlten der Schwung und die Leichtigkeit mit der sie sonst mit Hajo sprach.

Vorhin hatte Antke zufällig durch den Türspalt gesehen, dass Esther sich am PC zu schaffen gemacht und Daten abgefragt hatte. Als ob sie Monika damit zurückholen könnte.

*

Es klopfte an Esthers Tür. Sie stieß rasch ihre dreckigen Klamotten unter das Bett, legte das Deckbett ein bisschen gerade. Das war ein Reflex. Zwar betrat ihre Mutter das Zimmer schon lange nicht mehr, weil sie sich mit Esther nicht über einen Ordnungspegel einigen konnte, aber der Reflex funktionierte immer noch, auch wenn andere kamen.

Erfreut war sie nicht, denn eigentlich gehörte der Abend ihr allein.

»Ja?«

Hajo steckte den Kopf herein. Seinen Hut drehte er verlegen in der Hand. »Will ja nicht stören, Esther. Aber draußen ist viel zu tun.« Er räusperte sich und zog eine Grimasse. »Der Sturm. Viele Äste liegen da rum. Und der Baum auf der Weide, der muss weg. Zu gefährlich.« Er räusperte sich wieder. »Wollte nur fragen … Es regnet seit einer halben Stunde auch nicht mehr.«

»Schon gut, Hajo. Ich komme«, sagte Esther.

Über den Weiden hingen jetzt feine Nebelschwaden. Die Beine der Isländer waren bis zu den Fesseln vom Nebel verschluckt und so schienen die Ponys über der Wiese zu schweben.

»Ist ja ganz gut abgekühlt, was?« Esther rieb sich die Schultern und überlegte, ob sie sich eine Jacke holen sollte. Sie bemühte sich um einen unbeschwerten Tonfall, obwohl es ihr alles andere als gut ging. Ihren Verdacht, dass Doktor Kremer mit in der ganzen Sache steckte, wollte sie lieber für sich behalten. Es könnte ja wirklich Zufall sein, dass er ausgerechnet so hieß wie der Typ, mit dem ihre Mutter diese Spiele gespielt hatte. Hajo schien ihn jedenfalls nicht zu kennen. Er zeigte keinerlei Regung, wenn Doktor Kremer mit einer Regelmäßigkeit sondergleichen in seinen Flitzer sprang und davonraste.

Sie warf einen Blick zum Himmel, der aus einer einzigen grauen Masse zu bestehen schien. Die große Hitze war wohl erst einmal vorbei.

Esther wuchtete einen dicken Ast in die Karre, die Hajo schon auf die Weide gestellt hatte. Es tat gut, körperlich zu arbeiten, das lenkte ab und löste den Druck in ihrem Bauch. »Gut, dass wenigstens den Ponys nichts passiert ist. Stell dir vor, sie wären durchgegangen und hätten die Zäune eingerissen und …«

»Sind sie aber nicht«, sagte Hajo. Er nahm die Motorsäge und schnitt mit ohrenbetäubendem Lärm einen Ast ab. Esther krampfte es die Zehen zusammen.

»Da habt ihr ja genug Brennholz in drei Jahren, wenn das trocken ist.« Hajo schob den Hut nach hinten. »Ich musste das Ding hier«, er wies auf die Säge, »erst reparieren. Es ging tatsächlich nicht mehr.« Er wischte sich mit dem Handrücken über die schweißige Stirn.

»Gut, dass du Ahnung von so etwas hast«, sagte Esther und zeigte auf einen weiteren Ast, den er sofort zerstückelte.

In das Geräusch mischte sich das Summen von Esthers Handy. Sie riss es aus der Hosentasche. Es war eine SMS von Hilka.

Lebst du noch?

Enttäuscht steckte Esther das Telefon wieder ein. »Nicht meine Mutter.«

Hajo sah sie an. »Machst du dir Sorgen?«

Esther nickte. »Hajo … Ja. Weißt du …« Sie zögerte. Doch dann sprudelte es aus ihr heraus. »Ich will wissen, warum meine Mutter einfach so verschwunden ist, verstehst du? Es passt nicht zu ihr.«

»Warum geht ihr nicht zur Polizei?« Hajo zertrat einen morschen Ast, die Splitter sprangen gegen Esthers Jeans. Einige blieben daran hängen.

»Oma sagt, wer uns denn wohl glauben sollte, dass was passiert ist – wenn doch der Koffer weg ist und ein Zettel da liegt.«

Hajo kratzte sich am Kopf. »Jo. Ich glaube eigentlich nicht, dass ihr etwas zugestoßen ist, mien Deern.«

»Was macht dich da so furchtbar sicher? Was?« Ihre Unterlippe zitterte.

Hajo holte seinen Flachmann aus der Hosentasche und nahm einen großen Schluck. »Ich glaube«, begann er, während er den Schraubverschluss zudrehte, »ich würde das«, er zeigte auf sein Herz, »hier ganz tief spüren.«

Esther schüttelte den Kopf. Hajos Gemüt müsste man haben. Was war das für ein Argument. Er würde es spüren ... Sie spürte auch eine Menge, aber es ging nicht mit seinem guten Gefühl konform.

*

Als Esther die Karre leerte, genehmigte Hajo sich einen weiteren Schluck aus seiner kleinen Flasche. Er wusste selbst, dass er täglich mehr brauchte. Zum Arzt ging er schon lange nicht mehr, hatte einfach keine Lust, sich anhören zu müssen, wie schlecht seine Leberwerte mittlerweile waren.

Noch bevor Esther die Karre geräuschvoll neben ihm fallen ließ, war die Flasche bereits wieder in seiner Tasche verschwunden. Hajo warf sofort ein paar Zweige und einen dicken Ast auf die Schubkarre. Es schepperte gewaltig. Als er gerade zum nächsten griff, ließ ihn das Knirschen von Autorädern innehalten.

Auf den Hof fuhr ein grüner Ford, der schon bessere Tage gesehen hatte. Hajos Arm sank langsam nach unten. Auch Esther verhielt in ihrer Bewegung, als spüre sie genau wie er, dass der Mensch, der diesem Wagen gleich entsteigen würde, wohl keine guten Nachrichten mitbrachte.

»Wer ist denn das?«, fragte Hajo.

»Ich weiß nicht.« Esthers Stimme zitterte. Sie ließ sich aber nicht beirren und ging auf den Mann zu. Als der Esther entgegenging, wusste Hajo, dass er ihn kannte. Er folgte Esther in geringem Anstand, wollte auf Nummer sicher gehen.

»Guten Tag. Ich bin Esther van der Kaark«, setzte sie an. »Was kann ich für Sie tun?«

Vor ihr stand ein Mann, der Hajo mit seiner Haltung an einen Spürhund erinnerte, aber mit Augen wie … Er wusste jetzt, dass er richtig gelegen hatte. Es war dieser Kommissar Rothko.

15.

»Wer ist denn hier zuständig, Fräulein?« Der Tonfall des Mannes war behutsam, fast nett.

»Möchten Sie ein Zimmer? Wir sind leider ausgebucht«, sagte Esther. »Es ist Hochsaison«, fügte sie bedauernd hinzu. »Ich kann aber gern auf dem Nachbarhof …« Eigentlich konnte sie sich nicht vorstellen, dass der Mann Urlaub auf dem »Seehof« machen wollte. Er sah einfach nicht aus wie ein Tourist.

Der Mann winkte ab und zückte seinen Dienstausweis. »Mein Name ist Rothko, Kripo Wilhelmshaven. Ich habe nur eine Frage.«

Esther blickte Hilfe suchend zu Hajo, der sich schon wieder getrollt hatte und weiter die Äste von der Weide einsammelte. Esther griff hinter sich, aber es war nichts da, woran sie sich hätte festhalten können.

»Kann ich Ihnen helfen?« Der Mann schien sie jetzt mit seinen kleinen Augen aufspießen zu wollen.

Esther schüttelte den Kopf. »Nein, ist gut. Ist alles gut.« Sie atmete tief ein.

»Ich würde gern erst mit Ihrer Großmutter sprechen.«

Esther war froh, sich abwenden zu können. »Ich will sehen, ob ich meine Oma finden kann. Kommen Sie bitte mit!«

Esther ging extra langsam. Ihr Rücken brannte unter dem Blick des Polizisten. Vorsichtig schielte sie zurück, sah aber nur die derben Schuhe des Mannes, die sich trittsicher ihren Weg suchten. Der Kommissar musterte scheinbar jeden Stein, jeden Grashalm. Esther bemühte sich aufrecht zu gehen, ruhig zu bleiben. Sie befürchtete, dass es nur einen Grund geben konnte, warum der Mann hier war: Bei der Toten aus dem Hooksmeer handelte es sich doch um ihre Mutter.

Sie wunderte sich über ihre klaren Gedankengänge. Esther erfasste alle Zusammenhänge und spürte – nichts. Gar nichts. Keinen Schmerz, keine Trauer. Als habe sie auf den Augenblick gewartet.

Esther wies Rothko an, in der kleinen Küche Platz zu nehmen. Sie stellte ihm, ohne zu fragen, ein Glas Wasser hin. »Ich möchte nicht, dass die Gäste wissen, dass hier die Polizei im Haus ist«, murmelte sie, konnte aber nicht verhindern, dass ihre Stimme belegt klang. »Sie haben eben zu Abend gegessen und freuen sich nun auf die Ruhe.«

Rothko griff ohne zu zögern nach dem Glas. Er trank es mit großen Schlucken leer. »Ich hatte Durst«, sagte er entschuldigend.

Esther verließ die Küche und machte sich auf den Weg zu ihrer Großmutter. Sie wusste noch nicht genau, wie sie ihrer Oma beibringen wollte, dass in der Küche ein Kriminalbeamter saß und ihnen vermutlich gleich sagen würde, was sie, allein durch sein Hiersein, eigentlich schon wussten.

Esther hatte sich oft gefragt, wie es sein würde, wenn sie allein wäre. Ohne ihre Mutter. Manchmal hatte sie geglaubt, dass es ihr dann besser ginge. Dann aber war ihr wieder der Gedanke gekommen, dass sie ohne ihre Mutter auch ein Stück ihrer eigenen Identität verlieren und sie nie die ihres Vaters herausfinden würde.

Bislang hatte sich Monika darüber ausgeschwiegen, obwohl Esther bald volljährig war und sie ihr schon bald die Wahrheit sagen musste.

Am Ende war Esther dann jedes Mal aufgegangen, dass sie gar nicht ohne ihre Mutter sein konnte, weil sie Monika trotz aller Querelen liebte. Und zwar viel zu sehr.

Sie klopfte an die Zimmertür, doch es blieb still. Aus der Pensionsküche klang das Klappern von Geschirr. Ihre Großmutter musste noch dort sein und aufräumen.

Esther ging hinüber, blieb in der Tür stehen und sah ihrer Oma zu. Wenn Antke van der Kaark sich unbeobachtet glaubte, konnte man in ihrem Gesicht lesen wie in einem Buch. Ihre Hände arbeiteten nicht ruhig und zielstrebig, sondern glitten fahrig hin und her, griffen oft ins Leere, um sich dann ein zweites Mal dem Ziel zu nähern.

»Oma?«

Ihre Großmutter schnellte herum. Als sie in Esthers Gesicht sah, strafften sich ihre Züge.

»Kommst du bitte? Ein Polizist ist hier«, sagte Esther in dem beiläufigen Tonfall, mit dem sie ihrer Oma sonst vielleicht mitteilen würde, dass es regnete. Es war alles so unwirklich.

Und dann war es plötzlich da. Dieses andere Gefühl. Es fiel Esther von hinten an wie ein Raubtier, krallte die Klauen in ihr Herz und riss es auf. Die ganze Tragweite, alles stürzte wie eine Welle über sie, schleuderte sie darin herum und riss sie in einem tiefen Strudel mit sich. Darin sah Esther ihre Mutter. Als sei sie selbst noch ein kleines Mädchen. Mit großen Augen. Vor ihrer Mutter stehend. Und die weinte nur um Janna. Danach wurde Monika blasser und blasser, schien nur durch das Leben zu schweben. Ohne Bodenhaftung, hin und her geweht von einem Geschehnis zum nächsten. Immer wieder versuchte sie nach Händen zu greifen, die sich im letzten Augenblick zurückzogen oder sie gar wegstießen. Und dann war es schwarz und leer. Sie war weg. Verschluckt von einem dicken Nichts.

Esther glaubte vor dem Rand eines dunklen, bodenlosen Loches zu stehen, bei der Erkenntnis, dass sie gleich wirklich allein auf der Welt war. In dem Augenblick, in dem sie ihre kleine Küche wieder betreten und der Polizeibeamte den Mund aufmachen würde, wäre sie allein.

Ihre Großmutter lief vor ihr her. Sie ging hastig, als wolle sie es schnell hinter sich bringen, hielt aber dann immer wieder inne. Sie wirkt, als müsse sie aufs Schafott, dachte Esther. Ihre Miene sagte alles, zeigte die Entschlossenheit, ihr Schicksal anzunehmen.

Rothko erhob sich, als die beiden eintraten. Esthers Oma wich sofort einen Schritt zurück, als sie sein Gesicht erkannte.

»Frau van der Kaark?« Er streckte ihr die Hand entgegen.

Sie ergriff sie, sah Rothko dabei aber nicht an. »Ja, Antke van der Kaark«, setzte sie an. »Wir kennen uns, oder?« Esther merkte, dass ihre Großmutter zögerte, sich an das Gesicht zu erinnern versuchte und weitersprach, um Zeit zu gewinnen. »Haben Sie etwas zu trinken bekommen?«

»Ja, danke, Frau van der Kaark.« Rothko sah sich anerkennend um. »Ist ja ein bisschen moderner geworden hier. Aber immer noch schön.«

Esther war irritiert. Begann man so ein Gespräch mit einer Familie, die gerade einen nahen Verwandten verloren hatte?

»Ist lange her, dass ich hier war. Glaube ich.« Sein Tonfall klang munter, nicht so, als wolle er gleich zum großen Schlag ausholen. Aber das konnte täuschen.

Esthers Oma wies höflich mit der Hand in Richtung Tisch, wo Rothko auch wieder Platz nahm. Esther lehnte sich mit dem Rücken gegen die Spüle. Sie umklammerte deren Rand mit den Händen.

»Es ist genau 18 Jahre her, Herr Rothko«, hörte sie ihre Großmutter sagen.

Esther hielt die Luft an. Ihre Oma kannte sogar seinen Namen. Er musste damals wegen des Unfalls hier gewesen sein.

»Stimmt. Genau das habe ich vorhin auch errechnet.«

»Ist etwas mit meiner Mutter? Bitte! Sagen Sie etwas!« Esther hatte die Nase von dem Herumgeplänkel voll.

Rothko runzelte kurz die Stirn. »Ihrer Mutter? Warum sollte es sich um ihre Mutter drehen?«

»Warum sind Sie sonst hier? Sie ist verschwunden. Verreist. Seit Samstag.«

Der Kommissar zischte durch die Zähne. »Das ist interessant.«

»Das ist nicht interessant. Das ist unnormal. Ich mache mir Sorgen. Keiner weiß, wo sie steckt.« Esther war den Tränen nahe.

Rothko kniff die Lippen zusammen. Er sagte eine Weile nichts. Vom Flur her hörten sie Schritte, die sich auch wieder entfernten.

»Herr Rothko!« Esthers Großmutter straffte ihre Schultern. »Bitte sagen Sie uns, was Sie hier wollen.«

Rothko räusperte sich. Sein Blick glitt an Esthers Oma vorbei, blieb an der Kaffeemaschine hängen. Dann schweifte er zurück, taxierte die beiden Frauen. »Im Hooksmeer haben wir heute Morgen eine Tote gefunden.«

»Das ist hier schon angekommen.« Die Stimme ihrer Oma war wieder schneidend. »Sie soll ein rotes Kleid angehabt haben. Habe ich gehört. Es kann also folglich nicht meine Tochter sein, sie trägt so etwas nicht. Was wollen Sie dann von uns?«

»Ich glaube, ich kenne die Frau«, sagte Rothko. »Und Sie auch.«

Das Gesicht ihrer Großmutter hatte sich bei der Bemerkung des Kommissars farblich der leicht vergilbten Tapete angeglichen. Esthers Hände rutschten von der Spüle ab, fanden keinen Halt mehr. Sie stolperte um den Tisch herum in die Stube, von wo sie mit einem Bild zurückkam. Es zeigte Monika am Strand. Esther war auf keinem gemeinsamen Bild mit ihrer Mutter zu finden, sie stand immer extra im Rahmen. Sie wusste auch nicht, warum ihr das in diesem Augenblick so verdammt wehtat.

»Ist sie das?«, stieß Esther hervor. »Ist das die tote Frau?«

Rothko nahm ihr das Bild aus der Hand. Er betrachtete Monikas Züge ganz genau. Dann stellte er es auf den Tisch. »Nein, das ist nicht die Tote, die wir gefunden haben. Sicher nicht.« Er griff in seine Jackeninnentasche, als wolle er etwas herausziehen.

Esthers Oma machte eine dermaßen abwehrende Handbewegung, dass Rothko zurückzuckte. Er zog die Hand wieder heraus.

»Und Sie sind sicher, dass es nicht meine Mutter ist?«, hakte Esther nach.

Rothko nickte. »Wenn Ihre Mutter die Frau auf dem Bild ist … ganz sicher.« Er griff wieder in seine Jacke.

Esther ging einen Schritt auf ihn zu. »Wer ist es dann, wenn sie zu uns kommen?« Schon als Esther die Frage stellte, kannte sie die Antwort bereits. Es gab keine andere Lösung.

Der Mann wandte sich an Esthers Großmutter, die noch immer mit versteinerter Miene dastand. »Ich glaube aber, dass Ihnen die tote Frau wirklich nicht unbekannt ist, Frau van der Kaark.« Er blickte zu Esther, während er langsam ein Foto herauszog. »Sie kennen sie eher nicht. Aber Ihrer Oma und Mutter dürfte sie nicht fremd sein. Umso merkwürdiger, dass Ihre Mutter verschwunden ist.«

Antke machte eine auffordernde Handbewegung. »Nun zeigen Sie schon das Bild.«

Er reichte es ihr. »Es ist lange her. Sie war bei Ihnen Gast. Vor 18 Jahren.«

Vom Tisch her ertönte die Stimme ihrer Großmutter. Fest und schnarrend. Wie immer. »Wie soll ich mich denn daran erinnern? Ich bitte Sie, Herr Kommissar.

Wissen Sie, wie viele Gäste hier jedes Jahr durchgehen?«

»An diese Frau erinnern Sie sich bestimmt.« Rothko wackelte unschlüssig mit dem Bild hin und her. Dann erhob er sich.

Parallel zu seiner Aufwärtsbewegung sackte Esthers Großmutter in sich zusammen. »Damals hatten wir viele Gäste. Die Bücher darüber gibt es nicht mehr.«

Rothkos Stimme war leise, aber schneidend. Punktgenau setzte er jedes Wort, jede Silbe so, dass es sie treffen musste.

»Sie war hier Gast in der Zeit, als Ihr Mann ums Leben gekommen ist. Ich denke schon, dass Sie das noch alles ziemlich genau wissen.« Er legte das Foto nun mitten auf den Tisch, sodass auch Esther es sehen konnte. »Die Frau hat blaue Flecken am Oberarm. Jemand hat sie festgehalten. Und dann wahrscheinlich gestoßen. Es sieht alles nach einem Gewaltverbrechen aus.«

Esthers Oma warf einen flüchtigen Blick auf das Foto, zuckte dann mit den Schultern. »Nein, kenne ich nicht. Menschen verändern sich in 18 Jahren. Und wenn sie tot sind …«

»Ich komme wieder, Frau van der Kaark. Gleich morgen.«

Esther begleitete Rothko zur Tür. Am Ausgang drehte er sich noch einmal zu ihr um. »Ich komme einfach nicht auf den Namen der Frau. Mädchen, ich komme einfach nicht drauf.«

Esther zuckte zurück. Sie hasste es, wenn man sie »Mädchen« nannte.

Rothko rieb sich das Kinn, sah sie mit seinen kleinen Augen an. Ihr war, als spieße er jeden Gedanken damit auf. »Sie war hier zu der Zeit, als dein Großvater gestorben ist. Das weiß ich genau.«

»Ich weiß, wer die Frau ist, Herr Rothko«, flüsterte sie. »Die Tote ist Elisabeth Holzer.«

Esther wusste, dass sie damit ihrer Oma in den Rücken fiel, aber sie hatte diese Geheimnistuerei so satt!

*

Hilka saß im Schneidersitz auf dem Sofa. Nach Esthers Anruf war sie sofort gekommen und hatte beschlossen, nicht zu dieser Scheunenfete zu gehen. Montags war das ohnehin keine so gute Idee, auch wenn Ferien waren. Esthers Oma hatten sie dann gemeinsam in ihr Zimmer gebracht. Sie hatte nur noch gezittert und ununterbrochen gefragt: »Warum ist sie nur zurückgekommen? Warum?«

Hilkas Angebot, ihr einen Tee zu kochen, war an Antke van der Kaark vorbeigerauscht. Erst als Esther ihr das Häkelzeug in die Hand drückte, schien wieder Leben in den Körper zu kommen. Wie in Trance war die Hand ihrer Oma zu der Wolle geschnellt. Sofort begannen sich ihre Finger zu bewegen. Einstechen. Faden holen. Dabei hatte das Zittern der Schultern schnell nachgelassen.

»Deine Oma dreht aber ganz schön am Rad, oder?« Hilka lutschte am Strohhalm.

»Na ja, wenn plötzlich die Ex-Geliebte meines Opas tot im Hooksmeer schwimmt, nachdem sie hier einfach so wiederaufgetaucht ist und alle aus irgendeinem Grund in Angst und Schrecken versetzt hat … Es weiß immer noch niemand, was sie hier eigentlich wollte.« Esther griff auch nach dem Glas. »Stellt sich jetzt nur die Frage, wo meine Mutter abgeblieben ist.«

»Warum hat sie überhaupt gerade jetzt den Abflug gemacht? Ist schon nicht fair.«

Esther zuckte mit den Schultern. »Wenn ich das wüsste … Du kennst die Fakten, ich hab dir erzählt, was ich weiß.«

»Und, glaubst du, dass Elisabeth deinen Opa damals getötet hat?«

Esther schüttelte den Kopf. »Nein. Ich kann das nicht glauben.« Sie überlegte einen Moment. »Vielleicht will ich es auch nur nicht. Elisabeth war komisch. Aber an ihr haftete so etwas an wie, wie soll ich sagen … Liebe? Sie war so nett.« Esther begann zu weinen. Der Druck der letzten Tage löste sich mit Tränen, die nicht mehr aufzuhalten waren. Elisabeths Tod ging ihr näher, als es ihr für eine so kurze Bekanntschaft hätte gehen dürfen.

»Hey, so schlimm?« Hilka nahm ihre Freundin in die Arme. »Blöde Frage … Erst kannst du nicht völlig ausschließen, dass deine Mutter tot ist, weil die Tote ein rotes Kleid trägt. Nun ist es Elisabeth. Ist alles ein bisschen viel, oder?«

Esther schluckte. Ihre Stimme klang belegt und wurde immer wieder von einem Hicksen unterbrochen. Sie nickte. »Als Gerda das mit dem Kleid erzählt hat … ich wusste nicht mehr ein noch aus. Es war in dem Augenblick klar, dass es entweder Monika oder Elisabeth sein musste. Weißt du, wie mir das zugesetzt hat?

Ich habe versucht, es total zu verdrängen.« Sie wischte sich mit dem Ärmel die Tränen ab. Esther sah Hilka an, die ihre Hand festhielt. »Es ist so grausam. Elisabeth ist mir sofort irgendwie vertraut gewesen. Auch wenn ich sie äußerst seltsam fand. Merkwürdig, oder?« Esther wischte sich wieder die Tränen weg. »Wir hatten etwas gemeinsam.« Sie zog die Nase hoch. »Frag mich nicht was, aber da gab es eine Verbindung.«

Hilka strich über Esthers Arm. »Aber trotzdem war sie eine Fremde. Sei jetzt einfach froh, dass es nicht deine Mutter war, die sie gefunden haben.«

Esther zog ein Taschentuch aus der Tasche. Sie schnäuzte sich langanhaltend und sprach langsam. So kühl, als könnte sie die Schwere der Worte damit ein bisschen auf Distanz halten. »Du weißt schon, was es bedeuten kann, wenn Elisabeth ermordet worden ist, oder? Weil meine Mutter weg ist, meine ich. Und wenn die beiden wirklich verabredet waren.« Esther zögerte. »Der Kommissar hat fallenlassen, dass sie irgendwann in der Nacht zum Sonntag gestorben sein muss. Meine Mutter war vielleicht die Letzte, die sie lebend gesehen hat.«

Hilka holte tief Luft, nickte. »Ja, das ist mir schon klar.«

»Lass uns hoffen, dass es nicht so ist. Lass es einfach anders sein.«

16.

Als Monika auf die Straße trat, war es fast dunkel. Sie hatte ihr Handy kurz angemacht. Wieder waren unzählig viele Nachrichten von Esther auf der Mailbox und im Posteingang.

Melde dich. Elisabeth ist tot. Wohl ermordet.

Elisabeth war tot. Eine Ära war zu Ende, die längst hätte beendet sein müssen. Die vielleicht gar nicht erst hätte geben dürfen. Wäre ihr Vater anders gewesen und Elisabeth Holzer ihm nicht über den Weg gelaufen. Es hätte mit dem Tod ihres Vaters alles längst vorbei sein können.

Bleich hatte er in seinem Blut gelegen. Vom hellen Mond mit einem Streif gestreichelt, als wolle der das Geschehene wiedergutmachen. Aber was ausgelöscht war, konnte nicht wiedergeholt werden.

Seltsamerweise erinnerte sich Monika an kein Gefühl der Trauer, als sie ihren Vater dort liegen gesehen hatte. Niemand hatte sich damals die Mühe gemacht, sie, die 18-Jährige, dort wegzuziehen, ihr den Anblick zu ersparen. Sie konnten ja nicht wissen, dass sie gar nichts spürte. Weil man sie gerade ihres Gefühls beraubt hatte.

Sie war vorsichtig noch einen Schritt näher an ihren Vater herangetreten, hatte ihre nackte Zehe leicht in das Blut getaucht. Es war noch lauwarm gewesen.

Monikas Blick war dann von einem zum anderen gewandert. Von ihrer Mutter zu Hajo. Von Hajo zu Elisabeth. Alle hatten sie dagestanden. Starr. Unbeweglich. Aber trotzdem hatten Trauer und Entsetzen in ihren Gesichtern gelegen. Sie selbst war froh, ihr eigenes Gesicht nicht sehen zu müssen. Es war doch ihr Vater, der dort lag. Ihr eigener Vater!

Keiner hatte etwas gesagt, nur stumm auf die dunkle Lache gestarrt, die in Verbindung mit dem feuchten Gras einen eigenartigen Geruch verströmte. Komisch, der steckte Monika noch in der Nase.

Irgendwann hatte Elisabeth zu zittern begonnen. Erst nur sacht mit den Lippen. Dann hatten ihr Kinn und die Wangen vibriert, schließlich die Arme, die Brust. Alles an ihr hatte geschlottert. Keiner hatte sich darum gekümmert. Monika konnte sich an das Klappern der Zähne erinnern. Ganz schnell waren sie zusammengeschlagen. Wieder und wieder. Dann hatte Elisabeth einen seltsam kehligen und fremden Laut ausgestoßen, sich umgedreht und war davongerannt.

Monika war die Einzige, die ihr hinterhergesehen und beobachtet hatte, wie sie ihren Rock anhob, um schneller laufen zu können. An der Hausecke war sie stehen geblieben, hatte sich umgesehen und lautlos die Lippen bewegt. So als würde sie einen Fluch ausstoßen.

Wie ein Racheengel hatte sie im Mondschein gestanden, das Haar wirr, die nackten Füße bis zu den Knöcheln verdreckt. An ihren Armen klebte Blut.

Hajo hatte ihre Mutter schließlich am Arm gefasst und ins Haus gebracht.

Monika dachte jetzt, dass er die einzige Konstante im Leben ihrer Mutter war. Damals wie jetzt. Er war immer für sie da. Mehr als sie, die Tochter, oder Arnold, Antkes eigener Mann, es je gewesen waren.

Auf Arnolds Beerdigung hatte der Sommer eine Pause eingelegt und mit seinem Nieselregen dafür gesorgt, dass die Gesichter der Trauernden von Regenschirmen verdeckt waren.

Elisabeth hatte allerdings gefehlt, genau wie ihr Sohn Ludger. Der Schmerz war groß gewesen, weil sich beide nicht verabschiedet hatten. Denn Monika hatte gedacht, sie wären Freunde.

*

Antke hieb ihre Nadel unentwegt in die Maschen. Elisabeth war jetzt tot. Einfach weg von dieser Welt. Verschwunden wie ein Stein, den man ins tiefe Wasser warf. Von ihr ging kein Unheil mehr aus. Es war vorbei. Ein flüchtiges Lächeln glitt über ihre Lippen. Was war diese Frau selbstgerecht gewesen an dem Abend. Wie sie dagestanden hatte, in ihrem roten Flatterkleid. Hexengleich. Und völlig überrascht von ihrem Auftauchen an ihrem geheimen Platz.

»Ich suche Monika.«

»Frau van der Kaark!« Elisabeths Stimme klang erschrocken und zitterte, was gar nicht zu Antkes erstem Eindruck gepasst. »Vielleicht ist es doch ganz gut, dass Sie jetzt da sind!« Elisabeths weiche Stimme zerfloss in der Wärme der Nacht. »Wir kommen scheinbar nicht aneinander vorbei, meine Liebe.«

»Nennen Sie mich nicht meine Liebe! Wo ist meine Tochter?«

Elisabeths hysterisches Lachen schien noch immer in der Luft zu hängen und zu ihr vorzudringen. »Sie ist … einfach weggelaufen. Als ich ihr gesagt habe, dass ich es weiß.«

»Was haben Sie ihr gesagt, Frau Holzer? Was?«

Ein plötzliches Knacken, als wäre ein Tier aufgescheucht worden, hatte Antke veranlasst, sich suchend umzudrehen. »Still. Da ist doch wer …! Dachte ich vorhin schon.« Ihr Versuch, mit den Augen die Dämmerung zu durchdringen, scheiterte.

»Vielleicht ein Tier? Oder …« Elisabeths Lächeln schwebte noch immer vor Antke. »Ich erwarte jemanden.«

Antke wischte den Einwand mit einer Handbewegung beiseite. »Nun sagen Sie mir endlich, wo meine Tochter ist.«

Auf dem Hooksmeer war das Tuckern eines kleinen Bootes zu hören. Seine Lichter durchpflügten das schwarze Wasser und bohrten sich ins Dunkel der Nacht.

»Sie ist dorthin gelaufen.« Elisabeth wies mit der Hand in Richtung Schleuse. Mit einem weiteren Lächeln, das falscher nicht hätte sein können, und einer zitternden Hand, die einem Blatt im Wind glich. »Da entlang.«

»Sie hat mich angerufen und zum Hafen bestellt. Dort ist sie aber nicht angekommen. Sie lügen doch schon, wenn Sie den Mund aufmachen, Elisabeth Holzer!«

Es knackte wieder und Antke zuckte erneut zusammen. »Monika, bist du das? … Monika?«

Der Skipper hatte den Motor inzwischen abgestellt. Nur das leichte Auf- und Abgleiten der Lichter zeugte davon, dass er nicht weit entfernt war. Rhythmisch klatschten die Wellen an den Schiffrumpf. Antke noch immer im Ohr. Genau wie die Stimme des Mannes: »Alles klar, da drüben? Soll ich helfen?«

Die beiden standen wie erstarrt da. Nur ihr Atem floss leise und hektisch durch die Nacht und vermischte sich mit dem leichten Wellengeräusch.

Nach einer Weile ging der Motor wieder an und das Boot tuckerte in Richtung Schleuse davon.

Antke machte einen Schritt auf die Frau zu und hatte sofort den zitronigen Duft von Elisabeths Parfüm in der Nase; einen Duft, den sie schon früher an ihr festgestellt hatte. Billig und penetrant. Wie die ganze Frau.

Antkes Haut kam der ihrer Rivalin jetzt so nah, dass sich die Wärme miteinander vermischte. Ihre kleinen Härchen richteten sich an der Oberfläche auf und berührten einander fast.

Dann hatte Antke plötzlich Arnold vor sich gesehen. Wie er diese gesprenkelte, weiche Haut berührte. In dem Augenblick war es ihr, als schraube sich sein Stöhnen durch ihren Gehörgang. Und das hatte diese Frau hören dürfen. Wieder und wieder, wenn er nach drüben gefahren war. Elisabeth kannte seinen Atem, das Spielen seiner Zunge. Sie kannte jeden Flecken seiner Haut. Sie hatte sich genommen, was ihr nicht zustand.

Unterdessen hatte Antke ihren Arm leicht zurückgezogen. Elisabeth Holzer fürchtete sich vor ihr, der Ehefrau ihres Geliebten. Als flüchtiger Atem ihre Wange streifte, wischte sie ihn unwirsch fort, doch er hinterließ ein Brennen. Noch während sie die Luft einsog, kam Elisabeth ihr näher.

Antke richtete sich auf. Sie war größer und kräftiger als die einstige Rivalin.

Elisabeth aber stürzte im selben Moment über einen kleinen Busch und musste sich am Boden mit der Hand abstützen.

»Ich habe nichts getan!« Elisabeth hatte den Kopf arg in den Nacken gebeugt, wodurch ihre Stimme zu einem einzigen Zittern verkommen war. »Ich wollte jetzt nur …«

Elisabeth war in dieser einen Nacht in ihrer Hand gewesen. Und das hatte Antke gefallen. Sie war die Stärkere. Für einen winzigen Augenblick war die Frau, die sie verachtete wie keinen anderen Menschen auf der Welt, in ihrer Gewalt gewesen.

Einen Moment lang war sie in Versuchung gewesen, zuzutreten. Mitten in das Gesicht dieser Frau. Die Sommersprossen zermalmen, sie sollten zu einer einzigen Masse zusammenfließen.

»Bitte, lassen Sie mich aufstehen. Es tut weh. Bitte!« Antke wich einen Schritt zurück. Ihre Hand zuckte kurz und sie hätte fast dem Impuls nachgegeben, der Frau die Hand zu reichen.

Elisabeth aber rappelte sich alleine hoch, zupfte etwas Gras vom Kleid und ordnete das Haar.

Antkes Blick ruhte auf Elisabeth, die sich in Sicherheit wiegte, dass alles nun gut sei. Sie lächelte freundlich, aber unsicher, fast verlegen.

»Und was tun wir jetzt?« Das Zittern ihrer Stimme war ein untrügliches Zeichen dafür, wie verängstigt sie noch immer war. Antkes Gefühl, Macht zu haben, verstärkte sich mit der Präsenz des vollen Mondes, der in den sachten Wellen des Hooksmeeres glitzerte, während von der See ein leichtes Grollen herüberdrang.

»Wo ist Monika?« Antke machte wieder einen Schritt auf Elisabeth zu. Die trat zurück, ein Fuß verlor sich bereits im Abhang der Böschung. Unwillkürlich griff Elisabeth nach dem Ast eines Busches, der aber abbrach und sie taumeln ließ, ehe sie erneut Halt fand.

»Warum haben Sie sich mit Monika hier, um diese Zeit, verabredet? In dieser Einöde?«

»Wir wollten ungestört sein. Es war zu wichtig, keine Mithörer zu haben. Wegen des Festes ist heute zu viel los in Hooksiel. Das hier«, sie deutete mit einer ausladenden Geste um sich, »ist einfach unser Platz. – Ich wusste ja nicht, wie Monika reagieren würde.«

»Worauf?«

»Auf den Grund, weshalb ich hier bin.« Elisabeth war lauter geworden. »Sie können nicht mehr wegsehen, Antke!«

»Was wollen Sie denn noch? Sie hatten doch schon alles. Sie sind davongekommen. All die Jahre!«

Elisabeth hatte geschwiegen. Sie schien sich auch nicht mehr zu fürchten. Nicht einmal mit dem Abgrund im Rücken. Der, von dem Monika ihrer Mutter einmal erzählt hatte, dass sie fast hinunter auf die Steine gestürzt war.

»Ich weiß, was ich in jener Nacht damals gesehen habe. Und ich weiß, dass meine Tochter mich vorhin angerufen hat. Sie hatte Angst!«, hatte Antke mit schneidender Stimme gesagt, während unsäglicher Hass in ihr hochgekrochen war.

17.

Rothko war gestern beizeiten ins Bett gegangen. Er wollte frisch sein am nächsten Morgen, wenn die vorläufigen Ergebnisse eingingen.

Deshalb war er der Erste, der im Büro eintraf. Auf seinem Schreibtisch türmten sich schon Akten. Die KTU hatte einen kurzen Bericht abgegeben. Ertrunken war Elisabeth Holzer definitiv nicht, sondern unglücklich beim Sturz ins Wasser mit dem Kopf auf etwas Hartes aufgeschlagen. Vielleicht auf einen der Basaltsteine, die das Ufer am Hooksmeer teilweise befestigten. Genaueres würde er erst später erfahren. In jedem Fall war es eine sofort tödliche Verletzung. Seitlich, direkt an der Schläfe, hatte es sie erwischt. Rothko vergrub seine Finger in den Haarstoppeln. Eine tödliche Verletzung am Kopf. Wie der alte van der Kaark vor 18 Jahren. Akten gab es keine mehr. War ja als Unfall durchgegangen. Trotzdem, vielleicht hatten seine Kollegen damals Fehler gemacht. Und es war gar kein Unfall gewesen. Zu merkwürdig war das Gebaren der Leute auf dem »Seehof«. Zu merkwürdig, dass Elisabeth Holzer nach 18 Jahren plötzlich auf- und als Tote im Hooksmeer gleich wieder abgetaucht war.

»Weiß man, wo sie ins Wasser gekommen ist?« Rothko sprach mit sich selbst, während er den Bericht durchging.

»Hämatome an den Oberarmen. Das habe ich ja gestern auch schon gesehen. – Sie ist wohl gestoßen worden«, resümierte er weiter. Die blauen Flecken kamen von einer kräftigen Hand. Vielleicht war es derselbe Mörder wie damals.

Elisabeth hatte sich jedenfalls nicht gewehrt. Keine Kratzspuren, keine Hautpartikel unter den Fingernägeln. Nur ein weiteres Hämatom am Gesäß.

An mehreren Stellen rund um das Hooksmeer war der Uferbewuchs heruntergetrampelt, auch in der Nähe der Böschung, an deren Kante sie getrieben war. Aber was hieß das schon? Anhand der Strömung würde man vielleicht herausfinden, wo in etwa sie ins Wasser gelangt sein könnte. So das Hooksmeer denn floss. Mal kam Wasser von der Schleuse hinein, mal hinaus ... Er musste sich da ganz auf seine Spezialisten verlassen. Die vielleicht auch die tödliche Stelle fanden, an der Elisabeth möglicherweise aufgeschlagen war. Doch das alles würde dauern. Für seine Begriffe unendlich lange. Warten war nicht gerade seine Stärke.

Rothko brühte sich erst einmal am Automaten einen Cappuccino. In letzter Zeit war es ihm damit gelungen, seine reine Kaffeemenge durch den höheren Milchanteil zu reduzieren. Er war dadurch ruhiger geworden. Und er stank nicht mehr so aus dem Hals. Kaffee vergiftete seinen Atem. Sagte jedenfalls seine Frau, die ihn nur noch auf die Wange küsste. Ohne Pfefferminz konnte er kaum irgendwo hingehen. Aber irgendwann würde es besser werden. Er löffelte den Milchschaum.

Es war ihm alles zu schwammig. Das Heruntertreten von Gras an einer Böschung konnte viele Gründe haben. Vielleicht hatten sich dort junge Leute zum Baden getroffen. Und natürlich zu anderen Dingen. Ein benutztes Kondom war nämlich auch aufgetaucht. Er musste die Ergebnisse abwarten, es half nichts.

Rothko beschloss, noch einmal zum »Seehof« zu fahren. Außerdem würde er eine Fahndung nach Monika van der Kaark herausgeben, wenn sie sich noch immer nicht gemeldet hatte. Eine Tote und eine Frau, die gleichzeitig verschwand, waren eine verdächtige Konstellation. Zumal sie miteinander zu tun gehabt hatten. Er musste herausfinden, welche Kontakte es in den vergangenen Tagen gegeben hatte. Zwischen Elisabeth Holzer und Monika oder übrigen Bewohnern des Reiterhofes. Schließlich hatte Esther die Holzer gekannt.

Rothko sah in den anderen Büros nach. Kraulke war noch nicht erschienen. Das war gut so. Sollte er doch weiter die Drecksarbeit machen. Rothko griff nach seiner Jacke. Es war nach der großen Hitze empfindlich kühl geworden.

Gerade, als er das Kommissariat verlassen wollte, stürzte Kraulke herein. »Ich komme mit!«, keuchte er.

Wortlos hielt Rothko ihm die Tür auf.

*

Auf dem »Seehof« war noch nicht viel los. Die meisten Gäste saßen beim Frühstück. Esther wuselte in der großen Küche hin und her. Hajo schob eine Karre über den Hof. Er war noch immer dabei, die Reste der Unwetterschäden zu beseitigen. Rothko wollte in seinem Auto warten, den Hof aus der Perspektive des Beobachters anvisieren. Erfahrungsgemäß kamen ihm so immer die besten Einfälle.

»Was tun wir hier?« Kraulke nestelte unruhig in seiner Hosentasche herum. Er ruckelte dabei auf dem Sitz hin und her.

»Wir beobachten, werter Kollege. Einfach nur beobachten und still sein.«

Kraulke schien gefunden zu haben, was er suchte. Ein salmiakartiger Geruch verbreitete sich im Wagen. Rothkos Partner kaute auf einer Handvoll Katjes. »Auch welche?« Er hielt seinem Chef ein paar klebrige, noch körperwarme schwarze Gebilde hin. »Mal wieder die Tüte gerissen«, schmatzte er.

Noch bevor Rothko hochgehen und ihn aus dem Wagen verbannen konnte, ging die Haustür auf. Heraus trat ein imposanter Mann. Er war Rothko sofort unsympathisch. Weil er einfach zu gut aussah.

Der Mann hatte einen festen Schritt, schien seine Richtung zu kennen, wurde dann aber langsamer. Sein Blick blieb an Rothkos Wagen hängen. Er beugte sich zum heruntergelassenen Fenster. »Kann ich Ihnen helfen?« Seine Hand fuhr unwillkürlich zum Kinn, das er mit Daumen und Zeigefinger rieb. Seine Finger verloren sich dabei im Dunkel der Barthaare.

Rothko öffnete die Fahrertür und stieg aus. Er schloss sie gleich wieder, um seinen Kollegen sicher im Inneren des Wagens zu wissen. Trotzdem konnte er nicht verhindern, dass Kraulke neugierig seine spitze Nase aus dem offenen Fenster hielt.

Der Mann vor dem Wagen überragte ihn um mehr als einen Kopf. »Rothko, guten Tag.« Er griff nach der Hand, die der Typ ihm selbstsicher entgegenhielt. Der Händedruck des Kerls war fest und warm. Keine Spur von nervöser Feuchtigkeit. Rothko mochte solche Menschen wirklich nicht. Sie strotzten vor Selbstherrlichkeit und dem Bewusstsein, dass ihnen die Welt zu Füßen lag.

»Doktor Kremer. Aus Hamburg.« Er rümpfte die Nase. »Riecht ein bisschen nach Mist heute, oder?«

»Gülle nennt man das. Gülle«, berichtigte Rothko ihn. »Und nach Lakritz.« Er wies zum offenen Fenster. »Mein Kollege, Herr Kraulke. Machen Sie Urlaub hier, Herr Doktor Kremer?«

Er nickte. »Ein bisschen ausspannen vom Managerstress. Ist ja der richtige Ort dafür.« Doktor Kremer lächelte. Aber nur mit dem einen Mundwinkel, was das sonst makellose Gesicht nicht unattraktiver machte. Im Gegenteil.

»Schon lange hier?« Rothko lehnte sich gegen die Autotür. Er bemühte sich um Lässigkeit.

»Nein, nicht sehr lange.« Doktor Kremer suchte in der Hosentasche nach Zigaretten, die er dann auch fand. Er fummelte eine aus der Packung und sah fragend zu dem Kommissar. Der schüttelte den Kopf, beobachtete aber jede Nuance der Bewegung seines Gegenübers. Das leise Klacken des Feuerzeuges, das Aufglimmen der Zigarettenspitze und der Geruch seiner Tabakmarke. Alles wurde gespeichert. Rothko wusste nicht, warum er einen harmlosen Feriengast dermaßen abscannte und einspeicherte. Der Mann erinnerte ihn an jemanden. Es war nur eine Idee, aber Rothko sagte sich, dass er schließlich nur selten irrte.

»War ja wirklich ein Unwetter gestern. Bin danach gar nicht mehr vor die Tür gegangen. Da verging einem ja wirklich die Lust.« Er sog am Filter, blies den Qualm in Kringeln wieder aus. »Wollen Sie auch ein Zimmer?« Doktor Kremer inhalierte erneut den Rauch, pustete ihn dann an Rothkos Gesicht vorbei, der ihn dennoch mit einer auffälligen Bewegung wegwedelte. Er hatte das Gefühl, als könne er diesen Fatzke so auf akzeptablem Abstand halten. Aus dem Wagen drang ein unmissverständliches Hüsteln. Rothko deutete mit der Hand an, Kraulke solle doch einfach das Fenster schließen.

»Ich glaube aber, hier ist es voll«, sagte Doktor Kremer. »Allerdings handelt es sich ja wirklich nur um einen kleinen Hof. Ich weiß auch nicht, wie die davon leben können.« Er runzelte die Stirn. »Richtig kaufmännisch durchdacht ist das Konzept ja nicht. Ich vermute, sie haben bereits alles abgezahlt und brauchen nur die Mieten.« Er hatte wieder dieses schiefe Lächeln. »Oder sie haben Einnahmen. Schwarzgeld, oder so.«

»Meinen Sie.« Rothko fand das Gebaren des Mannes seltsam. Warum erzählte er so etwas?

Die Haustür öffnete sich. Eine Horde Kinder quoll lärmend heraus. »Ist wohl auch nichts für Ruhesuchende«, sagte Doktor Kremer. »Bei den Kindermassen.« Er hob die Hände. »Ich mag Kinder. Deshalb bin ich hier.«

»Hm.«

Ein weiterer Wagen fuhr auf den Hof. Doktor Kremer senkte die Hände sofort. Sie begannen zu zittern. Nur ganz leicht, aber Rothko merkte es doch. Vor allem, weil sich auch Kremers Gesichtszüge verkrampften. Für einen Augenblick war die ganze aufgeblasene Selbstherrlichkeit gewichen. Der Mann wirkte menschlich.

Die Frau, die aus dem Wagen stieg, war Monika van der Kaark. Rothko erkannte sie sofort. Es war das Gesicht der jungen Frau, das dicht am Kopf ihres Vaters gestanden und ihre nackte Zehe in das Blut getunkt hatte. Es war das Gesicht, das so gar keinen Ausdruck hatte. Sie hatte damals dagestanden, als habe man sämtliche Gefühlsleitungen zerschnitten.

Monika van der Kaark hatte sich kaum verändert. Sie war einfach nur älter geworden. Ein bisschen wirkte sie auf den Kommissar wie konserviert. Unwillkürlich glitt seine Hand über die Gürtellinie, dann über den Dreitagebart.

Monika blickte kurz rüber zu ihnen und zuckte merklich zusammen. Dann fing sie sich wieder und ging rasch ins Haus.

Doktor Kremer ließ die nur halb gerauchte Zigarette fallen. Fast genüsslich trat er mit dem Ballen darauf. »Ich muss los. Schön, Sie kennengelernt zu haben.« Er ging betont lässig zu seinem Sportwagen. Die Lichter glühten auf, als er ihn mit der Fernbedienung öffnete.

»Moment, Herr Doktor«, hielt Rothko ihn zurück. »Wissen Sie, was gestern am Hooksmeer los war?«

Kremer stoppte mitten in der Bewegung. Langsam drehte er sich um.

»Ich habe davon gehört. Eine schlimme Sache.«

Rothko zückte seinen Dienstausweis. »Bei der Toten handelt es sich um Elisabeth Holzer. Kennen Sie sie?«

Rothko war sich gar nicht bewusst, weshalb er diese Frage überhaupt gestellt hatte. Und doch sah er an Doktor Kremers Reaktion, dass sein Instinkt ihn mal wieder nicht getrogen hatte.

Der Mann lächelte etwas zu schnell, zu oberflächlich, konnte die Unruhe in seiner ganzen Haltung nur schwer verbergen.

Es schien fieberhaft in seinem Kopf zu arbeiten, und doch war es nur ein Augenblick, bis die rasche Antwort folgte. »Ich muss jetzt wirklich los. Nichts für ungut, Herr Kommissar!«

Er sprang ins Auto und fuhr davon.

*

Esther hatte Doktor Kremer im Gespräch mit dem Kripobeamten gesehen. Auch Hajo hatte mit dem Besen eine ganze Zeit am Scheunentor gestanden und die beiden beobachtet. Zwischendurch war seine Hand zweimal in die Hosentasche geglitten und hatte seine kleine Flasche hervorgezaubert. Esther konnte den Anblick nicht mehr ertragen, wandte sich ab und widmete sich erneut ihrer Arbeit. Doch dann sah sie, wie das Auto von Doktor Kremer vom Hof rollte.

Von ihrer Oma war nichts zu sehen und zu hören. Esther beschloss, ein weiteres Mal in Kremers Zimmer zu gehen. War er der Ludger von damals? Irgendetwas stimmte mit ihm nicht. Noch nie hatte sie bei einem Feriengast ein so merkwürdiges Gefühl gehabt. Woher hatte er zum Beispiel so früh von Elisabeths Tod gewusst? Auch wenn er den Namen nicht genannt hatte – er war es, der Esther zuerst von der Toten erzählt hatte.

Sie nahm den Generalschlüssel, bemühte sich, möglichst gleichmütig auszusehen. Im Flur sah sie sich nach allen Richtungen um und schlüpfte dann hinein. Das Zimmer wirkte noch immer unbewohnt. Lediglich ein leichter Duft von Rasierwasser hing im Raum.

Vorsichtig zog Esther die Schübe auf. Bis auf einen schwarzen Anzug, der auf einem Bügel an der Schranktür hing, hatte Ludger Kremer hatte nicht ausgepackt. Als wäre er auf dem Sprung.

Die Sachen in dem aufgeklappten Koffer waren akkurat aufeinandergestapelt. Keine Ecke eines Hemdes überragte die andere, keine Socke wirkte wie zufällig platziert. Selbst die Boxershorts lagen sorgfältig zusammengefaltet in die Ecke geschmiegt. Die meisten waren schwarz mit Comicaufdruck. Bunte tanzende Gestalten auf glänzendem Hintergrund. Irgendwie kindisch. Esther ließ ihren Mittelfinger über den Satinstoff gleiten. Dann sah sie sich weiter um.

Der Mann war nicht auf Urlaub hier, sondern auf der Durchreise und wollte nichts hinterlassen. Keine Flusen seiner Kleidung, keinen Geruch. Er würde genauso plötzlich verschwinden, wie er gekommen war.

Esther suchte nach etwas Privatem, etwas, das ihn menschlich machte, ihm Persönlichkeit verlieh. Doch dieses Zimmer war wie er. Aufgeräumt, sauber und unnahbar. Es zeigte nichts. So sehr nichts, dass es seine Identität, sein Dasein unwirklich erscheinen ließ. Esther fröstelte.

Auf dem Flur wurde es unruhig. Eine Frau schrie nach einem Dennis, der sich mal wieder draußen in die Hose gemacht hatte. Esther hörte etwas klatschen. Dann war es still. Dennis schien diese Art des Mundtot-machens gewohnt zu sein. Esther war froh, dass er jetzt kein Gezeter anfing, sonst wäre womöglich gleich der ganze Flur voller Leute gewesen, die gucken wollten, was er denn schon wieder angestellt hatte.

Als es wieder still war, schlich sie aus dem Zimmer. Dieses Mal schloss sie ab.

*

Monika saß in der kleinen Küche auf der Eckbank. Bislang hatte sie noch niemanden begrüßt. Natürlich hatte Ludger sie sofort erkannt, auch wenn er so getan hatte, als wären sie sich eben zum ersten Mal begegnet. Aber was tat er hier?

Monika hatte die Nacht in einer kleinen Pension in Dornum verbracht. Dort hatte sie sich sicher gefühlt. Ihr war aber klar gewesen, dass sie nach Hause musste, jetzt wo Elisabeth tot war.

Doch die eine Nacht hatte sie sich noch gegönnt. Einmal noch hatte sie mit dem Fuß über das glatte Laken streifen wollen, einmal noch das leichte Darüberrutschen genießen. Das Leben dort erschien ihr einfacher. Sich bedienen zu lassen, nichts tun zu müssen. Sich selbst vorspielen zu können, es sei nichts geschehen. Alles ginge seinen Gang. Hier draußen auf dem »Seehof« war es ja wieder da, das Leben, das sie so verachtete. Trudelnd wie eine Schneeflocke im Wind schwebte sie durch das Dasein. Ohne Halt. Ließ sich hin und her treiben, wich Schwierigkeiten aus und hoffte darauf, eines Tages sanft auf einen weichen Teppich aus ebensolchen Flocken zu fallen. Wissend, dass es große nasse Pfützen sein könnten.

Aber sie hatte es geschafft und war zum »Seehof« zurückgekommen.

Und nicht nur Ludger begegnet, sondern auch diesem Polizisten. Mit den unverkennbar stechend winzigen Augen. Ihr Arm brannte noch immer, als sie an den Griff dachte, mit dem er sie von ihrem Vater zurückgezogen hatte. »Polizeimeister Rothko«, hatte er sich damals vorgestellt. Er schien ja zumindest Karriere gemacht zu haben. Polizeimeister war er sicher nicht mehr.

Sie hatte beide sofort erkannt. Rothko am Blick. Und Ludger an der Art, wie er sich gab. Noch immer bewegte er sich so selbstverständlich wie ein Schauspieler auf der Bühne, mit einer Präsenz, die alle anderen Akteure zu bloßen Statisten verblassen ließ. Auch der Polizist hatte neben ihm wie eine Randfigur gewirkt. Obwohl es sicher anders sein sollte.

Er hatte sich nicht verändert.

Monika schaute wieder hinaus. Ludger war vorhin weggefahren, aber Rothko stand noch immer neben seinem Auto. Darin fummelte ein anderer Mann, wahrscheinlich sein Kollege, am Radio herum. Er schien gefunden zu haben, was er suchte, und zuckte nun mit dem Kopf rhythmisch hin und her. Rothko schlug mit der Faust gegen das Autodach. Das Zucken hörte auf. Der Kommissar strich wie zur Entschuldigung über den Lack.

Der Wagen passte nicht zu ihm. Er war zu groß. So wie ein Schuh, der den Fuß unnatürlich in die Länge zog, und damit die Proportionen zum Gesamtbild veränderte.

Rothko blickte herüber.

Bevor sie weiter über ihn nachdenken konnte, ging die Tür auf. Esther trat geistesabwesend ein. Sie hielt den Generalschlüssel verkrampft in ihrer Hand, griff nach ihrem Handy, das sie vorn in die Hosentasche gesteckt hatte, und schaute auf das Display. Ein enttäuschter Blick glitt über ihr Gesicht, als sie es auf den Küchentisch legte. Schon während ihre Hand das weiche Holz berührte, wurde die Bewegung langsamer. Sie schaute in die dunkle, nur spärlich beleuchtete Ecke.

»Mama!« Esther entglitt ein Schluchzen. Sie nahm ihre Mutter tatsächlich in die Arme. »Du bist hier! Das heißt … das heißt …«

Monika hielt ihre Tochter auf Abstand. Sie konnte ihre Nähe jetzt nicht ertragen, wollte keine Berührung. »Weißt du, wer der Mann da draußen ist?«

»Du warst einfach weg. Wir dachten wirklich …«

Monika schien gar nicht hinzuhören. »Wer ist das?« Sie wollte es von Esther hören. Wollte die endgültige Bestätigung, dass sie richtig lag, auch wenn sie es eigentlich wusste.

»Kommissar Rothko. Aber, Mama, wo …«

»Und der Mann, der vorhin weggefahren ist. Ist das ein Gast?«

Esther nickte. »Ja, das ist Doktor Ludger Kremer aus Hamburg. Er ist komisch und ein Pedant. Nun will ich endlich wissen …«

Monika umschloss Esthers Gesicht mit beiden Händen. »Esther, ich will nichts mehr unter den Teppich kehren. Es ist alles schlimm genug. Doktor Kremer ist Elisabeths Sohn und einer der Gründe, weshalb sie hier war.«

*

Monika hatte Esther stehen lassen und war in ihr Zimmer gegangen. Sie konnte nicht weiter mit ihrer Tochter oder mit ihrer Mutter sprechen, weil es sie hoffnungslos überforderte. Sie war zwar zurückgekommen, aber sie würde nicht bleiben.

Als sie allein gewesen war, war ihr das erste Mal aufgegangen, dass sie ein Leben hatte. Ohne diesen Hof, der zwar von ihr geführt, aber doch von ihrer herrschsüchtigen Mutter geleitet wurde. Auch Esther musste hier weg. Niemals sollte sie auf dem »Seehof« versauern, ihr Leben dafür hingeben. Esther konnte Leiknir und Kelda sicher woanders unterbringen. Denn dass der »Seehof« verkauft werden musste, daran bestand kein Zweifel. Noch nie in ihrem Leben war Monika »an der Reihe« gewesen. Mit der Geburt ihrer Schwester Janna hatte sie vollends alle Rechte auf Liebe und Glück abgetreten. Nun war sie dabei, sich Esther gegenüber genauso schlecht zu verhalten wie ihre Mutter es mit ihr, Monika, getan hatte. Sie fühlte nicht genug für ihr Kind. Nicht so, wie eine Mutter es tun sollte. Das hatte sie Elisabeth auch gesagt. In der Nacht, als sie noch einmal umgekehrt und zu ihr zurückgegangen war. Bevor sie endgültig beschlossen hatte, dass es wirklich an der Zeit war, erst einmal unterzutauchen.

Elisabeth hatte sie sofort an den Schultern gepackt.

Geschüttelt. Sie müsse sich so um Esther kümmern, dass das Mädchen eine Chance hätte. Das hätte sie verdient. »Vielleicht wird jetzt doch noch alles gut, Monika. Das, was nie gut werden sollte, kann jetzt gut werden!«

Monika hatte Elisabeths Hand weggerissen. »Es wird nie gut werden, Elisabeth. Nie. Ich will Ludger auch nicht sehen«, hatte sie geflüstert. »Es ist alles kaputt, seit mein Vater sterben musste. Wärst du nicht gewesen, er hätte in der Unwetternacht in seinem Zimmer geschlafen. Und nichts wäre passiert. Gar nichts!« Sie hatte innegehalten, sich das Bild ihres Vaters vor Augen geholt. Wie sie zum Strand gefahren waren. Oder am Deich gesessen und den Wolken Geschichten erzählt hatten. All die schönen Dinge waren ihr durch den Kopf gegangen. Dann hatte sie nicht weitersprechen können.

»Ludger kann sich geändert haben. Er hat das Recht …« Elisabeths flehende Stimme traf Monika tief.

Trotzdem hatte sie den Kopf geschüttelt. »Nein! Nein und nochmals nein!« Monikas Hand war schutzsuchend an der Rinde eines kleinen, jungen Baumes auf- und abgeglitten. »Wann hast du deinen Sohn zuletzt gesehen?«

Elisabeth fuhr mit der Zehenspitze über das Gras. »Es ist Jahre her. Er wollte nichts mehr mit mir zu tun haben. Wegen deines Vaters, weißt du?« Ihre Stimme war von Wort zu Wort leiser geworden.

»Woher weißt du dann, dass er sich in irgendeiner Form geändert haben könnte?«, hatte Monika gefragt. »Er ist mit Sicherheit noch immer, wie er damals war. Aufgeblasen, arrogant und herzlos. Sonst hätte er sich nicht von dir abgelöst, den Kontakt so abgebrochen. Er ist eiskalt, dein Sohn. Eiskalt.«

»Ich dachte, wenn wir hier alles klären können. Vielleicht würde dann …«

Monika hatte sich arg anstrengen müssen, um Elisabeth noch zu verstehen. »War es das, was du so dringend von mir wolltest, Elisabeth? Mir mein Geheimnis entreißen?«

Elisabeths Augen wirkten unnatürlich groß. »Dein Geheimnis. Pah! Ich habe ein Recht darauf, alles zu wissen. Du hattest keines, mir es vorzuenthalten!«

»Lass uns doch endlich in Ruhe, Elisabeth.« Monikas Stimme war gekippt, gellte durch die Nacht. »Es ging gerade. Und nun bist du wieder da. Du tauchst immer einfach so auf und … und machst noch mehr kaputt!« Monika hatte Elisabeth angesehen. War in diese Augen eingetaucht, die sie früher einmal so liebevoll angesehen und sie schließlich einfach losgelassen hatten.

»Woher weißt du überhaupt von meinem Geh… der Sache, Elisabeth. Wer hat es dir gesagt? Es weiß eigentlich niemand. Nicht einmal meine Mutter.«

Elisabeths Augen hatten in tiefen Höhlen gelegen. Sie schien es wirklich gut gemeint zu haben, aber alles war schiefgelaufen. Es war ein Fehler, dass sie zurückgekommen war, die Vergangenheit nicht ruhen gelassen hatte. Es gab nun mal Dinge, die man besser schlafen ließ.

»Ich habe einen Brief bekommen«, hatte Elisabeth gesagt. »Darin stand es. Ganz plausibel. Nüchtern. Es stimmte alles. Ich habe es geglaubt. Weil ich es glauben wollte.« Sie hatte ihn aus der Handtasche gezogen. Er war so zerknüllt, dass die Schrift fast unleserlich war.

Monika hatte zunächst nur einen kurzen Blick darauf geworfen. »Und dann hast du Ludger davon erzählt.«

Elisabeth hatte genickt. »Er hat ja jahrelang nicht mehr mit mir gesprochen. Ich hatte keinen Sohn mehr, keine Familie. Keinen Mann.« Der Klang ihrer Stimme glich dem leisen Piepen eines Vogels bei Sonnenuntergang. »Ich war so allein!« Elisabeth konnte ihre Tränen sichtlich kaum zurückhalten.

»Von wem ist der Brief?« Monika war sich vorgekommen wie ein Richter, der dem Angeklagten die Fakten mit Härte und Sachlichkeit aus der Nase ziehen musste. Doch für die Position eines Richters war ihre Wut zu groß gewesen. Sie war alles andere als neutral. Sie war besessen von der Idee, alles rings um sich zu kurz und klein zu schlagen. Monika hatte Elisabeth den Brief entrissen. Zwar konnte sie die Unterschrift nicht entziffern, aber die Schrift war ihr seltsam bekannt vorgekommen.

»Mir schien, von einer Frau. Sie wollte wohl, dass wieder Friede, Freude Eierkuchen auf dem ›Seehof‹ herrschen. Und auch, dass du wieder einen Mann bekommst.«

In Monika war eine furchtbare Ahnung aufgestiegen. Eigentlich gab es nur einen Menschen, der zu so etwas fähig war. Der auch noch dachte, damit ein gutes Werk zu tun. Und zu dem passte auch das Schriftbild. Diese Schnörkel hatte sie damals oft mit Ludger kopiert. Weil sie so eigenartig spitz zuliefen.

Sie hatte Elisabeth den Brief entrissen, das Stück Papier mit wenigen Handbewegungen zerfetzt. Irgendwie war es ihr gelungen, Elisabeths Versuche, sie daran zu hindern, abzuwehren. Eine Windböe erbarmte sich schließlich und nahm die Schnipsel mit sich.

»Es gibt nur einen Menschen, der auf solche Ideen kommt«, hatte Monika ausgestoßen, die Hände zu Fäusten geballt. »Und das ist Gerda Wiese.«

*

»Ich wollte nicht eher kommen, Herr Kommissar. Dachte, das sei alles nicht so wichtig.«

»Alles ist wichtig.« Rothko betrachtete sein Gegenüber. Ein typischer Skipper. Weste, Seemannsmütze und Wollpulli.

»Ist ja komisch, wenn man nachts um die Zeit noch rausfährt.« Der Mann hatte die Mütze abgenommen und fummelte mit den Fingerspitzen an der Krempe herum. »Obwohl das ja schon ein paar machen.«

»Was haben Sie denn so gesehen?« Rothko kam sich vor wie ein drittklassiger Psychologe, dem es nicht gelang, die entscheidenden Infos aus seinem Patienten herauszukitzeln. Bei ihm tanzten alle immer um den heißen Brei herum.

Der Skipper rieb sich über die aufgesprungenen Lippen. »Wie gesagt, ich dachte ja, das sei nicht so wichtig. Aber nun, wo die Frau doch tot ist …« Er schob den Unterkiefer vor. »Ich weiß ja auch gar nicht, ob das überhaupt damit zu tun hat.«

Rothko lehnte sich zurück und bemühte sich um ein geduldiges Gesicht. Das war schon der dritte Zeuge, der im Fall Holzer eine wichtige Aussage machen wollte. Die anderen beiden waren Wichtigtuer. Am schlimmsten war dieser Albert Wiese gewesen. Der war mit Sicherheit von seiner Frau geschickt worden. Eher aus dem Grund, auf dem Revier mehr zu erfahren. Rothko kannte das. Einige Tratschweiber verfielen auf die seltsamsten Methoden.

Hoffentlich kam dieser Mann jetzt mit einer grandiosen Enthüllung, die ihn weiterbringen würde.

Rothko beugte sich wieder leicht nach vorn, legte die Unterarme verschränkt auf den Tisch. »Warum sind Sie nun nachts raus?«

»Ich … Bleibt unter uns, oder?«

Rothko nickte. »Ja, das bleibt unter uns.« Er warf einen Blick nach draußen. Der ganz heiße Sommer schien vorerst vorbei zu sein. Die lange Hitzeperiode hatte aber dazu geführt, dass sämtliche Gräser bereits vergilbt und trocken ihre Köpfe hängen ließen.

Der Skipper war noch immer auf der Suche nach dem richtigen Beginn seiner Enthüllung.

»Schießen Sie los!«, forderte Rothko ihn auf. Wahrscheinlich war seine Aussage genauso unbrauchbar wie die seiner Vorgänger.

»Ich hatte eine Verabredung«, stieß der Mann schließlich hervor.

»Mit einer Frau?«

Über das Gesicht des Skippers zog sich trotz der Bräune eine tiefe Röte. »Wo denken Sie hin! Ich habe doch Lisa. Bin glücklich verheiratet.«

Rothko versuchte wieder freundlich zu lächeln, weil sein Gegenüber durch die Unterstellung den Faden verloren hatte. Der Skipper rang um die richtigen Worte, um nicht schon wieder in solch einen ungeheuerlichen

Verdacht zu geraten. Er war wohl kein Mensch, der oft und gern sprach, so schwer wie er sich damit tat, eine einfache Information auszuspucken.

»Sie sind also rausgefahren«, versuchte Rothko ihn wieder auf die Spur zu lenken.

Der Skipper nickte. »Ich war zum Pokern verabredet. War aber legal. Da brauchen Sie nicht zu forschen.«

Rothko winkte ab. Bloß nicht schon wieder Verwirrung stiften, sonst säße er heute Abend noch hier bei der Geschwindigkeit, mit der dieser Mann redete. »Schon gut. Ich habe es schon vergessen.«

»Meine Lisa soll das nur nicht wissen. Sie mag es nicht, wenn ich das mache.«

Rothko nickte, er hoffte, seine Mimik signalisierte Freundlichkeit, da er innerlich kochte und den Alten am liebsten geschüttelt hätte, damit der endlich auf den Punkt kam.

»Also, am Außenhafen wollte ich auf das Schiff vom Heinz. Ich bin mit dem Boot vom Steg am Seglerklub im Hooksmeer losgefahren. Das war ungefähr gegen 23 Uhr. Kann auch etwas später gewesen sein.« Er legte den Zeigefinger an die Nase. »War etwas später. Ich hab vor der Schleuse vertäut und bin rübergelaufen.«

»Und dann?« Rothko lehnte sich wieder zurück und schlug die Beine übereinander.

»Auf dem Weg dorthin habe ich einen Streit gehört. So richtig laut. Frauenstreit. Ich bin dann zum Ufer gefahren, soweit man da ran kann. Ganz geht das ja nicht.«

»Haben Sie was gesehen?«

Der Mann schüttelte den Kopf. »Ich habe einen ganz trockenen Hals. Kann ich ein Glas Wasser haben? Es ist so aufregend, ich mache das zum ersten Mal. Mit der Polizei.«

Rothko nahm ein sauberes Glas und füllte es mit Mineralwasser.

Die Hand des Skippers zitterte, als er zum Glas griff und einen Schluck nahm.

»Ich habe gerufen. Ob da was los ist. Dann war es still, sie haben nicht geantwortet. Da dachte ich, es ist okay.«

»Wo war das genau?«

Der Mann beschrieb die Stelle. Sie befand sich am südöstlichen Teil des Hooksmeeres, gegenüber der Wasserskiliftanlage. Nicht weit davon entfernt war die Leiche in Ufernähe getrieben. Rothko setzte sich auf. Das klang doch nicht uninteressant. »Und dann sind Sie weitergefahren?«

»So sieht das aus, Herr Kommissar.« Der Skipper schob seinen Zeigefinger in die Nase und kratzte das Innere ausgiebig mit dem Nagel. Darauf folgte ein intensives Reiben der vorderen Nasenflügel mit der Zeigefingeroberkante. »Und dann war da noch was!«

Rothko schoss mit dem Oberkörper vor, ging in seine berühmte Windhundstellung. Er bohrte seine Stecknadelaugen in den Skipper, der sich nun, da er begonnen hatte, nicht mehr beirren ließ. »Was war dann?«

Der alte Mann hatte sein Nasenkratzen eingestellt, betrachtete beim Sprechen seine Fingernägel, die lange keine Bürste mehr gesehen hatten. »Als ich zurückfahren wollte, war mir schlecht.« Er hielt kurz inne. »Ich dachte, ich spaziere noch ein bisschen um die Schleuse. Wollte nicht beim Restaurant … Sie verstehen schon. Na ja, als ich mich erleichtert hab, kam da einer.«

»Wo genau?« Rothko schoss noch weiter vor.

»Na, von da unten. Aus der Richtung, wo der Streit war.«

»Wie spät war das?«

Der Mann zuckte mit den Schultern. »Ich trink ja sonst nicht so viel, Herr Kommissar. Wirklich nicht. Aber wenn ich das getan habe, dann guck ich nicht auf die Uhr.«

»Ungefähr?«

»Nach 1 Uhr bestimmt. Vielleicht auch schon 2.30 Uhr. So genau weiß ich das wirklich nicht, aber später war es nicht. Das hätte zu Hause sonst Ärger gegeben.«

»Zwischen 1 und 2.30 Uhr«, wiederholte Rothko. Er lehnte sich wieder zurück, griff nach einem Kugelschreiber, mit dem er rhythmisch gegen seine obere Zahnreihe trommelte.

»Ich habe mich ja auch geduckt, wollte nicht, dass der Typ mich sieht. Bin dann doch ein Schisser, so nachts. Wusste schließlich nicht, was das für einer war. Außerdem war mir das peinlich, weil mir ja schlecht war.« Der Skipper ließ seinen Oberkörper nach hinten fallen, als habe er einen Langstreckenlauf hinter sich. So eine lange Rede hatte er vermutlich seit seiner Hochzeitsansprache nicht mehr gehalten. Es gluckste laut, als er das Wasserglas mit drei Schlucken leerte.

»Ein Mann, sagen Sie?«

»Denk ich doch. Er hatte es jedenfalls eilig.« Auffordernd hielt er Rothko das Glas hin, der es widerspruchslos füllte.

*

Rothko warf nur einen entfernten Blick auf den Toten. Der Fahrer war fast zur Unkenntlichkeit verstümmelt, sein Gesicht völlig zertrümmert. Es gab zu viel Blut. Rothko hasste das. Beim Arzt musste er sich auf die Liege legen, damit er die Abnahme heil überstand. Noch nie in seinem Leben hatte er sich aufraffen können, zum Spenden zu gehen. Obwohl er genau wusste, wie wichtig es war. In dieser Beziehung war er ein schrecklicher Feigling.

Langsam ging er um das Auto herum, das eigentlich keines mehr war. Von dem Toten ging ein eigentümlicher Geruch aus. Leicht metallisch, so wie es riecht, wenn zu viel noch warmes Blut den Körper verlässt. Es war nicht lange her, dass es in dem Körper pulsiert, Leben gespendet hatte. Jetzt war es überall dort, wo es nicht hingehörte. Rothko verspürte Ekel.

Er ging auf Abstand zu dem Wagen.

Das Auto hatte er heute schon gesehen und obwohl der Mann darin wirklich kaum noch zu erkennen war, wusste er doch gleich, wer das war.

»Herr Rothko, es gibt einen Abschiedsbrief. Lag unter den Sitz geschoben. Komische Art und Weise.« Der junge Polizist, der sehr blass geworden war, reichte ihm den Brief, ging dann ein paar Schritte zur Seite. Er entleerte seinen Mageninhalt auf dem Grasstreifen. Rothko überflog die Zeilen. Doktor Kremer hatte keinen Urlaub hier gemacht. Er war aus ganz anderen Gründen hier gewesen.

*

Monika war nur kurz in die Küche gegangen, hatte sich ein Brot geschmiert und sich dann erneut in ihrem Zimmer verkrochen.

Gerda war also der Grund, warum Elisabeth wieder Kontakt zu ihrem Sohn gesucht hatte und schließlich hier aufgekreuzt war. Er war ihrem Ruf gefolgt. Warum auch immer, wo sie doch sonst keinen Kontakt zueinander gehabt hatten. Monika wollte Ludger aber nicht sehen. Allein der Gedanke ließ ihre Gedärme rumoren. Und sie hoffte für Gerda Wiese, dass die sich so schnell nicht wieder auf dem »Seehof« blicken lassen würde.

Wie dreist musste man sein, um sich dermaßen tief in das Leben anderer Menschen einzumischen? Es passte zu Gerda. Die in der letzten Zeit nichts Besseres zu tun gehabt hatte, als ständig nach einem Mann für Monika Ausschau zu halten. Gerda hatte tatsächlich vorgehabt, sie jetzt mit Ludger zu verkuppeln, weil sie ja angeblich zu einer alten Jungfer wurde.

Monika schüttelte den Kopf. Auf so eine absurde Idee konnte wirklich nur diese Frau kommen. Und was hatte sie nun angerichtet?

»Ich möchte jetzt gehen«, hatte Monika an dem Abend zu Elisabeth gesagt, die eine ganze Weile stumm den Papierfetzen hinterhergesehen hatte. »Es wäre gut, wenn ihr beide das auch tun würdet. Gesetzt den Fall, dein Sohn ist hier auch aufgekreuzt. Wenn nicht, sag ihm, er soll es lassen.«

»Ich weiß es nicht, Monika. Ich habe ihm gesagt, dass ich heute Abend mit dir hier bin. Ich erwarte ihn und hoffe einfach, dass er kommt. Egal wann. Ich warte hier auf ihn.«

»Geht wieder dorthin zurück, wo ihr euch die letzten 18 Jahre verkrochen habt. Es ist zu viel geschehen. Es geht nicht. Mit dir vielleicht, aber mit ihm? Niemals. Er ist ein … ein Monster!«

Elisabeth war nach diesem Ausbruch auf Monika zugelaufen, und dann hatte sie zugeschlagen. Mitten in Monikas Gesicht. Danach hatte sie fassungslos ihre Hand betrachtet, als sei sie ein Fremdkörper. Etwas, das nicht zu ihr gehörte.

Bei Monika hatte diese Geste nur noch mehr Hohn provoziert. »Dein Sohn, ha! Ich wäre nicht stolz darauf. Aber eine Mutter glaubt ja nie daran, zu was das eigene Kind fähig ist, nicht wahr? Auch du nicht … Wenn einer alles kaputt gemacht hat, was vielleicht zwischen uns hätte sein können, dann er. Dich hätte ich wahrscheinlich akzeptiert, weil du für Papa wichtig warst. Ich habe dich gemocht. Bis zu jenem Abend habe ich dich wirklich gemocht. Aber dann …« Sie hatte den Kopf geschüttelt. »Nein, danach nicht mehr.«

Elisabeth war wieder einen Schritt auf Monika zugetreten. »Aber ich habe deinem Vater nichts getan. Warum auch? Er war mein Leben!«

Monika bekam plötzlich das Gefühl, Elisabeth hätte die Distanz nicht gewahrt. Sie sah noch ihren entsetzten Blick, als ihre Hände sich wie ein Schraubstock um ihre dünnen Oberarme gekrallt hatten. Und der letzte Satz klang ihr noch im Ohr. »Du verstehst mich noch immer nicht, Elisabeth. Ich rede nicht von dir. Ich rede von deinem Sohn!«

18.

Esther bemühte sich um einen ruhigen Tonfall bei der Reitstunde. Dann hatte sie es geschafft. Sie war fertig. Sie musste nachher unbedingt noch mit ihrer Mutter reden. Erst knallte die ihr eine solche Nachricht an den Kopf und dann hüllte sie sich in Schweigen. Das ging gar nicht.

Hajo war den ganzen Tag sehr verschlossen gewesen. Jetzt stand er mit mürrischem Blick am Gatter.

»Hajo, ist was?«

Der alte Mann schüttelte den Kopf. Gerade als Esther ihn so richtig ausfragen wollte, raste der Kommissar auf den Hof. Er machte sich gar nicht erst die Mühe, die Wagentür zu schließen, bevor er ins Haus stürzte.

»Was hat der denn?« Esther schüttelte den Kopf.

Hajo ging in die Sattelkammer. Esther hörte, dass er eine Flasche aufschraubte. Er trank mit großen Schlucken. Als er wiederkam, waren seine Augen glasig. »Komm, Mädel. Wir müssen was tun.« Er schob den Hut zurück und kratzte sich am Kopf. »Die Arbeit macht sich ja nicht von allein.«

Esther folgte ihm, sah sich aber immer wieder um, ob der Kripobeamte wieder aus dem Haus trat. Aus dem Wagen dröhnte »Carbonara«.

»Nun komm schon! Du musst mir helfen!« Hajo stützte sich an der Hauswand ab.

Der ist wieder richtig voll, dachte Esther. Es war besser, jetzt zu ihm zu gehen. Hajo konnte sehr unwirsch sein, wenn er getrunken hatte. »Wir müssen das Heu umstapeln. Damit das neue reinpasst.« Er wankte. »Shit, verdammter. Was ist das bloß immer.«

Esther hielt Hajo zurück. »Setz dich lieber. So kannst du unmöglich im Stall arbeiten. Wenn die Gäste dich sehen! Wir kriegen richtig Ärger.«

Dankbar ließ Hajo sich auf einen Ballen fallen. Er schloss die Augen. »Gut, dass du mich nicht verrätst. Wir sind zwei verwandte Seelen, mien Deern. Zwei so verwandte Seelen. Irgendwann aus dem Universum hierher gepustet.« Er rülpste, riss die rot unterlaufenen Augen weit auf und lächelte Esther an. Sie wich vor seinem schlechten Atem ein Stück zurück.

Eines der Kinder schoss um die Ecke. Als das Mädchen Hajo auf dem Ballen sitzen sah, fing es an zu schreien. »Der Hajo sieht vielleicht komisch aus!«

»Halt die Klappe, du …« Esther fing sich wieder, sie konnte das Mädchen unmöglich derart beschimpfen, schließlich war es ein Feriengast! Sie legte den Zeigefinger an die Lippen. »Hajo geht es nicht so gut. Komm später wieder, ja?«

Das Mädchen nickte, lief davon, drehte sich aber noch einmal verängstigt um.

Esther stieß Hajo in die Seite. Er kippte einfach vom Ballen herunter auf die Erde »Wie viel hast du dir denn heute schon reingeschüttet? Ich bin von dir ja einiges gewohnt, aber das?«

»Manchmal ist es besser, nicht mehr klar zu sehen«, lallte Hajo. Sein Hosenstall war offen. Er war ungepflegt. Esther ekelte sich vor ihm. So hatte sie Hajo noch nie erlebt. Er begann zu schnarchen.

Als Esther den Heuschober verließ, sprang Rothko gerade in sein Auto und raste davon. In der Tür stand Monika. Sie war blass, wirkte aber auch erleichtert. Esther schloss das Scheunentor, damit keiner der Gäste ihren betrunkenen Knecht auf Anhieb sehen konnte. Sie ging zu ihrer Mutter. »Was wollte der denn schon wieder?«

»Ludger Kremer ist tot«, sagte sie in einem Ton, als teile sie Esther lediglich die Abreise eines Feriengastes mit.

*

Ludger war also tot. Hatte sich selbst das Leben genommen. Manchmal geht es doch sehr fair zu auf dieser Welt, dachte Monika. Wenn die ausgleichende Gerechtigkeit auch etwas verspätet eingetroffen war.

Seine Macht und seinen Hass hatte er ihr in der Nacht damals sehr eindrucksvoll präsentiert und später wahrscheinlich noch auf seine Weise Rache an ihrem Vater geübt. Ludger hatte da so seine Methoden. Mit der Siegerfahne in der Hand war der »Seehof« für ihn danach nicht mehr existent.

Während ihr Vater in jener Nacht einen raschen Tod gefunden hatte, war es bei ihr Mord auf Raten gewesen. Ausbaden musste es Esther. Die sie nicht genug lieben konnte. Es war gut, dass er weg war.

Monika stand am Tisch in der kleinen Küche. Sie sah auf den sauber gefegten Hof hinaus. Nur ein verlorenes Blatt trudelte über das Pflaster.

Sie war damals mit dem Rad zurückgekommen, als sie Elisabeth und ihren Vater am späten Nachmittag gesehen hatte. Heimlich, hinten am Schuppen. Sie liebten sich. Elisabeth und ihr Vater! Das allein hatte Monika geschockt. Elisabeth war zwar nett, und sie beachtete sie, wie die seit Jahren nicht beachtet worden war. Schon gar nicht von ihrer eigenen Mutter. Aber deshalb sollte Elisabeth doch nicht gleich zur Geliebten des eigenen Vaters werden.

Monika hatte es nicht lange mit ansehen können. Ihr Vater war fremd, wenn er so etwas tat. In dem Augenblick hatte sie gewusst, dass sie ein Stück von ihm an Elisabeth verloren hatte. Und dass sie es nicht zurückbekommen würde. Sie war nicht mehr sein Mittelpunkt und würde ihn in Zukunft teilen müssen.

Sie hatte ihr Fahrrad geschnappt und war Richtung Strand losgebraust. Je länger sie gefahren war, desto klarer war ihr geworden, dass sie keine Veränderung wollte. Was sollte aus ihrer Mutter werden, wenn Vater mit Elisabeth nach Berlin ging? Oder Elisabeth gar hierherzog. Wo würde sie selbst, die Tochter, dann bleiben? Die Pferde … Monika hatte nicht gewollt, dass ihr Leben noch mehr aus den Fugen geriet, weil ihr Vater eine neue Frau hatte. Sie wünschte sich, sie hätte nicht gesehen, was sie gesehen hatte. Sie wünschte Elisabeth und ihren Sohn dorthin zurück, wo sie hergekommen waren.

Am hinteren Teil des Strandes hatte sie ihr Rad abgestellt. Sie ging rechts hinunter und setzte sich in eine der kleinen Dünen. Es war ihr Wolken- und Geschichtenplatz. Ganz lange hatte sie dort gesessen und versucht, irgendwie mit allem klarzukommen.

Plötzlich stand Ludger hinter ihr. »Was die können, können wir auch!«

Monika trug einen Rock mit Paisleymuster. Das war modern gewesen zu der Zeit. Er zerriss ihn. Einfach so. Mit einem Handgriff.

Es tat weh. Ein Gefühl, als würde Monika mit einem Messer zerschnitten werden. Ludgers Atem roch nach Tabak und streifte ihren Hals so heiß wie die Feuersbrunst eines Drachens. Sie hatte sich gefürchtet, und das Blinken der ersten Sterne über sich gesehen. Das Firmament tat so, als sei die Welt in Ordnung, als passiere das hier gar nicht. Die letzten Möwen glitten vor dem tiefdunklen Blau des Himmels entlang, der Mond kämpfte sich bereits aus seinem Bett.

Das alles hatte Monika wahrgenommen, versucht, nicht mitzukriegen, was da mit ihr geschah. Schließlich gab Ludger ein Stöhnen von sich. Tierisch, fast brüllend. Er wälzte sich beiseite und schubste Monika weg. Seine Worte, sie sei wohl eher frigide und gar nicht sein Typ, prallten an ihr ab und erreichten sie gar nicht.

Danach verschwand er im Nichts, so wie er aus dem Nichts gekommen war. Aber er hatte etwas hinterlassen. Eine scharf riechende Flüssigkeit, die aus Monika heraussickerte.

Als die Erkenntnis, was mit ihr geschehen war, langsam in ein Begreifen überging, stieß Monika einen langen Schrei aus, der sich mit dem Rauschen des Meeres und dem ersten Donnern einer Gewitterfront, die unaufhaltsam auf die Küstenregion zusteuerte, vermischte. Gleichzeitig tauchte irgendwo im Westen die Sonne im Meer unter. Aber es zischte nicht, sondern alles blieb ganz still. Der Platz hatte seine Magie verloren.

Nach ihrem Schrei fühlte Monika nichts mehr. Egal, was noch geschah: Sie war tot.

Zu Hause hatte sie ihrer Mutter erzählt, sie sei beim Radfahren hängen geblieben und dabei wäre ihr Rock zerrissen. Aber die hatte ihr gar nicht zugehört. Weil es so stark gewitterte. Und ihr Vater nicht zu Hause war.

*

Rothko las den Brief jetzt bereits ein fünftes Mal. Er hatte schon bei seiner Ankunft auf dem »Seehof« richtig gelegen, als er Doktor Kremer unter die Lupe genommen hatte. Seine Spürnase hatte wieder den richtigen Riecher gehabt. Ludger Kremer war also Frau Holzers Sohn. Ein klassischer Fall von Muttermord. Warum, galt es noch herauszufinden. Kremer musste es gewesen sein, den der Skipper in jener Nacht am Hooksmeer gesehen hatte. Davongehastet sei der. Als wäre der Teufel hinter ihm her, hatte der Mann gesagt. Aber er habe ihm nicht nachgesehen, weil er schon wieder … Der Kommissar verstehe schon.

»Können Sie ihn beschreiben? Irgendwie?«, hatte Rothko gefragt.

»Es war dunkel. Und ich hatte zu viel getrunken. Aber es war ein Mann.«

Eigentlich lag die Sache auf der Hand. Er hatte seinen Mörder. Das war schnell gegangen.

Rothko griff noch einmal zu dem Brief. Er war recht abgehackt formuliert, harmonierte nicht mit dem weltgewandten Auftreten dieses Mannes. Dass er mit dem PC geschrieben und ausgedruckt war, passte wiederum zu Kremers Distanziertheit. Nicht einmal im Tod wollte er zu persönlich erscheinen. Vielleicht deshalb diese abgehackten Sätze, formlos aneinandergereiht? Rothko war sich nicht sicher. Je länger er den Brief anstarrte, je mehr er darüber nachdachte, desto sicherer war er, dass etwas an der Sache nicht stimmte. Selbst wenn Ludger Kremer in der Nacht auch am Hooksmeer gewesen war, musste er seine Mutter nicht zwangsläufig getötet haben. Aber warum hatte er es dann so eilig gehabt und augenscheinlich darauf angelegt, nicht gesehen zu werden? »Ganz schwarz war der angezogen. Oder zumindest dunkel. Und er ist nicht im Lichtschein gelaufen. Eher geduckt. Wie ein Bandit!«, hatte der Skipper beim Hinausgehen noch geraunt. Und dass ihm ganz unheimlich gewesen sei.

Es klopfte. Kraulke trat ein. »Chef, mir ist da gerade eine Idee gekommen.«

19.

Esther ging in die Sattelkammer. Sie durchwühlte den Schrank. Er war vollgestopft mit Hajos Flaschen. Sie nahm eine nach der anderen heraus. Hajo trank einfach zu viel. Sie musste dringend mal mit ihm darüber reden, wenn er gerade keinen Pegel hatte.

»Esther!« Monika war hinter ihre Tochter getreten. »Was tust du da?«

Esther zeigte wortlos auf die Flaschenansammlung. »Hajo liegt in der Scheune, ist sternhagelvoll und pennt!«

Monika runzelte die Stirn. »Ich denke, dass es mit ihm nicht mehr lange hier geht. Wenn das die Gäste mitbekommen, können wir den Laden schließen.« Sie räusperte sich. »Ich wollte sowieso mit dir reden. Wegen unserer Zukunft. Ich möchte da etwas ändern.«

»Und der ›Seehof‹ gehört nicht mehr dazu. Zu deiner Zukunft. Oder?«

Monika schüttelte den Kopf. »Nein, das tut er nicht.«

Esther nahm eine Kiste. Sie legte die Flaschen vorsichtig hinein. Es klirrte leise. »Was willst du dann tun? Ich vermute, du wirst es allein durchziehen wollen, stimmt's?« Schon während Esther das sagte, spürte sie einen Schmerz im Bauch. Sie wollte nicht, dass ihre

Mutter ging und sie hier bei ihrer Oma zurückließ. Esther sog die Luft tief ein.

»Ich weiß noch nicht, was ich tun werde. Aber ich wollte es nicht allein tun. Ich dachte nicht nur an mich«, sagte Monika.

Esther sah ihre Mutter erstaunt an. Mit dieser Antwort hatte sie nicht gerechnet. »Und Leiknir? Und Kelda?« Sie wollte ihre Pferde auch in ihrem Leben haben. Beides ging bestimmt nicht. Wo sollten die Isländer denn hin? Und ging es überhaupt?

Monika umschlang Esthers Körper. Nur vorsichtig. Wie eine zarte Pflanze. Wollte wohl nicht zerdrücken, was noch wachsen konnte. Esther spürte das Schlagen ihres Herzens, die Wärme, die von ihr ausging. So standen sie eine Weile.

»Dein Vater ist tot«, sagte Monika schließlich. »Doktor Ludger Kremer.« Sie sagte es langsam, ließ jedes Wort vorsichtig über ihre Lippen gleiten.

Esther hielt die Luft an. »Der Typ war mein Vater?« Ihr »Nein!« war die Ablehnung schlechthin. Es kam von ganz tief unten. Esther glaubte, im Gesicht ihrer Mutter so etwas wie Erleichterung zu sehen. »Dieser Mann? Das geht gar nicht. Wie konntest du damals …« Sie brach ab. Es ging sie nichts an.

Vielleicht war Doktor Kremer ja früher anders gewesen. Netter. Umgänglicher. Nicht so perfekt und übermenschlich. Er konnte doch nicht so gewesen sein wie heute. Ein Mann, der wahrscheinlich selbst beim Schlafen den Eindruck erweckte, er wolle ein Geschäft anbieten. Ludger Kremer hatte sie immer an den beschlipsten Typen in der Versicherungswerbung erinnert, seine

Nähe als bedrohlich empfunden. Weil sie alles als bedrohlich empfand, was ihr zu sauber, zu aufgeräumt erschien. Außerdem war Ludger ein »Hinterrücksmörder«. Und ihr Vater. Das erklärte einiges.

Esther war sich immer sicher gewesen, dass es für alles einen Grund gab. Das hier erklärte auch ihre Neugierde auf den Mann, ihre nicht zu stillende Sehnsucht, etwas über ihn herauszufinden. So abstoßend er auch war, er war ein Teil ihrer Identität. Vielleicht hatte sie ihn sogar deshalb abgelehnt, weil er genau die Teile von ihr nach außen trug, die sie an sich selbst nicht leiden konnte. Ihr Lächeln zum Beispiel. Sie mochte es nicht, es wirkte zu künstlich. So wie diese Models immer grinsten. Deshalb tat sie es auch nicht allzu oft, fand ihr Lachen aufgesetzt. Und musste sich dafür immer anhören, sie schaue grimmig. Es war sein Lächeln, das sie am meisten verabscheut hatte.

»Er hat sich das Leben genommen«, hörte sie ihre Mutter weitersprechen. »Ist gegen einen Baum gerast. Ich weiß nicht, weshalb. Keine Ahnung. Wir haben nicht miteinander gesprochen. Es ist auch egal. Jedenfalls lebt er nicht mehr«, schloss Monika.

»Er war also wirklich Elisabeths Sohn.« Esther stieß mit dem Fuß gegen die Kiste mit den Flaschen. Ein Deckel löste sich. Der Geruch von Alkohol durchströmte den Raum.

Monika schob etwas Stroh darüber, das sich aus dem Ballen gelöst hatte. »Ja. Elisabeth war deine andere Oma.«

Esther spürte, dass sich eine Träne ihren Weg bahnte. Elisabeth war ihre Oma und sie hatte nicht die Möglichkeit gehabt, ihr wirklich nahezukommen. Esther hätte sie gemocht. Sie wäre mit ihr klargekommen.

Sie ließ sich auf den Ballen fallen.

Esther spürte die Hand ihrer Mutter auf der Schulter. »Ich habe sie auch sehr gemocht, Esther. Elisabeth war eine liebe Frau. Warmherzig. Mein Vater hat sie mehr geliebt als alles auf der Welt. Das weiß ich. Nur die Umstände waren nicht so.«

»Und du? Hast du meinen Vater auch geliebt? Wenigstens kurz?«

Die Tür hinter ihnen fiel ins Schloss. Leise nur, aber es klang dumpf, bedrohlich. Hajo schloss ab. »Warum habt ihr mein Eigentum?« Er deutete auf die Kiste mit den Flaschen. Seine Stimme klang verwaschen. Die Augen waren noch röter als vorhin. Er stank.

»Hajo!« Esther stand auf und ging einen Schritt auf ihn zu.

Er hob abwehrend die Hände.

»Hajo, wir müssen reden. So geht das nicht mehr mit dir. Nun schließ die Tür wieder auf!« Esther ging noch einen Schritt auf ihren alten Freund zu, der aus der Joppe ein Feuerzeug hervorholte. Es klickte leise, als sich die Flamme züngelnd herauswand.

»Was soll das jetzt, Hajo?«

Monika zupfte Esther von hinten. »Er versteht es selbst nicht, Esther. Er ist so was von betrunken.« Sie zog ihre Tochter zu sich heran.

Hajo lachte wieder. Er bückte sich, hielt das brennende Feuerzeug wie eine Fackel nach oben und kramte mit der anderen Hand in der Kiste mit den Flaschen herum. Die meisten waren leer. Er zog einige heraus, hielt sie kurz in das schummrige Licht und warf sie dann achtlos auf die Erde. Ein paar Flaschen zersprangen. Scherben verteilten sich im Raum.

*

Kraulke schüttelte ständig den Kopf. »Da stimmt was nicht. Ich glaube einfach nicht, dass Ludger Kremer unser Täter ist. Etwas ist faul.«

Rothko wandte sich vom Fenster ab und schaute den Kollegen an, denn genau das war ihm auch durch den Kopf gegangen.

Er ließ sich wieder auf seinem Stuhl fallen und wies Kraulke an, ihm gegenüber Platz zu nehmen. »Ich gebe Ihnen recht«, knurrte er. Es wäre ja auch zu einfach gewesen. Trotzdem, ein Funken Hoffnung keimte noch in ihm, dass er und sein Kollege sich täuschten und der Fall doch abgeschlossen war.

»Der Brief passt nicht«, sinnierte Kraulke. »Der Stil ist aalglatt, dann nicht handschriftlich … Ist nur eine Vermutung, aber ich dachte, ich sag es mal.«

»Trotzdem ist Kremer, neben der Frau, die der Skipper vorher gehört hat, sehr verdächtig. In meinen Augen sogar der Täter. Es gehört schon Kraft dazu, eine Frau ins Wasser zu stoßen.«

Kraulke nestelte an seiner Hemdtasche, die mit einem Knopf verschlossen war. Neuerdings trug er karierte Cowboyhemden, was auch immer das bedeutete. »Die Holzer war aber so was von zart. Ich weiß nicht, ob man da viel Kraft braucht.«

Rothko furchte seine Stirn. »Gesetzt dem Fall, der

Skipper ist so gegen 2 Uhr morgens an der Schleuse gewesen und ist dort auf den Kremer gestoßen, das könnte mit dem Todeszeitpunkt hinkommen.«

»Gegen 23 Uhr aber auch. Ist unmöglich, das so genau festzulegen«, schmatzte Kraulke. »Auf fünf, vielleicht vier Stunden, nach der Zeit im Wasser. Das hilft uns jetzt nichts.« Er hatte eine Minibanane aus der Hemdtasche gezaubert und nagte jetzt daran herum. Das gelbliche Weiß quoll zwischen seinen Zahnzwischenräumen hervor. »Ich übe schon mal. Meine Frau ist schwanger und Babys mögen Bananen.« Er zeigte auf sein Hemd. »Ich finde es auch schön, wenn ich mich jetzt frischer kleide. So als Papa.«

Rothko versuchte ein zustimmendes Lächeln. Seinetwegen konnte Kraulke tragen, was immer er wollte. »Ich denk drüber nach und melde mich!« Sein Kollege sollte seine Babyorgien doch bitte nicht in seinem Büro feiern.

»Dann will ich mal wieder«, sagte Kraulke und stand auf.

»Bringen Sie mir bitte einen Cappu?«, rief er ihm hinterher.

»Wird gemacht, Chef. Koffein für freie Gedanken!«

Rothko vertiefte sich bei dem blöden Spruch erneut in die Akten und dachte nach.

Auch sein Kollege spürte es also: Etwas stimmte nicht. Bei genauem Hinsehen konnte man erkennen, dass ein falsches Teil in dem großen Puzzle war. Es täuschte nur für den Augenblick Richtigkeit vor. In Wirklichkeit passte es jedoch nicht. Er musste nun erst das falsche Teil finden und gegen das richtige ersetzen. Oder das echte herausfinden und sehen, wo es passte, damit er das falsche entlarven konnte.

Kraulke stolperte mit dem fertigen Cappuccino herein. Sogar an ein Stück Zucker hatte er gedacht, das er mit einem augenzwinkernden »Ich sag es auch nicht weiter«, neben die Tasse legte und das Büro verließ.

Rothko nippte am Milchschaum und straffte die Schultern. Noch einmal von vorn.

Doktor Ludger Kremer wohnte in Hamburg, war geschieden, hatte aber den Namen seiner Frau behalten. Und er war Elisabeth Holzers Sohn.

Beide waren tot. Beide waren vor 18 Jahren während des Unwetters hier gewesen. Als Doktor Arnold van der Kaark starb. Das konnte kein Zufall sein.

Rothko nahm den Brief noch einmal zur Hand. Es sei besser, wenn er nicht mehr auf der Welt sei, stand dort. Er habe vor 18 Jahren Arnold van der Kaark erschlagen. Und am Samstag hätte er seine Mutter getötet. Im Affekt. Wegen eines Streits, in dem es um private Dinge gegangen sei.

Rothko runzelte die Stirn. Nicht nur der Brief passte nicht zu dem Mann. Sein Tod auch nicht. Und nun wusste Rothko, was ihm seltsam vorkam, was nicht in das Gefüge passte. Auch wenn diese Einschätzung nur instinktiv geschah, schien Kraulke sie ja zu teilen. Dieser blutige, überaus zerstörerische Unfall war zu schmutzig für jemanden wie Ludger Kremer. Er hätte eine andere Art gewählt, um aus dem Leben zu scheiden. Kremers Tod wäre mit einer gewissen Eleganz einhergegangen. Keine Kamikazetour, die sein Äußeres zerstörte. Ludger war kein Typ für eine solche Aktion. Eigentlich war er nicht einmal der Typ, der sich umbrachte.

»Ich weiß jetzt, was mich stört!« Kraulke war erneut ins Zimmer getreten. Zum Glück hatte er nichts Essbares in der Hand.

Rothko verdrehte die Augen. Sein Kollege kam immer genau dann, wenn er, Rothko, gerade glaubte, das Fadenende in der Hand zu haben. So blieb ihm jetzt nur die Hoffnung, es nachher wiederzufinden. »Und?«

Kraulke fummelte in seiner Hosentasche herum. Er zog eine mit Flusen übersäte Lakritzschnecke heraus. »Er ist zu sauber.« Notdürftig versuchte er, den dünnen Flaum zu entfernen. »Ich meine diesen Kremer. Er würde am Ende nicht bluten wollen. So wie Sie, Sie würden das auch nicht wollen.« Kraulke lachte. Er hielt den letzten Satz augenscheinlich für einen guten Scherz. Jeder hier kannte Rothkos Abneigung gegen Blut. Kraulke wischte noch ein wenig an der Schnecke herum, bis er sie schließlich zwischen seine Zähne schob, an denen noch die Bananenreste zu erkennen waren. Rothko wandte sich ab. Er hat bestimmt immer Mundgeruch, dachte er gehässig. Jetzt vermischt der sich mit Flusen-Lakritze. Was habe ich bloß verbrochen, dass man mir einen solchen Kollegen angetan hat?

Dann überlegte er, was aus der Polizeizunft werden sollte – bei solch einem Nachwuchs.

Er bot Kraulke ein Kaugummi an, das dieser mit einer Geste auf seinen schwarzen Mundinhalt ablehnte. Rothko atmete tief durch. »Dann wollen wir mal. Der Wagen muss dringend untersucht werden.«

»Schon veranlasst, Chef!«

20.

Antke blickte nach draußen. Die Kinder tobten über den Hof, aber es war weder etwas von Monika und Esther noch von Hajo zu sehen. Sicher hatte Monika sich zurückgezogen, nachdem der Kommissar gegangen war.

Sie selbst konnte ein Gefühl der Befriedigung nicht leugnen. Wenn sie gewusst hätte, wer der neue Gast war, sie hätte ihn schon am ersten Abend zum Teufel gejagt. Sie hätte es erkennen müssen. Dieses vermaledeite Grinsen. Sie war aber zu sehr mit ihrer Sorge um Monika beschäftigt gewesen. Eine Zeitlang hatte sie ernsthaft geglaubt, Elisabeth habe ihr wirklich etwas angetan.

Wenn Ludger nur diesen Bart nicht gehabt hätte, wäre es einfacher gewesen, ihn zu erkennen.

Ein Bart versteckte einen Menschen, ließ Gesichtszüge verschwinden. Antke schlug mit der Faust auf den Tisch. Ihre Hand schmerzte davon. Doch es sollte wehtun. Es sollte richtig wehtun. Sie hätte, verdammt noch mal, wissen müssen, dass es sich um Elisabeths Sohn handelte und ihm nicht auch noch Kost und Logis anbieten sollen.

Sie hatte den Teufel in ihr Haus gelassen. Einen verdammt schlauen Teufel. Er hatte keine Spuren hinterlassen. Noch nie war ein Raum so sauber gewesen, wenn noch jemand darin wohnte. Es war erstaunlich, wie steril er sein Zimmer gehalten hatte. Es war kaum notwendig gewesen, es am Morgen zu reinigen. Fast schien es, als hätte er den Raum nicht einmal zum Schlafen benutzt.

Es wäre ihr gleich klar gewesen, wer dieser Doktor Kremer war. Sie hätte ihn schon am ersten Abend aus dem Haus gejagt.

Ludger Holzer, der nun Kremer hieß, hatte einen weiteren Versuch starten wollen, ihr alles zu nehmen. Da war sie ganz sicher. Er hatte sich wieder eingeschlichen und dabei vermutlich ein Komplott mit seiner Mutter geschmiedet.

Antke glaubte nicht, dass Monika auch nur eine Träne wegen Ludgers Tod weinte. Ihre Tochter war die ganzen Jahre der Ansicht gewesen, dass sie, ihre eigene Mutter, keine Ahnung hatte, dass er Esthers Vater war. Für wie einfältig hielt Monika sie!

Antke van der Kaark konnte doch eins und eins zusammenzählen. Sie hatte es nur vorgezogen, nie darüber zu sprechen und das Kapitel »Holzer« so zu beenden. Die Leute waren ja weg gewesen. Wer konnte ahnen, dass sie wieder aus der Versenkung auftauchen und das Leben hier erneut ins Wanken bringen würden – was hätte sie noch weiter in diesem Dreck wühlen sollen! Auch wenn Esther ihr selbst wie aus dem Gesicht geschnitten war, so ähnelte ihre Mimik der von Ludger manchmal sehr. Auch bei ihrer Enkelin verrutschte es immer wieder ein bisschen in diese Asymmetrie. Nicht so ausgeprägt wie bei ihm, aber doch stark genug, um den jungen Mann von damals in den Gesichtszügen wiederzufinden. Warum nur hatte sie Ludger dann nicht sofort erkannt? Wieder und wieder zermarterte diese Frage ihr Gehirn. Antke merkte, dass sie weinte. Es war so gut, dass beide tot waren. Er und Elisabeth. Es war so gut. Nun würden sie nicht mehr auftauchen und alles zerschlagen können. Nie wieder. Es war vorbei.

*

»Hajo! Bitte!« Esther sah ihn an. »Nun lass uns hier raus. Es ist gleich Abendbrotzeit. Schluss mit lustig.«

Hajo ließ das Feuerzeug immer wieder an- und ausschnippen. Klick klack. Klick klack. Klick klack. Es war albern. Was wollte er hier drin damit anrichten? Esther glaubte nicht, dass er die Kammer wirklich anzünden würde.

Monika sagte die ganze Zeit nichts. Esther sah aber, dass es fieberhaft in ihr arbeitete.

»Ihr wollt mich also rausschmeißen«, sagte Hajo nach einer Weile. »Das wollte Herr Doktor Arnold van der Kaark auch.« Er stieß sauer auf. Den beiden Frauen schlug eine Fahne aus Alkohol und Erbrochenem entgegen. »Ist schon ein bisschen her, dass er das wollte. Ich bin immer noch da. Er nicht.«

»Hajo! Ist gut jetzt. Nun mach schon die Tür auf!« Esther ging wieder einen Schritt auf ihren alten Freund zu.

Er bedeutete ihr, stehen zu bleiben. Dann versuchte er, das Stroh anzuzünden. Es sah albern aus, als er sich mit nach oben gestrecktem Arm nach vorn beugte. Wie der betrunkene Butler von »Dinner for One«. Jedes Mal, wenn er sich bückte, verlosch die Flamme. Er stierte Esther mit seinen roten Augen an. Ihr schien es, als sei er ganz weit weg. »Du lachst wie er früher.«

Esther wurde kalt. Hajo bestätigte, was sie vorhin gedacht hatte.

»Du hast wirklich das gleiche Grinsen wie er. All die Jahre das gleiche Grinsen. War kurz davor, es zu vergessen. Ist ja lange her.« Er hatte sein Vorhaben mit dem Feuerzeug aufgegeben, warf es achtlos in die Ecke und griff erneut in die Kiste. Ganz unten fand er schließlich eine noch nicht geöffnete Flasche, schraubte den Deckel ab und setzte sie an den Mund.

Esther hoffte, Hajo würde sich wieder bis zur Bewegungsunfähigkeit dichtkippen wie vorhin. Das wäre ihre Chance, zu verschwinden. Auch wenn er noch so betrunken war, es schien im Moment völlig unmöglich, an ihm vorbei zur Tür zu kommen. Der ihr sonst so vertraute Mann strahlte eine gefährliche Dominanz aus, die sie einschüchterte. Vor allem, weil ihre Mutter völlig apathisch in der Ecke stand und ihn wie gelähmt anschaute.

Seine Stimme klang sehr verwaschen. »Aber du bist ja eine feine Deern geworden. Wie deine Oma.« Er trank noch etwas und taumelte. Esther sprang auf ihn zu, wollte ihn auffangen. Doch Hajo wich zurück, begann zu straucheln, wobei er mit den Armen ruderte und schließlich mit dem Kopf gegen einen Sattelbock stürzte. Es klang dumpf, als er mit dem Schädel aufschlug. Dann blieb er reglos liegen.

»Raus hier, Mama! Raus! Es reicht jetzt.« Esther lief

zur Tür. Sie war verschlossen. Wo war nur der verdammte Schlüssel? Sie kniete sich hin und fuhr mit den Händen unter die Schränke, zwischen die beiden aufgestellten Strohballen. Nichts. Monika tickte sie von hinten leicht an. »Lass es, Esther. Er hat den Schlüssel vorhin mit dem Fuß nach draußen gekickt.«

»Der Kerl ist verrückt! Völlig durchgeknallt.«

*

Rothko stand neben dem Mechaniker. »Und?«

»Die Bremsleitungen sind angesägt.«

»Also ganz klassisch. Ist einfach, oder?«

»Na ja«, der Mechaniker kratzte sich am Kopf, »wirklich Ahnung muss man nicht haben. Schwer ist das nicht. Aber vielleicht denke ich das auch nur, weil ich weiß, wie das geht.« Er schürzte die Lippen. »Kann aber sicher jeder im Internet nachlesen. Obwohl«, er grinste, »die meisten denken, man braucht sie nur zu durchtrennen. Aber dann«, sein Stirnrunzeln ließ den Mechaniker äußerst wichtig erscheinen, »würde das Auto nicht weit kommen.«

»Was heißt das genau?«

»Klare Sache. Sägt man es nur an, muss man ungefähr zehn Mal bremsen, bis nix mehr geht. Aber bei ganz durch, da kommt man gar nicht mehr aus der Garage. Es gibt noch …« Er winkte ab. »Aber das wären Feinheiten.«

Rothko kniff die Lippen zusammen und blähte dabei die Wangen auf. »Ein bisschen Überblick braucht man also schon, was?«

»Wenn Sie das so sagen, Herr Kommissar.« Der Mechaniker hob bestätigend den Daumen.

»Aber mit etwas Fachwissen könnte er es doch selbst gewesen sein«, schlug Kraulke vor. »Mit dem Plan, im Laufe seiner Fahrt irgendwann keine Gewalt mehr über die Bremse zu haben. Und dann ...« Er säbelte mit der Handkante an seinen Hals herum. »Immerhin gab es den Abschiedsbrief.«

Rothko krauste die Nase und schüttelte den Kopf. »Ergibt keinen Sinn. Nur gegen den Baum zu rasen, reicht ja eigentlich, wenn man sterben möchte.«

»Vielleicht hätte er sich das nicht getraut und konnte so sichergehen, dass er nicht bremsen kann.«

»Nur, so hätte er ja gar nicht gewusst, wann genau die Bremsen versagen. Schlecht für ihn, wenn es an der nächsten Ampel passiert wäre.« Rothko winkte ab. »Und in Friesland ist nicht immer so viel Verkehr, dass es dann zwangsläufig geknallt hätte. Abschiedsbrief hin oder her – eigentlich ist klar, dass Ludger Kremer keinen Selbstmord verübt hat. Irgendwer hat gewaltig nachgeholfen.«

21.

Antke blickte noch immer hinaus. Die Kinder turnten auf den Weiden herum, was ihnen strikt untersagt war. Aber kein Hajo hinderte sie daran.

Hajo! Er war ein armer alter Mann. War noch stärker gealtert als sie. Sie wusste, dass seine Lieder, die er in den Nächten an der Weide gesungen hatte, wenn er betrunken war, ihr gegolten hatten. Sie wusste, dass er sie liebte. Schon immer hatte er das getan. Wie sehr hatte sie sich in seiner Anbetung gesonnt. Bereits als junger Mann war er um sie herumgeschlichen, obwohl er wusste, dass er gegen einen Mann wie Doktor Arnold van der Kaark keine Chance hatte. Trotzdem war er auf dem Hof geblieben.

Als Arnold überlegt hatte, ihm zu kündigen, weil Hajo schon damals ein bisschen mehr trank, als gut für ihn war, hatte sie um ihn gekämpft. Hajo war wie ein älterer Bruder, ein Schutz. Er war fünf Jahre älter als sie und auf dem »Seehof«, seit sie denken konnte. Schon seine Eltern hatten hier gearbeitet.

»Wir haben Gäste hier. Und Verantwortung«, hatte Arnold gesagt. Insgeheim gab sie ihm ja auch recht. Aber Hajo hatte zu der Zeit nur hin und wieder getrunken. Und nur abends. Ab und zu waren auch junge Frauen bei seinen Saufgelagen dabei gewesen. Er hatte gut ausgesehen damals. Schlank, knackiger Po und tiefgrüne Augen, die in verschiedenen Farbnuancen blinken konnten. Trotz der Hofarbeit hatte er feine Hände gehabt. Eben nicht wie die eines Arbeiters. Sie glichen eher denen eines Künstlers. Entsprechend lang war die Schlange der Mädchen, die sich um ein Lächeln von ihm gerissen hatten. Antke wusste, dass er es bei Bedarf auch ausnutzte. Trotzdem hatte er nie einen Hehl daraus gemacht, wem sein Herz gehörte.

»Ich möchte, dass es aufhört. Kein Alkohol. Nicht ab und zu, nicht nur am Wochenende. Gar nicht. Hörst du? Gar nicht!« Arnold war laut geworden. »Wenn er das tut, dann muss er in der Nacht bei einer seiner Eroberungen bleiben und seinen Rausch dort ausleben, damit es hier niemand bemerkt. Oder er geht.«

Arnold kannte keinen Spaß, was das anging. Zu oft hatte er in der Klinik mit abgestürzten Alkoholikern zu tun. Zu gut kannte er die Folgen. Antke wusste, dass das Thema ein rotes Tuch für ihren Mann war.

»Er hat keine Eroberungen. Das scheint nur so.« Antke wollte Hajo in Schutz nehmen, hatte sein Lächeln wie ein Bild in sich gespeichert. Seine Komplimente waren schön gewesen. Er war so anders als Arnold.

»Entweder er hört auf damit oder er geht. Punkt. Ich sage es ihm, jetzt gleich. Als allerletzte Warnung.«

Arnold hatte Antke gar nicht mehr zugehört und sein Vorhaben sofort in die Tat umgesetzt. Aber ihr war es eigentlich auch weniger um Hajo als um ihre Eitelkeit gegangen. Es wäre schade gewesen, auf seine schmachtenden Blicke zu verzichten. Sie hatte Spaß daran gehabt. Es schmeichelte ihr, dass er sich nach ihr verzehrte. Auch wenn er nur ihr Angestellter war. In seiner Fähigkeit, sich zu artikulieren, oder auch im gesellschaftlichen Umgang konnte er ihrem Mann das Wasser nicht reichen. Aber neben Arnolds Sauberkeit und Souveränität gefiel ihr der einfache, aufs Wesentliche beschränkte Hajo als Ausgleich ganz gut.

Über Antkes Gesicht glitt ein flüchtiges Lächeln. Damals war sie noch schön und diesem Flirt weiß Gott nicht abgeneigt gewesen. Ihr Körper hatte nicht diese Dellen und Furchen gehabt und das jetzt viel zu kurze Haar war eine kräftige, dunkle Mähne gewesen. Nicht umsonst war sie einem Mann wie Arnold aufgefallen.

Die anderen Bewunderer hatten immer schnell von ihr abgelassen, wenn sie den goldenen Ring bemerkten. Hajo dagegen zeigte ihr Tag für Tag, dass er sie trotzdem liebte und die Hoffnung nicht aufgab. Wenn Arnold mal wieder zu weit weg mit seinen Gedanken gewesen war, hatte sie sich gern auf ihr Zimmer zurückgezogen, und sich überall dort berührt, wo sie es mochte, bis sie Erlösung in ihren Fantasien um Hajo fand. Träumen durfte sie schließlich, was immer sie wollte. Am Ende war es ja doch immer ihr eigener Mann, der seine Befriedigung in ihr fand.

Arnold hatte das Gespräch keine Minute aufgeschoben. Als Antkte dann zu Hajo in den Stall gekommen war, hatte er auf einem der Strohballen gesessen. »Er will, dass ich gehe.« Seiner Stimme hatten sämtliche Nuancen gefehlt. Kein Timbre, wie es sie sonst auszeichnete. Auch seine Mimik war erstarrt, die Augen funkelten nicht.

»Er will, dass du hier abends nicht besoffen herumtorkelst. Hör doch einfach auf damit.«

»Ich weiß, warum ich hier weg soll. Er weiß es. Alles.«

Antke strich liebevoll über Hajos Haar. Es fühlte sich weich an. Er griff nach ihrer Hand, dabei leuchteten seine Augen und sie klammerten sich an ihr fest, als würde er damit verhindern, dass sie ihn je wieder losließ. »Er weiß, dass ich«, Hajo hatte geschluckt, »dich liebe.«

*

Auf Rothkos Schreibtisch türmten sich die benutzten Tassen. Das mit der Kaffeesucht hatte er absolut nicht im Griff. Er zählte. Bei zehn hörte er auf. Es war schon eine Sauerei, was er da veranstaltete. Doch er hatte es sich verbeten, dass irgendwer in seinem Büro herumfuhrwerkte und auch nur die geringste Kleinigkeit veränderte. Rothko wusste, dass er sich damit nicht unbedingt beliebt machte. Aber sein Büro war ihm heilig. Eigentlich das zweite, vielleicht sogar das erste Zuhause. Wenn er ehrlich war, fühlte er sich inmitten seiner Kaffeetassen und Aktenordner mehr daheim als in seinem mit Makramee verzierten Haus. Die kahlen Wände hier gaben ihm das Gefühl von Klarheit. Der einzige Schmuck waren ein Schiebekalender des örtlichen Autohauses und eine übergroße Pinnwand, auf der die aktuellen Fälle in einer Fotoserie abgehandelt und immer weitergeführt wurden. Rothko mochte es nicht, wenn in seinem Büro Berufliches und Privates vermischt wurde. Weshalb man bei ihm auch kein Bild seiner Frau fand.

Er schob die direkt vor dem Telefon stehenden zwei Tassen zur Seite und nahm den Hörer ab. Bei ihm stand noch immer dieses altmodische Schnurtelefon. Seine Kollegen hatten längst portable Hörer. Er lehnte dieses Herumgerenne mit einem Telefon jedoch strikt ab, war manchmal wütend, wenn ihm seine Kollegen, den Hörer ans Ohr geklemmt, auf dem Flur begegneten. Dennoch ärgerte er sich jedes Mal über die zusammengerollte Telefonschnur.

Es klopfte. Kraulke steckte seinen Kopf zur Tür herein. Beim Anblick der Menge benutzter Kaffeetassen, die kreuz und quer im Büro herumstanden, verzog er kurz das Gesicht. Er schien zu überlegen, ob er etwas dazu sagen sollte, entschied sich dann aber wohl vorerst dagegen. »Ich wollte gehen.« Er grinste. »Etwas Privates. Schwangerschaftsgymnastik!« Er zeigte mit beiden Armen einen dicken Bauch und tat so, als hechele er. Dann räusperte er sich, wies doch auf die Tassen. »Ich würde nicht immer eine neue nehmen. Dann sieht es nicht so wild aus – und wir anderen haben auch noch die Möglichkeit, Kaffee zu trinken. Weil dann noch Tassen da sind.« Er zog den Kopf danach so rasch zurück, als fürchte er, sein Boss könne ihm gleich eine der Tassen an den Kopf werfen.

Rothko runzelte die Stirn, murmelte »Arschloch« und nahm den Hörer in die Hand. Er wählte die Nummer der Auskunft. Was sollte er jetzt das Büro vorn belästigen und sich noch mehr über das Chaos in seinem Dienstzimmer anhören … Außerdem war er sich gar nicht sicher, ob da noch jemand war. Wie immer hatte er vorhin nicht darauf geachtet.

»Ich brauche die Nummer von Eva Kremer in Hamburg«, ranzte er grußlos in den Hörer. »Rothko am Apparat.«

*

Antke hatte nach Hajos Geständnis die Hand rasch weggezogen, weil sie die ganze Situation zu sehr berührte. Sie konnte diese Aussage nicht im Raum stehenlassen. Sie durfte träumen, heimlich flirten und sie durfte ein bisschen in ihren Fantasien leben. Aber es war ausgeschlossen, das alles in Worte zu fassen. Niemals war es erlaubt, dass diese Träume wahr wurden.

Antke war mit ihren 30 Jahren eigentlich alt genug, um ihn zu stoppen, aber dennoch hatte sie in dem Moment nicht gewusst, wie sie ihn aufhalten sollte. Sie mochte Hajo und wollte ihn nicht verletzen. Er war traurig genug.

Also hatte sie geschwiegen. Ließ es zu, dass er ihre Hand nahm und sich mit der Nasenspitze Millimeter für Millimeter daran hocharbeitete. »Er hat auch gesagt, dass meine Arbeit nachgelassen hat. Ich sei unzuverlässig geworden. Ich solle nachdenken, ob es nicht besser für uns alle sei, mir etwas anders zu suchen. Ich wüsste schon …«, erzählte er leise weiter.

In Antke kroch plötzlich ein Gefühl der Zärtlichkeit für Arnold hoch. Er war eifersüchtig. Der große Doktor Arnold van der Kaark war eifersüchtig. Sie entzog Hajo die Hand. Es war gut, dass er ihren Mann erwähnt hatte. Das gab Antke die Möglichkeit zu gehen. »Ich rede mit ihm«, hatte sie gesagt.

Noch am selben Abend war Hajo wieder sturzbetrunken gewesen. Arnold fackelte nicht lange und setzte ihn gleich am nächsten Nachmittag vor die Tür. Nach reiflicher Überlegung, wie sagte. »Ich habe immerhin eine Nacht darüber geschlafen und noch ein paar Stunden draufgegeben. Aber nun weiß ich, was das Richtige ist. Hajo wird uns am Ende des Monats verlassen.«

»Das kannst du nicht machen, Arnold. Du ziehst ihm den Boden weg.« Antke war völlig verzweifelt und dachte an Hajos leuchtende Augen, als er ihr gesagt hatte, wie sehr er sie liebte. Ihr Bauch kribbelte, wenn sie an seine Nase an ihrem Arm dachte. Vielleicht war es doch besser, er ging.

»Und er zerstört uns die Existenz.«

»Du hast doch deine«, erwiderte Antke. »Der ›Seehof‹ ist meine. Ich möchte das bestimmen.« Ihr Einwand war nur flach gewesen, wohl wissend, dass sie gegen Arnold keine Chance hatte.

Arnold strich ihr nur väterlich über den Kopf.

»Hajo ist eine Gefahr. Für sich, aber in erster Linie für den Hof. Stell dir vor, ein Kind stürzt, weil er mit seinem betrunkenen Hirn den Sattelgurt nicht richtig festgeschnallt hat. Das ist nicht zu verantworten. Vertrau mir, Antke. Ich helfe ihm auch, eine andere Stelle zu finden.«

Dann hatte Arnold »Flipper« angemacht. Weil er das immer schaute, wenn er Zeit hatte. Über den Bildschirm flackerte das Boot, mit dem sie durch die Sumpflandschaft fuhren. Der Delfin winkte mit der Flosse.

Antke schüttelte den Kopf. Er kündigte Hajo und vergnügte sich mit »Flipper«.

Natürlich hatte Arnold recht, aber Hajo war ein Teil des Teams. Man konnte ihn nicht einfach rauswerfen. Antke ging in den Stall und fand dort den weinenden Hajo vor.

Sie setzte sich zu ihm und wie von selbst suchte ihre Hand sein Haar. Seine Hand ergriff die ihre. Und wieder glitt seine Nase hinauf bis zu ihrer Ellenbeuge und weiter … Dann hatte sie seine Zunge gespürt, seinen Atem, der warm und vertraut war.

Sie war mit ihm mit in sein kleines Haus seitlich des Hofes gegangen. Es war unordentlich hier, es roch und auf der Spüle stand eine angebrochene Flasche Rum. Er stellte sie wortlos in den Schrank und wischte mit dem Lappen über die Platte.

»Hier muss ich dann wohl auch raus«, sagte er in die Stille hinein und Antke hatte nicht gewusst, was sie antworten sollte. Ihr war auch nicht klar, warum sie mitgegangen war. Sie setzte sich an den Küchentisch, der tiefe Kerben in seinem Holz hatte und mit getrockneten Farbspritzern übersät war.

Hajo wühlte in seinem Schrank und stellte Antke ein Glas Wasser hin. Die Kohlensäureperlen lieferten sich ein Wettrennen an die Wasseroberfläche. Sie sah ihnen gebannt zu. Währenddessen räumte hatte Hajo auf. Einige Sachen kickte er mit dem Fuß unter das Bett, andere ließ er in einer der zahlreichen Kommoden verschwinden. Antkes Blick löste sich vom Wasserglas und wanderte im Raum umher. Es hatte wirklich arg chaotisch in diesem Haus ausgesehen. Einzig das Bett war frisch bezogen gewesen. Gerade so, als wartete es auf sie.

*

Rothko hatte bereits dreimal versucht, bei Eva Kremer anzurufen. Sie leitete eine Werbeagentur und schien eine vielbeschäftigte Frau zu sein. Schließlich bat er entnervt um Rückruf.

»Sie meldet sich, sobald sie aus der Besprechung raus ist, Herr, wie war noch gleich Ihr Name?«, zwitscherte die helle Frauenstimme in sein Ohr.

»Rothko. Jochen Rothko.«

»Herr Rothko. Ist die Angelegenheit denn sehr dringend?«

»Hätte ich sonst schon das dritte Mal angerufen?«

»So eine dumme Frage von mir, was?« Die Frau trällerte noch, während Rothko auflegte. Er war auf die Kremer ja wirklich gespannt.

»Warum sagen Sie nicht, dass Sie von der Kripo sind?«, fragte Kraulke, der doch noch nicht zu seiner Schwangerschaftsgymnastik aufgebrochen war, sondern immer wieder in Rothkos Büro stolzierte, um etwas abzulegen. Außerdem hatte er begonnen, die Tassen einzusammeln. Rothko nahm es schweigend hin. Kraulke tat sowieso, was er für richtig hielt.

»Was meinen Sie, was das Eindruck macht bei solchen Miezen.« Ein Löffel war von der Untertasse gefallen und klirrte leise.

»Frauen, Herr Kraulke. Dort arbeiten Frauen.« Rothko schnalzte. »Keine Katzen.«

Kraulke grinste nur, ging in den Flur und brühte seinem Chef in der letzten übrig gebliebenen Tasse einen Cappuccino. »Ich habe jetzt nur Süßstoff reingetan. Zucker hatten Sie ja gerade schon.«

Bevor Rothko etwas Pampiges erwidern konnte, schellte das Telefon. Er wedelte Kraulke mit einer Handbewegung hinaus. Der nuschelte noch etwas von »Ich gehe jetzt doch los«, und schloss die Tür mit beleidigtem Gesicht.

Es war Frau Kremer. »Was kann ich für Sie tun, Herr Rothko?« Ihre Stimme klang kühl und reserviert und sie hatte einen leicht heiseren Einschlag. Rothko stellte sich vor, wie sie jetzt auf ihrem Chefsessel thronte, die schlanken Beine übereinandergeschlagen, und einen gelangweilten Blick über die Hafenanlagen von Hamburg schweifen ließ. Denn genau dort war ihr Büro untergebracht. Das hatte er bereits recherchiert.

»Kripo Wilhelmshaven. Guten Tag.«

Frau Kremer sog kurz die Luft ein. »Kriminalpolizei? Um was geht es?«

Rothko hatte die Internetseite der Firma im Netz wiedergefunden. Er klickte sie an und sagte: »Es geht um Ihren geschiedenen Mann.«

»So?«, tönte es durch den Hörer. Es klang lasziv.

Rothko hatte gefunden, was er suchte, nämlich ein Bild von dieser Frau. »Haben Sie noch eine enge Verbindung zu ihm?«

»Wie Sie vorhin schon gesagt haben: Wir sind geschieden.«

Rothko lehnte sich zurück. Die Frau sah unverschämt gut aus. Er öffnete den obersten Hemdknopf. So kam er sich ihr gegenüber lässiger vor, auch wenn sie es nicht sehen konnte. »Also gehen Sie getrennte Wege, die sich nicht mehr kreuzen.«

»So ist es. Was hat er denn angestellt?« Ihre Stimme kroch durch den Hörer und umschmeichelte Rothkos Hals. Er glaubte förmlich ihren Atem daran zu fühlen. Sie hatte schwarze Haare, volle, aber nicht zu dicke Lippen. An ihren Körper schmiegte sich ein blaues Kostüm. Rothko räusperte sich. »Frau Kremer. Ihr geschiedener Mann hatte einen … einen Unfall. Mit tödlichem Ausgang. Es tut mir leid.«

Einen Moment war es still. Nicht einmal ihr Atem kam mehr bei Rothko an. »Das ist bitter«, sagte Eva Kremer dann. »Sehr bitter.« Ihre Stimme wand sich unverändert rauchig durch den Hörer.

»Ich muss Sie noch etwas fragen, Frau Kremer. Hat er irgendwann einmal den Gedanken geäußert, sich umzubringen?«

»Ludger?« Eva Kremer stockte, lachte dann aber dunkel, als habe der Kommissar einen schlechten Scherz gemacht. »Entschuldigen Sie bitte meine Distanz in der Sache. Aber mein Ex und ich, wir hatten am Ende ein hundsmiserables Verhältnis.«

»Könnte es denn Selbstmord gewesen sein? Hat er die Trennung vielleicht schlecht verkraftet?«

Wieder umschmeichelte Rothko das dunkle Lachen. Dieses Mal schwang unterdrückter Hass darin mit. »Ich glaube, dann hätte ich mir wohl eher den Strick nehmen müssen.« Eva Kremer schien etwas zu suchen. Es raschelte. »Er hat …« Rothko hörte das Klacken eines Feuerzeuges. »Ist auch egal. Er ist, sagen wir es so, ein schlechter Ehemann gewesen, wenn Sie verstehen.«

Rothko nickte. Diese Aussagen unterstützten seine Theorie, dass Ludger wohl kaum selbst die Leitungen angesägt hatte. Er zögerte eine Weile. »Wenn es wirklich kein Selbstmord war, können wir ein Gewaltverbrechen nicht ausschließen. Die Bremsleitungen waren manipuliert.«

»Das war er mit Sicherheit nicht selbst«, raunte die Stimme. »Ludger liebte schnelle Autos, kannte sich gut mit allen technischen Raffinessen aus, die ein schnittiger Wagen als Luxus haben musste. Aber ich bezweifle, dass er überhaupt wusste, wo die Bremsleitungen liegen.« Sie stoppte, gab eine kurze Anweisung, weil augenscheinlich jemand in ihr Büro getreten war. »Entschuldigung. Wo waren wir?« Sie überlegte kurz. »Richtig, die Leitungen. Er kann es schon deshalb nicht getan haben, weil er sich dabei nämlich seine Hände hätte schmutzig machen müssen. Für Dreck hatte er in jeder Lebenslage seine Leute.«

Eva Kremer pustete jetzt den Qualm so laut aus, dass es durchs Telefon zu hören war. Rothko als überzeugter Nichtraucher glaubte den Gestank durch den Hörer wahrzunehmen. Er rümpfte die Nase.

»Eines kann ich Ihnen mit Sicherheit sagen: Mein Ex hätte sich ohnehin nie selbst etwas angetan. Er war ein Typ, der sich für solche Aktionen einfach selbst viel zu sehr liebte.«

*

Antke starrte noch immer aus dem Fenster, als sei sie von ihren Erinnerungen gefesselt. Sie sah sich dort in Hajos kleinem, dunklem Haus stehen. Es war 1971, am 10. September. Nie würde sie das Datum, den Tag vergessen, als sie sich das erste Mal im Leben selbst verriet. Es war kein besonders warmer Tag gewesen, etwa 15 Grad, aber sonnig. Es war Antke, als könne sie sich an fast jede Minute dieses Nachmittags erinnern.

Die harmlose Unvoreingenommenheit, die ihr Zusammensein mit Hajo sonst begleitete, war einer merkwürdigen Spannung gewichen, mit der sie nicht umgehen konnte. Es war ihr aber auch unmöglich zu gehen. Eigentlich war klar, was geschehen konnte, was geschehen würde, und trotzdem blieb sie.

Hajo hatte, nachdem er mit dem Wegräumen der Sachen fertig war, Musik angestellt. »Du« von Peter Maffay. Eigentlich mochte Antke andere Songs lieber, so etwas wie die Beatles. Aber Hajo schien zu diesem Lied eine besondere Beziehung zu haben. »Dabei denke ich immer an dich«, sagte er. »Und nun soll ich gehen. Ich weiß gar nicht, wie er sich das vorstellt. Mit einer anderen Arbeit, einer anderen Wohnung. Es wird nicht funktionieren.«

Er setzte sich und vergrub die Hände in seinem Haaransatz. Seine Zehen verkrampften sich in den offenen Latschen, als suche er irgendwo verzweifelt Halt. »Was soll ich ohne dich?« Er hatte wieder nach ihrer Hand gegriffen. »Ich kann nicht leben, ohne dich ständig zu sehen. Du bist wunderschön, Antke. Wenn ich ein Mann wie Arnold der Große wäre, dann hättest du auch mal zu mir geschaut. Aber ich als Stallbursche und Mann für das Grobe und du, die Besitzerin des Reithofes … das passt nicht, oder?«

»Nein, das passt nicht, Hajo. Das passt gar nicht.«

Das Lied war zu Ende. Hajo spulte die Kassette zurück und stellte sie erneut an. Antke hatte geduldet, dass er sie küsste. Erst nur auf die Wange, dann waren seine Lippen über ihre gefahren. Schließlich hatte sie den Mund leicht geöffnet, seine weiche Zunge mit ihrer spielen lassen. Dann war sie ihm zum Bett gefolgt. Es geschah automatisch, wie eine logische Schlussfolgerung aus dem Vorhergehenden.

Antke wusste bis heute nicht, warum sie nicht stopp gesagt hatte, weshalb sie nicht spätestens in diesem Moment gegangen war. Denn bis dahin war es noch schön gewesen. Ein Spiel. Ein gefährliches Spiel, aber mehr eben nicht.

Seine Hand unter ihrer Bluse, das hatte eine weitere Grenze überschritten. Eine Grenze, die sie ihm nicht klargemacht hatte, weil sie ihr in dem Augenblick selbst nicht klar gewesen war. Sie hatte ihn nicht abweisen mögen, ihn nicht noch mehr verletzen wollen.

Irgendwann hatte er ihre Unterhose beiseitegeschoben, sich auf sie gelegt. Es waren nur ein paar Sekunden gewesen, bis er fertig war und sich neben ihr fallen gelassen hatte. Sie war rasch aufgestanden und er hatte ihr eine Haarsträhne aus dem Gesicht gestrichen. Gesagt hatten sie kein Wort. Antke hatte nur ihre Sachen zurechtgezupft und war aus seinem Haus verschwunden.

22.

Hajo lag noch immer regungslos in der Ecke. Esther hatte ein paar Mal mit dem Fuß gegen die Tür getreten, dann dagegen getrommelt. Aber es war wie verhext: Kein Mensch war heute am späten Nachmittag in den Ställen.

»Wo stecken die alle? Das gibt es doch gar nicht. Verdammt!«

»Es ist bald Abendbrotzeit.« Jetzt erhob sich auch Monika. »Da werden sie ja wohl gleich alle eintrudeln. Bei der Abkühlung draußen sind sie wohl in irgendwelche Museen und Spielscheunen verschwunden.« Sie rüttelte an der Tür. »Haben wir irgendwas zum Fesseln? Bevor er wieder zu sich kommt. Er ist ja völlig durchgedreht.« Sie sah sich suchend um.

Esther deutete auf zwei Bänder, die zuvor die Strohballen zusammengehalten hatten und nun zusammengerollt in der Ecke lagen. Sie waren stabil und würden reichen, um Hajo außer Gefecht zu setzen, bis sie jemand fand.

»Irgendwann muss Oma doch nach uns suchen«, sagte Esther.

Monika fesselte Hajo mit dem einen Band die Hände auf den Rücken, mit dem anderen fixierte sie seine Füße am Schrank. So lag er eine Weile da, bis er die Augen aufschlug. Müde stierte er Esther und Monika an und schien sich gar nicht zurechtzufinden.

»Irgendwie tut er mir leid«, sagte Monika. »Er ist ein guter Kerl. Was hat ihn bloß soweit nach unten gebracht?«

»Steht es vielleicht auch in Verbindung mit Ludger und Elisabeth? Ich weiß nicht, irgendwie laufen bei den beiden alle Fäden zusammen.«

Monika schüttelte den Kopf. »Nein, es ging alles viel eher los. Ich glaube, noch vor dem Tod meiner kleinen Schwester. Mit ihr war es schon alles seltsam.« Sie runzelte die Stirn, schloss kurz die Augen, als hole sie sich Bilder aus einer Zeit zurück, die lange vergangen war. Dann riss sie sie abrupt wieder auf, als könne sie die Erinnerung daran doch nicht ertragen.

Trotzdem konnte Esther nicht anders als nachzufragen. »Wie meinst du das? Weil Oma Janna immer …«, sie stockte auf der Suche nach dem richtigen Wort, »… immer vorgezogen hat?«

Ihre Mutter nickte traurig. »Janna war ihr Sonnenschein. Mit mir war das schon anders. Ich war auch nicht so niedlich wie sie. Immer ein bisschen zu dick, ein bisschen zu tollpatschig. Für uns alle war Janna etwas Besonderes. Sie lachte viel, konnte alles …«

Von weitem war jetzt das Schlagen einer Autotür zu hören. Schritte liefen über den Hof. Zwei Kinder alberten miteinander herum. Esther wollte wieder an die Tür klopfen und sich bemerkbar machen, aber ihre Mutter hielt sie zurück. Sie legte den Zeigefinger an den Mund. »Nicht«, flüsterte sie, »das sind Gäste. Wenn die Hajo hier so sehen ...! Betrunken, gefesselt ... Und wir hier vor der Kiste mit dem Fusel ... Du weißt, was dann los ist?«

Esther setzte sich wieder. Ihre Mutter hatte recht. Sie mussten darauf warten, dass ihre Oma sie fand.

Esther begann mit der Zehenspitze auf dem Boden zu malen. Es verursachte ein leises Schaben, das sich mit dem einsetzenden Schnarchen von Hajo vermischte. Plötzlich lachte Esther: »Wir sind schon eine merkwürdige Familie! Erst reden wir Jahre aneinander vorbei, jetzt sitzen wir hier gefangen mit einem Mann, der uns anzünden wollte, obwohl wir dachten, er gehöre zu uns.« Wieder suchte Esther nach den richtigen Worten. »Ich hätte mir niemals vorstellen können, dass ich mich vor ihm fürchten muss. Nun liegt er gefesselt zu unseren Füßen und wir warten auf Hilfe, die heute vielleicht gar nicht mehr kommt, weil Oma die Zeit über ihrer Häkelarbeit vergessen hat.« Sie schluchzte plötzlich auf. »Was rede ich. So wie wir miteinander umgehen, sind wir doch eigentlich gar keine Familie, oder?« Sie legte ihren Kopf in Monikas Schoß und weinte.

*

Antke sah auf die Uhr. Es war wirklich schon spät. Sie würde gleich mit den Vorbereitungen für das Abendbrot beginnen müssen. Ungeduldig sah sie auf den Hof, ob sie nicht irgendwo Esther oder Monika entdecken konnte.

Sie griff nach ihrer Häkelarbeit. Ein paar Runden würde sie noch schaffen. Nur ein paar Runden. Vielleicht konnte sie damit die Gedanken verscheuchen. Doch mit jeder Masche purzelte auch ein Erinnerungsbruchstück auf sie ein. Es war nicht aufzuhalten.

Arnold hatte damals nichts gemerkt. Er hatte sich nach »Flipper« auch noch »Lassie« angesehen. Der gebildete Herr Doktor mit aufstrebender Karriere saß vor amerikanischen Kinderfilmen und bemerkte nicht, dass seine Frau gerade aus dem Bett eines anderen kam. Er bemerkte auch nicht, dass es ihr schlecht ging. Dachte, sie habe eine Magen-Darm-Verstimmung, weil sie sich danach drei Tage lang ständig übergeben musste. Woher sollte er auch wissen, dass es der Ekel vor sich selbst war, der sie wieder und wieder dazu trieb, sich über die Toilettenschüssel zu beugen. Und der Geruch, der seit diesem Nachmittag an ihr haftete. Das Sperma schien ihr die Scheide zu verätzen. Hajos Lippen hatten ihre wund gemacht. Sie wusch sich, bis sie glaubte, alle seine Spuren los zu sein.

Hajo hatte sie nie wieder darauf angesprochen, ihr Geheimnis wie einen Schatz gehütet. Es war ihm mit Sicherheit klar gewesen, dass es nie wieder vorkommen würde. Anfangs war Antke ihm aus dem Weg gegangen, hatte sich geschämt, es so weit kommen gelassen zu haben. Doch das war auf Dauer schwierig und so bemühten sich beide um ein unverfängliches Miteinander. Trotzdem las Antke bis heute jeden Tag in seinem Blick das Wissen um die Formen ihres Körpers und ihren intimen Geruch und die Tatsache, dass sie einmal sehr eng miteinander gewesen waren. Und Antke wusste, dass er sich in diesem Wissen sonnte.

Hajo war damals jedenfalls einfach geblieben.

Arnold hatte seltsamerweise nie ein Wort darüber verloren, vermutlich gedacht, dass es Antkes Entscheidung war, die er dann doch akzeptiert hatte. Es konnte auch damit zusammenhängen, dass er parallel dazu gerade einen Schritt auf der Karriereleiter nach oben gemacht und für diese Dinge einfach keinen Kopf gehabt hatte.

Antke selbst hatte es nicht fertiggebracht, Hajo davonzujagen und auf der Kündigung ihres Mannes zu bestehen. Nur siezen musste er sie seitdem. Es war das Stück Distanz, das ihm immer wieder klarmachen sollte, wie die Verhältnisse waren.

Ihre Ehe aber hatte einen tiefen Knacks bekommen. Einen Knacks, den ihr Mann gar nicht wahrgenommen hatte. Der jedoch bewirkte, dass Antke sich eng an ihn fesselte und sich selbst völlig verlor, weil sie ihre eigenen Bedürfnisse zurückstellte. Für sie gab es nur noch Arnold und dessen Leben. Sie las ihm jeden Wunsch von den Augen ab und richtete ihre Zeit stets so ein, dass er nicht bemerkte, wie sie von der Arbeit auf dem Hof aufgefressen wurde.

Antke wachte morgens mit dem Gedanken an ihren Mann auf und schlief abends mit dem Gedanken an ihn ein. Dazwischen hatte es ein schmales Leben gegeben, das sich um den »Seehof« drehte. Antke selbst gab es nur noch dem Namen nach. Sie versuchte auf diese Weise das schlechte Gewissen zu beruhigen und zu kitten, was zu kitten war. Alles wollte sie für ihren Mann tun, damit er merkte, wie sehr sie ihn liebte. Ihn und nicht Hajo, von dem er ja gar nichts wusste.

Natürlich hatte sie auch wieder mit Arnold geschlafen,

nachdem die Übelkeit überwunden war. Vier Wochen später war sie dann mit der Nachricht zu ihm gekommen, dass sie schwanger war. Arnold hatte vor Freude getanzt.

Und als sie nach neun Monaten Monika im Arm gehalten hatte, war sie voller Hoffnung, dass es Arnolds Kind war.

Doch schon bald waren die ersten Ähnlichkeiten mit Hajo nicht zu übersehen. Der gedrungene Körperbau. Das blonde Haar. Monikas Art sich zu bewegen.

Arnold musste es gewusst haben, aber er hatte geschwiegen, so wie sie in dieser Familie alles wegschwiegen, was nicht sein durfte.

Monika, die für all das nichts konnte, war aber ein Fremdkörper bei den van der Kaarks geblieben. Ein kleines Mädchen, das eher zufällig in die Familie gekommen war und keinen richtigen Platz gefunden hatte.

Antke presste den Kiefer so fest zusammen, dass es schmerzte. Auch Arnold war ihr gegenüber stets zurückhaltend gewesen. Ganz anders als bei Janna, die eindeutig sein Kind war.

Inzwischen war Antke davon überzeugt, dass ihr Mann alles gewusst hatte. Nur deshalb war es Elisabeth möglich gewesen, in sein Leben zu dringen und sein Herz zu erobern.

Antke biss sich auf die Faust und stöhnte laut auf. Sie selbst hatte das ganze Drama verschuldet! Sie war verantwortlich für sämtliches Unglück der van der Kaarks. Weil sie als Erste falschgespielt hatte!

*

Esther hatte sich wieder gerade hingesetzt. Sie wischte sich die letzten Tränen vom Gesicht. »Es ist gut, dass Elisabeth und mein Vater zum »Seehof« zurückgekehrt sind, Mama. So schlimm es auch ausgegangen ist. Doch ich wusste immer, dass etwas bei uns nicht stimmt. Was nun passiert ist, ist grausam, aber es ist auch eine Chance. Nun müssen wir ehrlich miteinander sein und uns neu orientieren. Sie senkte den Kopf und flüsterte. »Vielleicht kannst du mich auch ein kleines bisschen lieben. Ich kann doch nichts dafür.«

Ihre Mutter rückte näher und nahm Esther in den Arm. »Ja, das will ich tun. Ich weiß genau, wie es ist, ungeliebt zu sein, weil man den falschen Vater hat.«

Ihre Tochter hob den Kopf und sah ihre Mutter mit tränenverschleiertem Blick an. »Opa Arnold ist nicht dein Papa?«

Monika schüttelte den Kopf. »Auch das hat Elisabeth mir gesagt, denn mein Vater wusste von Mutters Betrug. Hajo ist mein Vater.«

»Hajo?« Esther setzte sich aufrecht hin. »Das hätte ich Oma nicht zugetraut.«

»Meine Geburt und ihr kurzes Verhältnis war wohl der Anfang vom Ende dieser Familie.« Sie drückte Esther fester. »Aber wir beiden Verlorenen können es besser machen, was meinst du?«

Esther gab ihrer Mutter einen Kuss auf die Wange und sie rückten ein Stück näher zusammen. Es fühlte sich gut an.

»Erzähl mir bitte mehr von Ludger«, bat sie ihre Mutter.

Die seufzte schwer, sagte dann aber: »Ich dachte bislang, ehrlich zu sein ist nicht immer das Richtige. Denn die Wahrheit ist oft brutal und schmerzt so sehr, dass es einfacher ist, die Augen davor zu schließen.«

»Du hast ihn nicht gemocht, stimmt's? Du wolltest kein Kind mit ihm.«

Monika nickte. »Nein, ich wollte kein Kind mit ihm.« Sie machte eine Pause und stieß dann hervor: »Ich wollte nicht einmal mit ihm schlafen.«

Esther sackte in sich zusammen. Dieser letzte Satz offenbarte ihr, was sie die ganze Zeit gefürchtet hatte. Sie war kein Kind der Liebe. Nicht einmal ein Unfall. Sie war ein Kind der Gewalt.

»Warum hast du mich nicht einfach … weggemacht?«

Ihre Mutter schüttelte den Kopf. »Ich konnte es nicht. Ich konnte es einfach nicht. Gab viele Gründe.«

Es raschelte neben ihnen und Hajo hob den Kopf.

»Er ist tot, mien Deern.« Er nuschelte nur, war sehr schlecht zu verstehen. »Endlich ist er tot. Er kann dir nichts mehr tun, meine kleine Monika. Gar nichts kann er dir mehr tun. Er ist ganz tot.« Hajos Kopf sank wieder herunter. »Er ist weg«, ächzte er.

23.

Rothko saß in seinem Büro am Schreibtisch, als Kraulke reinkam. Er war also noch immer im Kommissariat und war nicht zu seiner Gymnastik verschwunden.

»Ich habe mit der Ex-Frau gesprochen. Sie sagt, Kremer würde sich nie selbst erledigen und er wüsste auch mit Sicherheit nicht, wie man Bremsleitungen kappt oder ansägt. Den Selbstmord können wir getrost vergessen.« Rothko warf einen Stapel Blätter auf den Tisch. Er fragte sich, warum sein Kollege doch wieder nicht losgefahren war, um endlich seinem Privatleben zu frönen, sondern hier herumlungerte und Überstunden schob. Nun – wenn er schon da war, dann sollte er sich auch nützlich machen.

»Dann stimmt es ja, was ich vorhin vermutet habe.« Kraulke schob sich jetzt eine Handvoll Gummibären in den Mund. Aber die nahm er zumindest aus der Tüte. »Trotz des Restzweifels wegen des ja durchaus vorhandenen Briefes. Intuition ist eben alles!« Er klopfte sich wie Tarzan gegen die Brust und Rothko dachte, dass er in Kürze als Vater wahrscheinlich völlig zum Affen mutieren würde. Kraulke schien sich jedenfalls über seine eigene Witzigkeit zu freuen und hielt Rothko die Gummibärchentüte hin.

Der schüttelte den Kopf. »Warum sind Sie noch nicht los? Zur Gymnastik?«

»Ich habe mir überlegt, dass es vielleicht doch unmännlich ist, da herumzuhecheln.« Er grinste.

»Aha.«

Kraulke schmatzte und würgte den Gelatinekloß herunter. »Mache sonst ja alles. Meine Frau wird nicht sauer sein, denke ich.« Seine Stimme krächzte etwas, so als sei ihm etwas im Hals hängen geblieben. Bevor er weitersprach, drückte er das Kinn gegen den Hals und stieß leicht auf.

Nachdem er sich auch noch geräuspert hatte, schienen sich die Stimmbänder erholt zu haben. »Ja, nun werfen sich wieder zwei Fragen auf. Erstens: Wer hat den Kremer auf dem Gewissen? Und zweitens: Wer hat Elisabeth Holzer getötet? Er selbst muss es dann ja gar nicht gewesen sein.« Kraulke zog wichtig die Brauen hoch. »Der Brief war ja wohl ein Fake.«

»Was Sie nicht sagen! Super kombiniert.« Rothko schüttelte den Kopf. Er hoffte, dass sein Kollege sich vielleicht doch eines Tages einem anderen Beruf zuwenden und ihn mit seiner Anwesenheit verschonen würde. Eine Versetzung in ein anderes Revier wäre auch keine schlechte Idee, vielleicht schon ausreichend.

»Ich habe mehrere Theorien.« Kraulke sah Rothko direkt in die Augen. »Entweder war es doch der Holzer oder Kremer, weil er ja wahrscheinlich in der Nacht noch am Hooksmeer war.« Er warf ein Gummibärchen in die Luft und versuchte es mit offenem Mund einzufangen. Es sprang kurz an sein Kinn und rollte dann unter Rothkos Schreibtisch. »Oder es war die alte van der Kaark. Vielleicht hat die ihren Mann damals auch abgemurkst, weil er die Holzer bestiegen ...« Kraulke guckte entschuldigend zu seinem Chef. »... weil die ein Verhältnis mit deren Mann hatte. Das haben Sie ja damals schon herausgefunden. Es kam zum Streit und dann ...« Er säbelte fiktiv mit der Handkante seinen Kopf ab.

Rothko wollte gerade dazwischenfahren, aber sein Kollege war nicht zu stoppen. Er holte mit den Armen weit aus, fegte dabei eine der übrig gebliebenen Tassen vom Tisch. Sie tanzte eine Weile auf dem Boden, blieb aber heil. »Die van der Kaark hat dann am Samstag auch Elisabeth Holzer getötet. Das klassische Motiv: Eifersucht. Übertragen über die ganzen Jahre. Jetzt endlich war die Chance da. Damals ist die Holzer ja Knall auf Fall abgereist. Hat ihr also die Chance verwehrt, es da schon zu tun.« Kraulkes Tonfall hatte dramatische Züge angenommen. Es klang fast, als kommentiere er ein Rennen. Jetzt brach sein Vortrag ab. Er fixierte seinen Chef noch immer. Der stand regungslos vor ihm und betrachtete seinen Kollegen mit vor der Brust verschränkten Armen. Kraulke stopfte sich vier Gummiteddys in den Mund, von jeder Farbe eins, und würgte sie mit einem Happs herunter.

»Das war's?«, fragte Rothko.

Doch sein Kollege schien noch nicht fertig zu sein. Er klappte seinen Mund wie ein Karpfen auf und zu, als suche er nach den richtigen Worten, die vermutlich wahllos in seinem Rachen hin und her sprangen, sich noch nicht richtig sortiert hatten. »Oder es war«, stotterte er dann los, »diese Monika. Die ja danach auch erst verschwunden, oder besser gesagt abgetaucht ist.«

»Und warum hätte sie Elisabeth Holzer töten sollen?« Rothko hob die Kaffeetasse auf. Er betrachtete sie von allen Seiten. Es war wirklich kein Sprung zu erkennen. Sehr gut, dann brauchte man die schon mal nicht zu ersetzen. Allerdings befand sich auf dem Boden jetzt eine kleine braune Pfütze. »Das Motiv fehlt noch, Herr Kraulke. Das Motiv.« Rothko stellte die Tasse wieder auf den Tisch und verwischte mit der Schuhspitze die Kaffeespritzer auf dem Boden.

Kraulke räusperte sich. »Herr Rothko, haben Sie sich die Tochter, Esther, mal genau angesehen?«

»Die ist wohl noch ein bisschen jung, Herr Kraulke.« Rothko dachte an Ludgers Ex-Frau aus Hamburg. Die hätte das richtige Alter. Gut, dass sie weit genug weg wohnte. Er ließ sich auf seinen Schreibtischstuhl fallen.

»Nicht so. Das meine ich nicht. Ist nur eine Vermutung.«

»Mit Vermutungen kann ich nichts anfangen. Ich brauche Beweise, werter Kollege! Beweise!«

»Trotzdem.« Kraulke beugte sich über dem Schreibtisch seinem Chef entgegen und klopfte mit dem Kugelschreiber auf der Platte herum. »Sie ähnelt zwar der alten van der Kaark, aber sie hat das gleiche schiefe Lächeln wie der Kremer. Den gleichen perfekten Teint. Das Auftreten. Dieses Stück Arroganz. Es könnte doch sein …« Kraulke stoppte sein Hämmern und stellte sich wieder gerade hin. Er runzelte angestrengt die Stirn. »Ist wirklich nur eine Idee«, rechtfertigte er sich. »Sie könnte doch Doktor Kremers und Monikas heimliche Tochter sein. Vielleicht wussten Elisabeth und der werte Herr Doktor bis vor kurzem gar nichts davon. Dann haben sie es erfahren. Von wem auch immer.« Er griente breit. »Nun kommen sie zurück und melden Rechte an dem Mädchen an. Die Rechte einer Frau, die die Familie van der Kaark damals auseinanderbringen wollte. Weil sie ein Verhältnis mit Antkes Mann hatte. Und die Rechte eines Mannes, den Monika ja augenscheinlich nicht wollte oder er sie nicht. Warum auch immer.« Sein Grinsen zog sich jetzt fast bis zu den Backenzähnen. »Eine solche Verwandtschaft toleriert man nicht einfach so. Nicht die arroganten van der Kaarks. Man stelle sich mal vor, was für ein Hass sich da in all den Jahren aufgebaut haben mag. Ungewollt schwanger von einem aufgeblasenen Typen.« Er rieb sich die Hände. »Oder stellen Sie sich vor, sie war total hin und weg von ihm und er hat sie sitzen gelassen. Das Ergebnis ist dasselbe. Ich kannte mal jemanden ...« Er stoppte, als er das Gesicht seines Chefs sah.

Rothko setzte sich auf. Jetzt klopfte auch er mit dem Kugelschreiber. Für den Moment kam in ihm so etwas wie leichte Bewunderung für seinen Kollegen auf. So dumm war Kraulke nicht. Er hatte recht. Esther könnte Ludger Kremers Tochter sein. Wenn Kraulkes Theorien stimmten, waren das durchaus Motive für beide Morde. Und für beide Frauen.

»Wir müssen da noch mal hin«, sagte Rothko mit einem leisen Stöhnen.

*

Antke erhob sich schwerfällig. Die Knie taten ihr weh. Sie sollte mal zum Arzt gehen, nachsehen lassen, was sie so quälte. Aber der würde auch nichts finden. Es war ihre Seele, die so geschunden war, dass ihr Körper in Mitleidenschaft gezogen wurde. Sie wurde ständig von ihren Erinnerungen heimgesucht und das ließ sie nie zur Ruhe kommen. Nur wenn sie häkelte, gelang es ihr, auf andere Gedanken zu kommen. Einstechen, Faden holen. Neue Masche

Antke blickte zur Uhr. Wo blieben nur Monika und Esther?

Ihre Tochter war normalerweise zuverlässig. Niemals verletzte sie ihre Pflicht. Sie war fast devot, so als hätte sie versucht, den Makel ihrer Entstehung durch angepasstes Verhalten zu kompensieren. Erst als Elisabeth wieder aufgetaucht war, hatte sich das geändert.

Ja, Monika war ein stilles Kind gewesen, das nie auffiel.

Trotzdem liebte Antke Monika nicht. Es war nicht so, dass ihr das Mädchen gleichgültig war, aber ihre eigenen Zweifel ließen einfach nicht zu, sie so anzunehmen und bedingungslos zu lieben, wie es ihr zugestanden hätte. Zu sehr erinnerte sie ihr Kind daran, dass Antke Arnold verraten hatte.

Monika hatte sich an ihren Vater geklammert, der trotz allem immer mehr auf sie eingegangen war als sie selbst, obwohl auch er stets eine gewisse Distanz gewahrt hatte.

Jedenfalls musste Monika die Entdeckung, dass ihr Vater plante, die Familie zu verlassen, den Boden unter den Füßen weggezogen haben. Mit ihr war nach

Arnolds Tod eine große Veränderung vor sich gegangen. Sie war noch stiller und haltloser geworden.

Vom Todestag ihres Vaters an hatte sie begonnen, sich in diese farblose Kleidung zu flüchten. Antke hatte gestaunt, als sie vorhin in der Wäsche dann doch dieses rote Kleid gefunden hatte. Es war kein tiefes, auffälliges Rot, aber trotzdem ein viel zu kräftiger Ton für Monika. Jetzt wusste sie auch, warum Esther Gerda nach der Farbe des Kleides gefragt hatte, und anschließend so entsetzt aus der Küche gestürzt war. Antke hatte den Stoff durch ihre Finger gleiten lassen. Er war weich, ein bisschen wie Seide. Und eine Farbe, die sich von den anderen Kleidungsstücken in Monikas Schrank unterschied. In Antkes Augen ein eindeutiges Zeichen dafür, dass ihre Tochter im Begriff war, sich zu verändern. Das hatte auch sie schon zu spüren bekommen.

Antke merkte, dass sie noch immer die Faust zwischen den Zähnen hatte. Inzwischen blutete ihre Hand, weil sie so fest zugebissen hatte. Nun tat es dort weh und nicht mehr in ihrer Mitte.

Sie war ein schlechter Mensch, weil sie sich an ihrer Tochter versündigt hatte. Von Beginn an war ihr Leben schiefgelaufen. Hajos Vaterschaft hatte ihren Anspruch auf Glück zunichte gemacht. Ihr Leben war schließlich völlig gekippt, als dann endlich Janna geboren wurde – Antkes Zeichen, dass das Universum ihr verziehen hatte. Nach neun Jahren vergeblichen Versuchens war sie wieder schwanger gewesen und hatte das Kind bekommen, an dem ihr ganzes Herz hing. Monika war in Jannas Schatten verblasst. Täglich ein Stück mehr.

In ihr zog sich alles zusammen. Janna war tot. Nichts war verziehen. Der Tod ihrer Kleinen hatte die Erkenntnis gebracht, dass es nicht vorbei war und vermutlich auch nie vorbei sein würde.

24.

Jemand war an der Tür zur Sattelkammer. Die Klinke wurde langsam heruntergedrückt. »Hallo?«

»Das ist Gerda«, sagte Monika. »Die hat uns gerade noch gefehlt. Aber immer noch besser als ein Feriengast. Tratsch im Dorf können wir verkraften. Das sind wir ja gewohnt.«

»Gerda, bitte!«, rief Esther. »Mach auf. Der Schlüssel muss da irgendwo vor deinen Füßen rumliegen!«

»Ihr macht ja einen Lärm, harrijasses nej!« Gerda brauchte eine Weile, ehe sie den Schlüssel gefunden und ins Schloss gesteckt hatte. Ein heller Lichtstreif fiel auf den Boden, als sie die Tür öffnete. Sie kniff die Augen zusammen und brauchte offenbar eine Weile, ehe sie in dem abgedunkelten Raum alles erkennen konnte.

»Hat der alte Sack wieder ein' übern Durst gehabt, oder was?« Sie rümpfte angeekelt die Nase, als sie Hajo auf dem Boden liegen sah. »Was macht ihr hier eigentlich?«

Monika trat langsam auf Gerda zu. »Du weißt schon, was du mit deinem Geschwätz – oder besser: mit deinem seltsamen Brief – angerichtet hast?«

»Welches Geschwätz, welcher Brief? Ich weiß gar

nicht, wovon du redest.« Aber Gerdas Miene strafte sie Lügen.

»Du weißt auch nicht, wie die beiden nach all den Jahren wieder hierhergekommen sind? Alles reiner Zufall, Gerda Wiese?«

Gerda wich einen Schritt zurück und stieß mit dem Rücken gegen die Scheunenwand.

»Du wolltest Schicksal spielen, nicht wahr?« Monika baute sich vor ihr auf. Sie war einen guten Kopf größer als die Nachbarin und wirkte tatsächlich bedrohlich. »Gerda, die Kupplerin. Sie ist danebengegangen, deine Einmischung. So was von danebengegangen! Beide sind jetzt tot!«

Gerda hob abwehrend die Hände. »Nun gib du mal nicht mir die Schuld. Ich wollte nur das Beste. Du hättest einen Mann abgekriegt, der sowieso hierhergehört.« Sie nickte in Richtung Esther, die noch im Türrahmen stand und dort sichtlich erleichtert die frische Luft in sich aufsog. »Ihretwegen. Aber nun geht das ja nicht mehr. Schade.«

»Du hättest dich einfach raushalten sollen, Gerda.«

Esthers Augen schweiften zwischen den beiden hin und her.

»Ich wollte ihn nicht. Damals nicht und heute schon gar nicht. Was sollte das?« Monika war richtig laut geworden.

»Esther braucht einen Vater«, sagte Gerda trotzig. »Und ich«, sie tippte sich auf die Brust, »ich wusste, dass sie einen hat!«

»Warst du dabei, ja?«, fragte Monika höhnisch.

»Ich nicht.« Gerda wandte sich um. Sie zeigte mit

dem Finger auf den am Boden liegenden Hajo. »Aber er. Er hat es mir erzählt. Er hat es gesehen.«

Monika wich zurück. Sie atmete tief und schwer. »Woher wusste Hajo …«

»Er ist dir nachgefahren. Da war er ja noch nicht so voll.« Gerda rümpfte die Nase erneut. »Nicht ständig volltrunken, nur manchmal, meine ich.«

»Er ist mir nachgefahren?«, flüsterte Monika. Hajo war ihr gefolgt, hatte mitbekommen, was Ludger getan hatte, und war ihr nicht zu Hilfe gekommen?

»Du Schwein!« Monika spuckte auf den träge hicksenden Hajo.

»Er ist zu spät gekommen, Monika. Er hat ja versucht, dir zu helfen«, sagte Gerda.

»Ach, und wie? Ich habe nichts davon gemerkt.«

»Er wollte mit deinem Vater reden, weil Ludger unauffindbar war. Hinten am Schuppen hat er sich mit Arnold getroffen. Aber der wollte es nicht glauben. Niemals würde der nette und höfliche Sohn seiner heiligen Elisabeth so etwas tun. Niemals. Obwohl, ich meine …« Gerda rümpfte die Nase, vollendete ihren Satz nicht. Monika hätte zu gern gewusst, was Gerda wirklich meinte.

Übergangslos setzte die Nachbarin ihre Geschichte fort. »Ich habe selbst gehört, wie er das zu deinem Vater gesagt hat. Ich bin dann aber gegangen. Ich lausch ja nicht«, fügte sie hinzu.

Auf dem Hof waren Schritte zu hören und kurz darauf schob sich Antke in die Scheune. Ihr folgten der Kommissar und sein Kollege. Sie stellten sich wortlos zu der Gruppe und lauschten dem Gespräch.

»Er hat meinen Großvater in der Nacht am Schuppen getroffen? Und Elisabeth?« Esther blickte erneut zu Hajo, der blinzelnd in die einfallende Abendsonne sah, die sich durch die Wolken gekämpft hatte.

»Keine Ahnung«, sagte Gerda. »Ich weiß nur, dass Hajo da war.«

»Und dann?«

»Was und dann?«, fragte Gerda. »Nix und dann. Der werte Herr Doktor hat Hajo gar nicht zugehört. Wie gesagt, ich bin gegangen. Und dann kam das Gewitter.«

»Da war ein Stein.« Hajo stöhnte leise. »Ein dicker Stein. Doktor van der Kaark hat mich beschimpft. Ich sei ein Spinner. Und Gesocks. Nun wolle ich seine neue Familie kaputtmachen, hat er gesagt. Sein bisschen Glück, dass er jetzt gefunden hat. Nachdem Janna tot war und Antke nichts mehr von ihm wissen wollte.« Hajo rülpste laut. »Ich habe ihm dann gesagt, dass ich Monikas Vater bin.« Er setzte sich wieder auf und sah Monika an. »Das bin ich nämlich.« Seine Stimme brach ab. Er klang wie ein winselndes Kind, das seinen Willen nicht bekommen hatte. »Da hat er gelacht. Gelacht hat er. Ha ha, ha!« Gespenstisch drang Hajos Lachen durch den Raum. »So hat er gelacht. Dass seine Frau niemals mit so einem Loser wie mir ins Bett gehen würde. Niemals.« Er schob sich mit dem Rücken, soweit es seine Fesseln zuließen, ein Stückchen weiter hoch. »Ich habe ihm angesehen, dass er die Wahrheit längst kannte. Aber ein Doktor Arnold van der Kaark gesteht sich ja keine Niederlage ein und schon gar nicht gegenüber einem Angestellten.«

»Gerede eines Betrunkenen. Hört gar nicht hin!«, bat Antke mit schriller Stimme. »Hajo, hör auf. Bitte!«

»Warum? Ihr wolltet mich am Boden haben: Da bin ich!«, lallte er mit seinem feinen Singsang in der Stimme. Hajo reckte das Kinn, wischte die nasse Hand an der Hose ab und zeigte dann auf Antke. »Nun sag du doch, dass du mich einmal für ein paar Minuten in meinem Leben so gemocht hast, dass du eins warst mit mir. Du hast mich geliebt. Ganz deutlich habe ich das gemerkt. Und schließlich«, er holte tief Luft, »habe ich dich gehabt. Einmal in meinem ganzen Leben war ich da oben!« Er deutete mit dem Kopf zur Decke, sackte aber mitten in der Bewegung in sich zusammen. »Es hat wehgetan, Antke! Jeden Tag hat es so verdammt wehgetan.«

Ganz kurz hob er noch einmal den Blick. »Sie«, er zeigte auf Monika, »ist mein Fleisch und Blut.«

Monika sah, dass ihm eine Träne aus dem Auge lief. Eine einzige nur. Doch sie zeigte den Schmerz und die Trauer des Mannes stärker, als es ein langes Weinen hätte tun können.

»Mutter?«, fragte Monika. »Ich weiß, dass er die Wahrheit sagt, aber ich möchte es aus deinem eigenen Mund hören. Bin ich Hajos Tochter?«

Antke sah auf den Boden. »Ja«, antwortete sie knapp. »Du bist Hajos Kind.« Sie hielt einen Augenblick inne, betrachtete Monika mit einem kurzen, fast liebevollen Blick. »Ich habe kürzlich einen Test machen lassen. Heutzutage geht das ja. Und«, ihr Atem ging schwer, »du bist ihm immer ähnlicher. So wie er früher war. Hajo war ein toller Mann. Ich ... ich habe ihn sehr gemocht.«

Eine Weile blieb es ruhig.

»Wie krank ist das denn hier alles?«, fragte Esther in die Stille hinein. »Alles nur krank!«

Monika ließ sich in der Ecke auf den Boden nieder, spürte aber augenblicklich die Wärme von Esthers Hand auf ihrer Schulter.

»Bisschen viel Chaos in diesem sauberen Laden hier«, sagte Rothko. »Wirklich, ein bisschen viel.« Kopfschüttelnd musterte er die Anwesenden. »Ludger Kremers Tod war weder ein Unfall noch Selbstmord, wie uns jemand weismachen wollte. Sein Wagen wurde manipuliert.« Er musterte alle.

»Wir haben also jetzt noch zwei Tote, von denen wir weder wissen, warum sie sterben mussten, noch wer sie umgebracht hat. Die Sache Arnold van der Kaark ist ja zumindest geklärt, nicht wahr, Herr Janssen?« Rothko blickte auf Hajo, der aber nicht reagierte. Wieder taxierte der Kommissar jeden von ihnen, suchte Augenkontakt. Doch keiner konnte diesem stechenden Blick standhalten.

Gerda war völlig konsterniert. »Zwei Tote! Dabei wollte ich doch nur, dass Monika sich in Ludger verliebt. Damit Esther ihren Vater hat. Man muss ja auch mal vergessen können. Vergewaltigung – ach was!«

Monika ballte wieder eine Faust. Jetzt wusste sie, was Gerda vorhin mit ihrer Andeutung gemeint hatte. Jetzt sprach sie das aus, was sie wirklich dachte.

»Mit dem Wort ist man immer schnell bei der Hand, das hat Hajo bestimmt falsch gesehen.« Gerda kniff die Lippen zu einem Strich und schüttelte abwertend den Kopf. »Monika war nicht abgeneigt. Hat ihn ja immer so süß angelächelt. Hab ich genau gesehen. Und Mist habt ihr gebaut. Mit eurer Schriftfälscherei. Wie die kleinen Kinder habt ihr euch da vergnügt. Eben wie Verliebte das tun. Ich hab da einen Blick für.« Gerda war richtig in Fahrt, in Monika brodelte es mehr und mehr. Aber Gerda redete weiter. Ohne Pause, fast so, als würde ihr Tun und Handeln durch ihre Worte gerechtfertigt. »War ja ein toller Typ, der Ludger. Vielleicht wusste er nicht, wann Schluss ist. Ist doch auch nur ein Mann.«

Monikas Fäuste wurden härter und härter. Sie schaffte es aber nicht, sich aufzurichten, um auf Gerda loszugehen. Ihr fehlte einfach die Kraft. Sie hätte schon viel früher um sich schlagen sollen.

»Was weißt du denn, wie das ist? Man stirbt daran, Gerda Wiese. Alles stirbt. Alles. Stück für Stück. Bis man am Ende eine verdorrte Pflanze ist. Und alles andere ringsumher geht auch kaputt«, brachte Monika hervor und sackte wieder in sich zusammen. Sie versuchte, die Erinnerung an den brennenden Atem an ihrem Ohr zu verdrängen. Ganz leise sagte sie: »Wie es jetzt ist, ist es immer. Keiner glaubt mir. Ich muss es beweisen und kann es nicht.« Sie schluckte. »Dann kommen Sprüche wie deine: ›Ein bisschen Schuld wird sie schon haben‹. ›Bestimmt hat sie ihm schöne Augen gemacht‹. ›So einer wie er hat das doch gar nicht nötig‹.« Monikas Stimme brach. »Nein, ich habe nicht um mich getreten, ich habe nicht geschrien. Aber ich wollte auch nicht mit ihm schlafen! Ich. Wollte. Nicht. Mit. Ihm. Schlafen!« Ihre Stimme klang dumpf, verhallte zwischen ihren Beinen. »Ich – wollte – es – nicht!« Sie schaffte es jetzt mehr sich aufzusetzen und Gerda mit ihren Blicken festzunageln.

Die wich unwillkürlich zurück, aber jetzt ließ Monika nicht locker. »Ja, Männer haben es ja schwer heutzutage, was? Sie dürfen sich nämlich nicht mehr einfach nehmen, was sie wollen. Sie müssen fragen.« Sie schnellte nach vorn, dabei glitt Esthers Hand hinunter.

Monikas Augen glühten fast fiebrig. Sie schrie mit wenigen Worten all die unterdrückte Wut der ganzen Jahre heraus: »Ja, verdammt, sie müssen fragen! Fragen und schauen, ob die Frau einverstanden ist! Auch wenn sie ihm nicht gleich in die Eier tritt!« Monika rang nach Luft. Sie ließ ihren Oberkörper wieder zitternd gegen die Wand fallen.

Rothko trat einen Schritt auf Monika zu. »Waren Sie es, Frau van der Kaark? Haben Sie Ludger Kremer getötet, weil er Ihnen das angetan hat? Und dann Elisabeth Holzer, weil sie ihn die ganzen Jahre gedeckt hat und auch jetzt nicht zu der Einsicht gekommen ist, dass man Ihnen großes Unrecht zugefügt hat, ja sich sogar in ihre Familie als Großmutter einmischen wollte?«

»Um noch mehr zu zerstören?« Monika brach in hemmungsloses Weinen aus. »Nein, Herr Kommissar.« Sie brauchte einen Moment, um sich wieder zu fangen, dann sagte sie: »Ich bin Samstagnacht aber noch einmal zurück zu ihr gegangen. Ich musste doch wissen, was sie genau wollte. Obwohl ich erst zu feige dazu gewesen war und ihr nicht mehr zuhören konnte. Da habe ich von ihr gehört, warum sie wirklich hier war.« Monika sah Rothko an. »Sie hat mir einen Brief gezeigt, den Gerda geschrieben hat.« Sie holte tief Luft. »Wir haben uns gestritten. Aber ich bin dann gegangen, habe sie dort stehen lassen. Das tut mir sehr leid. Vielleicht hätte ich sie retten können.«

»Wann war das?«, fragte Rothko.

»Vor 23 Uhr. Die Nachrichten habe ich irgendwann im Auto gehört. Schon, als ich die Sachen geholt hatte.«

»Und danach sind sie ganz sicher nicht mehr zum Hooksmeer zurückgegangen?«

Monika schüttelte den Kopf.

»Und ein Boot haben Sie auch nicht gehört. Oder dass jemand von dort nach Ihnen gerufen hat.«

»Nein, warum auch? Ich war mit Elisabeth ganz allein dort.« Monika schloss die Augen. »Dann habe ich meine Mutter angerufen«, fuhr sie fort. »Weil sie vom Hof wegmusste, damit ich meine Sachen, etwas zum Anziehen und Waschen, holen konnte. Ich wollte nur noch weg und keiner sollte es mitbekommen. Esther war keine Gefahr, sie hockt um diese Zeit immer in ihrem Zimmer, hört Musik. Esther ist nicht so neugierig wie meine Mutter.«

Antke trat einen Schritt auf ihre Tochter zu, hatte den Mund schon geöffnet, aber der Kommissar fasste sie vorsichtig an die Schulter, bedeutete ihr, bitte still zu sein. Monika sprach weiter. »Aber umgebracht habe ich Elisabeth nicht. Ich habe nur mich selbst getötet. Und in gewisser Weise auch einen Teil meiner Tochter. Das reicht für ein Leben.«

25.

Hajo war zunehmend apathisch.

»Der braucht dringend einen Krankenwagen, so alkoholisiert wie er ist«, sagte Rothko zu Kraulke, der sofort dienstbeflissen sein Handy zückte, während der Kommissar Hajo die Fesseln durchschnitt. Dann sah er zu Antke, die noch immer mit versteinertem Blick dastand.

Rothko blickte ganz ruhig in die Runde. Er war sich sicher, dass Elisabeths und Ludgers Mörder unter ihnen war. Er wartete nur darauf, dass einer von ihnen einen Fehler machte. Aber den Gefallen würde ihm keiner tun. Er lehnte sich gegen die geöffnete Tür und taxierte die um ihn herumstehenden Verdächtigen in aller Ruhe.

Rothko erinnerte sich an die Situation in der Nacht vor 18 Jahren. Da hatten alle so ähnlich herumgestanden. Betreten und ein großes Geheimnis hütend.

Er musste jetzt einen Ball ins Spiel werfen und hoffen, dass einer beginnen würde, mit ihm mitzuspielen. Es war einen Versuch wert.

Obwohl Ludger Holzer ja mit großer Wahrscheinlichkeit nachts noch am Hooksmeer gewesen war und durchaus den Tod seiner Mutter verschuldet haben könnte, musste irgendjemand der Anwesenden seinen Wagen manipuliert haben. Außerdem wäre es denkbar, dass eben nicht Ludger, sondern sein Mörder auch Elisabeth in den Tod gestürzt hatte.

»War Elisabeth Holzers Tod ein Unfall, Frau van der Kaark?«, wandte sich Rothko an Antke. »Nachts, am Hooksmeer?«

Er sah freundlich aus, während er fragte. Er setzte einfach einmal voraus, dass Antke Elisabeth in der Nacht dort noch getroffen hatte, als sie auf der Suche nach Monika gewesen war.

Er lächelte immer noch. Aufgesetzte Freundlichkeit mochten die Leute nicht, die meisten reagierten darauf verunsichert.

Seine kleinen Augen versuchten, sich an Antke festzusaugen, die Wahrheit hinter ihrem Gesicht zu ergründen. Sie biss die Zähne zusammen. Rothko kam ihr immer näher, überschritt die Grenze dessen, was sie augenscheinlich als tolerabel empfand. Als Antke die Nase rümpfte, wusste Rothko, dass er wieder nach Kaffee roch. Trotzdem verharrte er in der Haltung. »Haben Sie es im Affekt getan? Sie standen ganz schön unter Strom, oder? Und … Sie wussten von der Vergewaltigung. Sie haben Ludger und Elisabeth nicht nur deswegen gehasst. Sie glaubte einfach nicht daran, was ihr Sohn verbrochen hatte und sie hat Ihnen den Mann genommen. Frau van der Kaark: Sie haben Elisabeth Holzer dafür verantwortlich gemacht, dass Ihre Familie zerstört war, weil Sie mit Ihrer eigenen Schuld nicht leben konnten.«

In der Ferne hörte man Martinshörner. Der Krankenwagen für Hajo war auf dem Weg hierher. Der riss mit einem Mal die Augen auf. Er wirkte hektisch und aufgeregt, als müsse er dringend noch etwas loswerden. Er hielt sich die Hand vor das Gesicht. Sie zitterte so sehr, dass Rothko das Bedürfnis verspürte, sie festzuhalten, damit es aufhörte. Er betrachtete den alten Mann. Den Mörder von Arnold van der Kaark, dem er damals nichts hatte nachweisen können.

»Sie wollte nicht gehen in dieser Nacht. Sie wollte einfach nicht gehen«, stieß Hajo hervor.

Rothko stutzte. Jetzt wusste er, welches Teil ihm bislang vor der Nase gehangen, er aber völlig falsch eingefügt hatte.

Dem Skipper war nicht Ludger Kremer begegnet, sondern Hajo, dem alten, unscheinbaren Mann, der so tief in die Geschichte der van der Kaarks verwoben war, wie es keiner für möglich gehalten hatte.

»Wer wollte nicht gehen?« Rothko wusste es, aber er wollte es hören. Jedes einzelne Wort wollte er hören.

Hajo stieß ein gurgelndes Geräusch aus. Dann fing er sich wieder. »Sie hat da rumgesessen. An der Böschung. Einfach so. Wie eine Meerjungfrau.« Er schluckte. Das Sprechen schien ihm schwerzufallen. »Sie war ganz nass und hat gezittert. Ich wusste, dass ich sie da finde. Weil sie da früher auch immer war, wenn sie allein sein wollte. Irgendwie wusste ich, dass sie da war.« Hajo atmete schwer. Seine Stimme wurde von Satz zu Satz schwächer. »Ich musste nach dem Hafenfest aber erst kurz zu Hause schlafen.« Er schnaufte, seine Sätze wurden kürzer. »Zu viel Schnaps. Und keiner war da.« Er deutete auf die drei Frauen. »Alle weg.«

»Hajo …« Antke hob die Hand, aber Hajo winkte beschwichtigend ab. Sie taxierten sich einen Augenblick. Über die rot geränderten Augen glitt ein freundliches Leuchten. Hajo wandte sich wieder dem Kommissar zu, der unruhig nach draußen blickte. Die Martinshörner klangen schon recht nah.

»Ich bin dann später hingefahren, als es mir etwas besser ging. Geht schnell bei mir, weil ich das Trinken gewohnt bin.« Er schnappte nach Luft. »Ich habe sie ins Wasser gestoßen, weil ich sie nicht mehr ertragen konnte. Diese Frau, die meiner Antke so viel Leid gebracht hat.«

*

Am liebsten hätte Antke Hajo in den Arm genommen. Er aber war vollkommen erschöpft und hatte die Augen inzwischen geschlossen. Es war nicht mehr der Mann, dem sie sich vor so vielen Jahren geschenkt hatte. Aber er war trotzdem ihr Vertrauter, der immer an ihrer Seite gestanden hatte. Der Mann, der sie als einziger Mensch trösten konnte, als Janna starb.

Er hatte gekämpft, für sie selbst und seine Tochter. Er hatte Monika gerächt. Zwar Jahre später, aber nun war ihr Peiniger bestraft. Hajo hatte an dem Abend nach dem Sturm nicht den Trecker repariert, als er mit dem Werkzeugkoffer auf dem Hof gestanden hatte.

Antke blickte auf ihn hinunter. Musste sie ihm dankbar sein? Sie wusste es nicht.

Noch einmal riss Hajo die Augen auf. »Sie wollte meine große Liebe und mein Kind nicht … in Ruhe lassen …« Hajo verstummte, schloss die Lider wieder.

Antke fühlte den Blick des Kommissars auf sich ruhen. Sie wich ein Stück zurück, um der Kaffeefahne auszuweichen.

Ihre Fingerkuppen wirkten gelblich, abgestorben, die Lippen hatte sie fest aufeinandergepresst. Warum tat Hajo das?

Er war nicht dort gewesen an dem Abend, denn er hatte in seinem Hause geschnarcht, als sie zurückgekommen war. Und er wurde nicht schnell wieder fit, wenn er so betrunken war. Das Klatschen von Elisabeths Körpers auf das Wasser, das hatte sie gehört. Sie allein. Nicht er. Aber welcher Mann war dort gesehen worden? Antke zuckte mit den Schultern. Wahrscheinlich war es doch Ludger gewesen, auf den Elisabeth an dem Abend so sehnsüchtig gewartet hatte. Oder ein zufälliger Nachtschwärmer, wer wusste das schon. Es war auch egal. Hajo war es bestimmt nicht gewesen.

Antke war es so kalt. Sie umschlang ihren Oberkörper mit den Armen. Sie musste jetzt etwas sagen. Oder schweigen. Für immer.

Vor ihrem Gesicht ließ sich eine Spinne an einem Faden herab. Wie in Zeitlupe bewegte sie ihre langen, dünnen Beine. Sie tanzte vor ihren Augen, hielt dann kurz inne und seilte sich weiter auf den Boden ab. Antke zertrat sie mit dem Fuß.

Hajo atmete nur noch flach. Seine Finger bewegten sich schwach, er hob fast unmerklich den Daumen. Es war alles okay.

Die Martinshörner schienen jetzt von der Landstraße abzubiegen. Hajo wurde von Sekunde blasser und blasser und der Kopf senkte sich auf die Brust.

»Herr Janssen?« Rothko stieß den alten Mann an, der langsam mit dem Oberkörper auf den Boden glitt. »Herr Janssen?« Er bekam keine Antwort mehr. Hajo hatte sich von der Welt verabschiedet.

*

Hajo hat sich zu Tode gesoffen, dachte Antke. Die ganzen Jahre getrunken mit dem Ziel, die Welt auf diese Art zu verlassen. Betrunken, mit benebeltem Kopf, um es nicht wirklich mitzubekommen.

»Was hat der denn alles getankt?«, fragte einer der Sanitäter, nachdem er Puls und Atmung überprüft und kurz Hajos Augenlid gelupft hatte. Er schüttelte bedauernd den Kopf.

»Alles.« Esther wies auf die Kiste mit den leeren Flaschen. »Er hatte wohl seine Gründe«, fügte sie hinzu, als sie die verächtliche Miene des Sanis sah. Sie wollte ihren alten Freund wohl verteidigen, trotz allem, was er getan hatte.

Antke fasste es ja selbst nicht. Hajo hatte Arnold umgebracht und auch Ludger auf dem Gewissen. Für die anderen auch Elisabeth. Er hatte seine Schuld von damals gesühnt. Es war passiert, weil er damals geglaubt hatte, es sei richtig so. Antke konnte Rothko und auch allen anderen fest in die Augen sehen. Alles war gut.

*

Der Notarztwagen raste auf den Hof und spuckte den Rettungsarzt aus, der rasch von den Sanitätern über den hoffnungslosen Zustand informiert wurde.

Esther sah im Hintergrund etliche Feriengäste, die auf die große Scheune zuliefen. »Wir haben uns schon gewundert, dass es so lange dauert mit dem Essen heute«, maulte eine Urlauberin und konnte die Neugierde nicht ganz bezähmen. Sie reckte den Hals und versuchte, einen Blick auf den am Boden liegenden Hajo zu erhaschen.

»Das Essen verschiebt sich etwas. Die Hilfe kann auch nur arbeiten und ist allein eben nicht so schnell.« Esthers Stimme klang schwer und langsam. Aber es musste weitergehen. Irgendwie.

Aus dem Augenwinkel sah sie rote Gestalten um Hajo herumwuseln. Unter der Decke schimmerte sein fahles, leicht gelbliches Gesicht hervor. Er hatte die Augen geschlossen.

»C2-Abusus mit letalem Ausgang.« Der Sanitäter zuckte mit den Schultern. Der Arzt untersuchte Hajo trotzdem noch, dann stieg er zurück in seinen Wagen. Die Tür des Krankenwagens schlug ebenfalls zu.

Es dauerte nicht lange, bis der schwarze Wagen des örtlichen Beerdigungsinstitutes anrollte und Hajo in einen Sarg gebettet wurde. Als der Wagen vom Hof fuhr, merkte Esther, wie sehr ihre Beine zitterten.

»Das war es dann wohl.« Rothko tippte sich mit dem Zeigefinger an die Stirn. Er stieg in seinen Wagen. »Man sieht sich.«

Hoffentlich nicht, dachte Esther. Hoffentlich nicht.

Die Leute zerstreuten sich. Der Hof wurde leerer, es gab schließlich nichts mehr zu gaffen. Gerda winkte mit der Hand ab, ging zu ihrem schwarzen Hollandrad und radelte grußlos davon.

»Ich mach dann mal Abendessen.« Antke ging zum Haus. Sie sah zwar blass aus und für den Augenblick glaubte Esther, so etwas wie Traurigkeit in ihrem Gesicht erkannt zu haben. Aber ihre Oma hatte auch ein Stück der alten Arroganz wiedergewonnen, wirkte unnahbar wie immer. Daran würde sich vermutlich auch nie etwas ändern.

EINEN MONAT SPÄTER

Monika und Esther saßen mit dem Rücken an die Scheunenwand gelehnt in der Abendsonne. Sie sahen zu, wie die Wiesen von den letzten Strahlen rosa eingefärbt wurden und sich erste Nebelschwaden darüberlegten. Leiknir hob kurz den Kopf. Er schnaubte laut. Kelda scharrte mit dem Huf und wälzte sich dann im feuchten Gras.

»Morgen wird es schon wieder ein heißer Tag, Esther. Es gibt viel zu tun.«

Esther fühlte den warmen Blick ihrer Mutter auf sich, verstand die Doppeldeutigkeit des Satzes sehr wohl. »Ja, drei Familien reisen ab, zwei neue kommen, ich weiß. Muss den Reitplan umstellen«, antwortete sie.

»Das meine ich nicht. Du weißt es.« Noch war nicht alles in Ordnung, aber sie näherten sich Tag für Tag ein Stückchen an.

»Ich weiß. Es wird nicht einfach. So oder so.«

»Wir haben es ja bislang ja ganz gut hinbekommen. Auch ohne Hajo.«

Monika kramte in ihrer Jackentasche. Sie zog eine alte Kassette heraus.

»Was ist das?« Fragend sah Esther ihre Mutter an.

»Pink Floyd. ›The Wall‹.«

»Und was soll das?« Esther verstand nicht recht.

»Hör nachher mal in Ruhe rein. Es war die Lieblingsmusik deiner Großmutter Elisabeth. Ihr Hoffnungsschimmer, dass alles irgendwie gut werden würde.« Monika hielt kurz inne. »Sie hat vor allem ›Hey you‹ geliebt. Und ich auch«, schloss sie.

»Das habt ihr immer gemeinsam gehört, was?«

»Ja, an der Landzunge. An ein paar Stellen haben wir zusammen geweint. Wir haben dasselbe gefühlt, glaube ich.«

Esther runzelte nachdenklich die Stirn. »Genau das habe ich bei Elisabeth auch immer gedacht. Dass wir uns ähnlich sind, auch wenn wir uns äußerlich nicht gleichen. So eine Art Seelenverwandtschaft.«

Monika legte ihren Arm um Esther. »Dann wird es wohl so sein.«

Sie schwiegen eine Weile und beobachteten einen Bussard, der über ihnen seine Kreise zog. Er stieß einen langen Schrei aus.

»Wo soll es jetzt mit uns hingehen? Nach all dem?« Esther beneidete den großen Vogel, der so entrückt auf die Welt hinunterschauen konnte. »Ich meine, allgemein. Abgesehen davon, dass ich vorhabe, im nächsten Jahr zu studieren.«

Monika schlug rhythmisch ihre Fußspitzen vorn zusammen. »Was möchtest du denn studieren?«

»Medienwissenschaft und Journalismus.« Esther legte ihre Arme um die Knie. »Und was ist mir dir? Du hast ebenfalls davon gesprochen, zu gehen.«

Monika zuckte mit den Schultern. »Weißt du, dass ich dich manchmal bewundere?«

Das war keine Antwort auf Esthers Frage. »Du bewunderst mich?« Sie blickte ihre Mutter erstaunt an.

»Früher dachte ich manchmal, du bist ihm ähnlich. Weil du ein bisschen wie er lächelst. Aber du bist anders. Weder wie ich noch wie Großmutter, Elisabeth oder sonst wer. Du bist du. Esther van der Kaark.« Monika machte eine kurze Pause. »Stark, du weißt, was du willst. Dinge, die ich verlernt habe.«

Esther lächelte ihre Mutter scheu an. »So siehst du mich?«

Monika nickte und griff nach der Hand ihrer Tochter, strich flüchtig darüber und ließ wieder von ihr ab. »Was denkst du von einem Neuanfang, Esther? Hatte ich ja schon einmal angesprochen. Einfach neu beginnen. Ganz woanders …«

Esther zögerte mit der Antwort. »Klingt verlockend. Irgendwie. Aber«, sie schürzte die Lippen, »eigentlich ist es doch auch ganz okay. Unser Leben hier. Jetzt so … Weil wir es jetzt packen, oder?«

Monika lächelte. »Stimmt. Manchmal denke ich auch, es geht hier vielleicht doch.«

Esther kickte einen winzigen Stein weg. »Ich kann doch in Wilhelmshaven studieren, was meinst du?«

Monika schwieg. Der Bussard kreiste noch immer direkt über ihnen.

»Ist er nicht schön?«, fragte Esther. »Wir können hier nicht weg aus dem Wangerland. Es ist doch unser Zuhause.« Sie grinste. »Irgendwie suchen wir ganz schön nach Gründen, hier zu bleiben.«

Monika schabte mit der Fußspitze über die Steine. »Du hast wohl recht. Wir gehören hierher.«

Ein paar kleine Grashalme wucherten zwischen den Ritzen heraus. Esther sah ihrer Mutter förmlich an, dass sie sie am liebsten sofort herausreißen, Ordnung machen wollte. Doch sie wandte sich Esther zu und hörte auf, die Halme mit dem Fuß zu bearbeiten. »Vielleicht können wir ja beide morgen einmal zusammen ausreiten. In Richtung Horum.«

»Das wäre klasse.« Esther betrachtete ihre Mutter. Deren blondes Haar wehte leicht im Wind. Sie sah wunderschön aus.

Monika schob ihre Hand in Esthers und umschloss sie fest. Esther schmiegte sich näher an den Körper ihrer Mutter, bemerkte die Wärme, die von ihr ausging. Haut berührte Haut. Sie spürten den Puls der anderen, und es fühlte sich gut an.

NACHWORT

Ein Roman ist immer eine ausgedachte Handlung, die natürlich auch gewisse Freiheiten zulässt.

Ortskundigen Lesern ist sicher aufgefallen, dass es das beschriebene Hooksieler Hafenfest im Juni in dieser Form und zu dieser Zeit als einmaliges Großereignis nicht gibt. Die Organisation »Land und Hof« ist ebenfalls meiner Fantasie entsprungen.

Die Romanhandlung von »Spinnentanz« und die darin vorkommenden Personen sind wie immer frei erfunden, eventuelle Ähnlichkeiten sind nicht beabsichtigt und rein zufällig.